Miracle
기적

홀로선별 퓨전 판타지 소설
FUSION FANTASTIC STORY

기적 11
홀로선별 퓨전 판타지 소설

초판 1쇄 찍은 날 § 2011년 7월 22일
초판 1쇄 펴낸 날 § 2011년 7월 27일

지은이 § 홀로선별
펴낸이 § 서경석

편집부장 § 권태완
편집책임 § 어정원

펴낸곳 § 도서출판 청어람
등록번호 § 제1081-1-89호
등록일자 § 1999. 5. 31
어람번호 § 제1-1259호

주소 § 경기도 부천시 원미구 심곡2동 163-2 서경B/D 3F (우) 420-822
전화 § 032-656-4452 팩스 § 032-656-4453
http://www.chungeoram.com
E-mail § chungeoram@chungeoram.com

ⓒ 홀로선별, 2010

ISBN 978-89-251-2571-8 04810
ISBN 978-89-251-2218-2 (세트)

※ 파본은 구입하신 서점에서 교환하여 드립니다.
※ 저자와 협의하여 인지를 붙이지 않습니다.
※ 이 책은 도서출판 청어람과 저작자의 계약에 의해 출판된 것이므로,
   무단 전재 및 유포·공유를 금합니다.

홀로선별 퓨전 판타지 소설

기적 Miracle

FUSION FANTASTIC STORY

[완결] 11

CONTENTS

1장 기묘한 만남 … 7
2장 위대한 자 … 39
3장 금전직하 … 71
4장 팅이와 통이의 작전 … 99
5장 조용한 등장 … 133
6장 신위 … 161
7장 레알 요새로…… … 195
8장 요새 전투 … 225
9장 요새 전투… 그가 나타났다 … 253
10장 대단원 … 281
에필로그 … 303

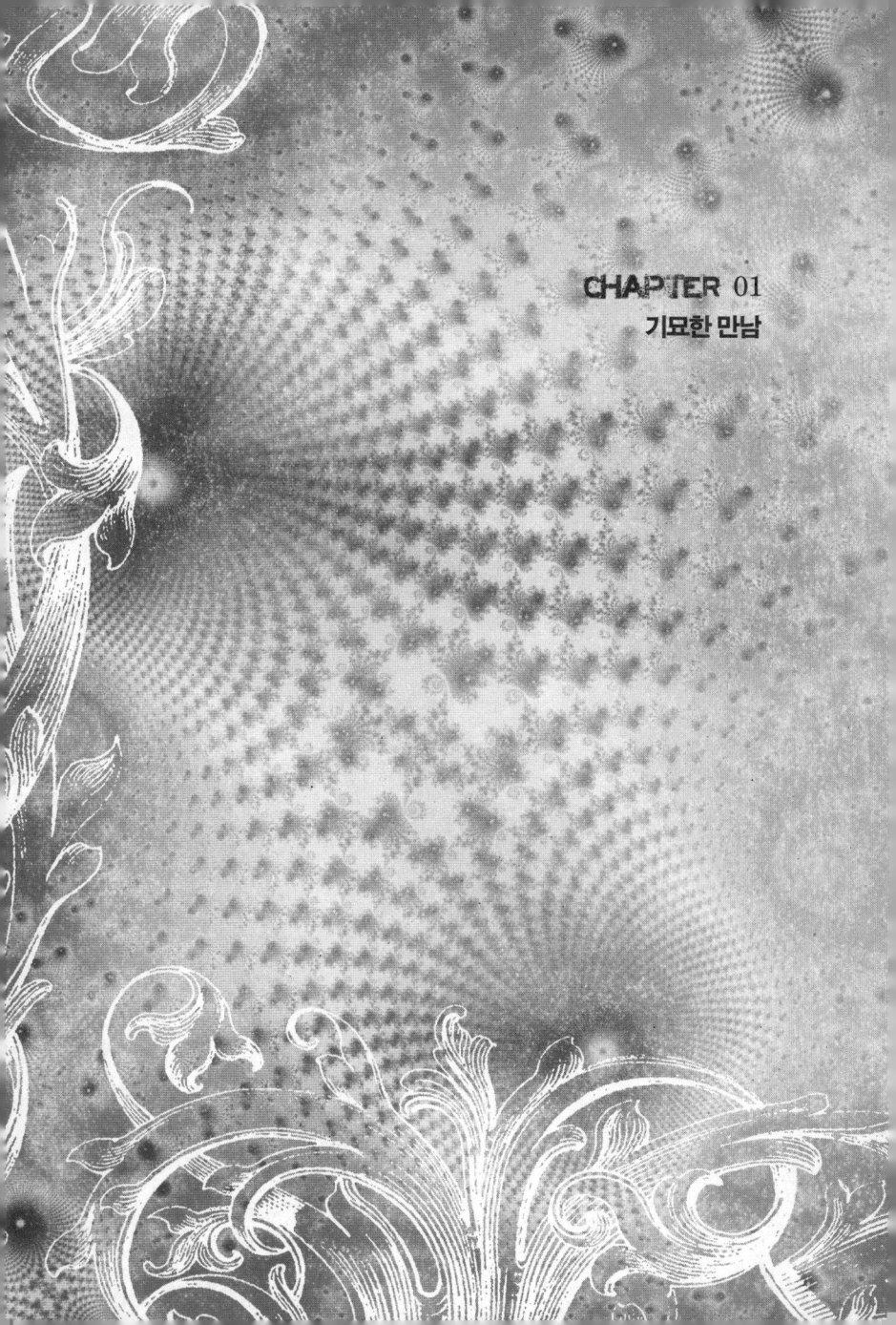

1

 오늘따라 달빛이 유별나게 밝았다. 그래서 그런지 슈는 평소 야영할 때와 다르게 쉽게 잠을 청하지 못했다. 반란군을 잠재운 뒤 달린지 벌써 오 일째. 하지만 아직도 갈 길은 멀기만 했다.
 '왜 이리 가슴이 두근거리는 거지? 올리비아 공주를 안을 때와는 또 다른 이 느낌은 뭘까? 이상하네. 이런 경우는 전생을 제외하고는 슈로 다시 태어난 이후 한 번도 겪어 보지 못한 일인데……'
 막사 안에 누워 있는 슈가 이런 생각에 잠을 뒤척이고 있었다. 이것은 단순히 운기로 몰아낼 잡념의 종류가 아닌지라 더욱 자신의 감성에 몰두하기 시작했다.

그렇게 약 한 시간 정도를 몰입해 있을 때였다. 그의 귓전에 갑자기 어디선가 많이 듣던 음성이 들려오는 것이 아닌가.

"수야… 수야……."

벌떡~!

"누, 누구십니까?"

두리번두리번…….

분명 목소리는 슈가 아닌 제갈수를 찾고 있었다. 그가 과거에 중원에서 쓰던 그 이름말이다. 하지만 이미 무공이 화경에 근접한 슈의 영민한 이목에도 목소리 주인의 위치는 파악되지 않고 있었다.

"내가 있는 곳으로 찾아오너라… 어서… 시간이 얼마 없구나……."

"거, 거기가 어디입니까?"

분명 어디선가 들은 목소리인지라 존대를 하였지만 그는 열심히 고개를 가로 젓고 있었다. 절대 믿을 수 없는 사람의 목소리였기 때문이다.

"마음에 귀를 기울이고 기감을 열면 알 수 있으리. 어서 오너라……."

"잠, 잠시만요… 곧 집중해 보겠습니다."

언제나 냉철하고 침착하던 슈가 말까지 더듬으며 자리에서 벌떡 일어났다. 그만큼 목소리의 주인 때문에 흥분한 것이다. 그때 밖에서 누군가가 그의 집중을 방해했다.

"로드! 무슨 일이라도 있으십니까?"

"아, 아니다. 잠시 잠꼬대를 한 것이다."

"네? 로드께서 잠꼬대를요?"

슈의 막사를 경계하고 있던 경비 기사 한 명이 막사 안에서 나온 슈의 외침에 깜짝 놀라 안부를 물었던 것이다. 하지만 슈가 잠꼬대를 했다고 둘러대자 그는 외려 더욱 놀라고 말았다. 그를 비롯한 모든 기사는 어느새 슈를 인간 이상으로 여겨왔기 때문이다.

"왜? 나는 잠꼬대 같은 거 하면 안 되나?"

"아, 아닙니다. 그럼 편히 주무십시오!"

"그래, 자네도 수고하게."

"네! 충~ 성!"

힘차게 군례하고 다시 자신의 자리로 돌아간 기사는 돌격대 소속이었다. 애초 별볼일없는 영지군이었다가 기사까지 출세한 사람인만큼 슈에 대한 충성심은 그야말로 목숨을 내걸 정도였다.

그가 그렇게 사라지고 나자 다시 막사 안은 조용해졌다.

'이런… 이제 아예 목소리가 들리지 않는구나. 중요한 순

기묘한 만남 11

간을 놓친 게 아닐까?

슈는 발을 동동 구르고 싶을 정도로 안타까웠지만 그렇다고 그 기사를 다그칠 수도 없었다. 그가 고의로 슈의 시간을 방해한 것은 아니지 않은가.

'이, 이건 설마… 평생 못들을 줄 알았건만……. 돌아가신 분의 목소리가 들리다니……. 내가 요즘 너무 정신적으로 혹사해서 헛소리를 들은 것일까? 훗, 설마…….'

자신이 생각해도 어이가 없었는지 그는 피식 웃으며 다시 자리에 누웠다. 하지만 자신이 아무리 입신의 경지 가까이 도달한 무공의 고수라 해도 인간인 이상 어쩌다 한번쯤은 그럴 수도 있다고 치부했다.

그런데…….

"*이놈~! 시간이 없다 하지 않았느냐! 어서 냉큼 나를 찾아오지 못하겠느냐!*"

벌떡~!

"아, 알겠습니다."

또다시 들려온 목소리에 슈는 자리에서 벌떡 일어나 대답하고 말았다. 그만큼 목소리에는 슈가 움직이지 않을 수 없는 카리스마를 담고 있었다.

'이건 환청이나 꿈이 아니다. 집중하자… 집중…….'

결국 그는 차분하게 눈을 감은 채 가부좌를 틀고 앉아 최대한 정신을 집중하기 시작했다. 차라리 심법을 외우면 간단할 일이었지만 그는 일부러 심법을 외우지 않고 순수 자신의 의지만으로 정신을 모으고 있었다. 그렇게 약 삼십 분 정도 흘렀을까 싶을 때 갑자기 그의 감겼던 눈이 번쩍 뜨였다.

"아아… 정녕 당신께서 이곳에 계신단 말입니까. 나를 기다리는 장소 또한 그분 취향대로인걸 보면 분명하다. 서둘러야 해."

펄럭~!

"충성!"

그가 어디론가 날아가기 위해서 막사를 젖히고 밖으로 나오자 조금 전 막사 앞으로 와 안부를 묻던 경비 기사가 또다시 인사를 했다.

"쉬어. 난 급히 다녀올 곳이 있으니 혹시 늦으면 총기사단장 보나프 경에게 일단 출발하라고 전해라."

"각하께서 오시지 않아도 출발하라고 전하라는 말씀이십니까?"

"그렇다. 나는 혹 늦게 출발한다 해도 곧 따라잡을 수 있으니 절대 지체하지 않도록 말해야 한다."

"네! 각하!"

슈는 금방 돌아올지도 모른다는 예감이 들었는지 내일 아침 일까지 당부를 하고는 기사의 대답이 떨어지자마자 그 자리에서 픽하고 사라져버렸다.

"후우… 아무튼 볼수록 놀라우신 분이라니까. 이제는 완전 귀신이 다 되셨네."

그런 모습을 목격한 경비기사는 고개를 절레절레 흔들며 이렇게 중얼거리다가 자신의 거처로 돌아갔다. 지켜야 할 사람이 사라진 이상 경비는 무의미해졌기 때문이다.

콰르르릉… 콸콸콸…….

한편 경비기사의 코앞에서 사라졌던 슈는 인근에 위치한 작은 폭포수 앞에 모습을 드러냈다. 잠깐 사이에 무려 5킬로미터 정도나 되는 거리를 날아온 것이다.

"명상 속에서 등장했던 장소는 여기가 분명한데……. 어째서 안 보이시는 거지? 내가 또 뭔가 착각한 것일까? 어디……."

슈슈슉~!

그는 순식간에 폭포 주변을 돌아보았다. 수풀이 심할 정도로 우거진 곳을 제외하면 그리 넓은 곳이 아니었기에 불과 오분이 채 지나지 않아 다시 처음 장소로 되돌아왔다.

"아무도 안 계십니까!"

"……."

예리한 감각으로 아무리 살펴보아도 슈는 어떤 흔적도 발견할 수 없었다. 결국 소리를 질러보았지만 여전히 대답은 들려오지 않았다.

"설마 했는데… 결국 아니라는 말인가? 하긴 이곳에 나타나신다는 자체가 말이 안 되는 이야기지. 한동안 잊고 지낸 것을 탓하시는 걸까. 휴우… 정말 모르겠구나."

비록 정신없이 살아온 시간들인지라 자주 생각하지 못한 것은 사실이었다. 그러나 그의 가슴속에는 늘 자리 잡고 있던 사람의 목소리였다. 그게 비록 환청이었어도 슈는 그 목소리를 들었다는 것만으로도 괜스레 가슴 한편이 시려왔다. 그것은 그동안 감춰져 있던 간절한 애틋함이었다.

그래서 그랬을 것이다, 그가 어린애처럼 폭포수 앞에 철퍼덕 앉아 떨어지는 물줄기만 멍하니 바라보게 된 것은.

바로 그때…….

"*수야… 수야…….*"

슈가 이 모든 일을 착각이라고 단정 지을 즈음 또다시 예의 그 목소리가 들려왔다.

2

대성국 안에서 추기경이 되려면 다른 것은 몰라도 최소한 신성 마법 실력만큼은 어느 정도 인정을 받아야 한다. 그 이야기는 현재 매스치아레의 신성 마법 수준도 상당하다는 뜻이 되었고 이는 사실이었다.

현재 그의 신성마법 수준은 중상급 정도. 완전 비교는 불가능하지만 대략 백마법사들로 따진다면 거의 6서클 유저 정도의 실력은 된다는 의미였다. 지금 피가 튀는 혈전 가운데 이런 사실을 가장 잘 아는 사람이 바로 마커스 군단장이었다.

"으으… 추기경님! 이대로 가면 전멸이 될지도 모릅니다. 어서 대책을 세워 주십시오!"

"기다려 보게. 나도 지금 최선을 다해 방법을 찾고 있으니……."

주변을 완전히 감싸고 있는 검은 안개……. 그것이 주는 두려움은 시간이 흐를수록 점점 더 커져 가고 있었다. 당연한 것이 검은 안개가 깔린 뒤로는 성기사들의 성스러운 마나가 전혀 모이지 않는 사실이다.

지금 아직도 주변에는 수를 헤아리기 어려울 정도로 수많은 언데드 몬스터가 날뛰고 있는데 성스러운 마나가 모이지 않는다는 말은 곧 죽음을 뜻했다.

캬오오우~!

"크악!"

"아서시스님이시여! 저에게 구원을……! 케엑!"

여기저기서 일반 신의 병사들뿐만 아니라 성기사들도 이

처럼 언데드 몬스터들에 의해서 허무하게 죽어갔다. 그야말로 지옥도가 펼쳐지고 있는 것이다. 하지만 그럼에도 마커스나 매스치아레는 속수무책이었다. 그나마 지금 그들의 주변에 모여 있는 사제들과 성기사들이 밀려드는 언데드 몬스터들을 간신히 막아내고 있어서 어느 정도 시간을 벌어주고 있었다.

'젠장……. 결국 가누비엔 백작님은 이런 사태를 우려한 것이었어. 지금까지 들었던 소문은 모두 사실이었던 거야. 그렇다면 흑마법사들의 능력은 생각보다 더 무서운 것인지도. 비록 매스치아레님과 사제님들이 대성국 안에서는 알아주던 분들이지만 지금 보니 그 정도만으로는 어림도 없다는 생각이 드는군. 이대로 간다면 우리는 전멸할지도 모른다. 정말 큰일이로구나.'

상황이 악화되어 가는 것을 보며 마커스는 슈의 이야기를 떠올렸다. 그가 어째서 그렇게 성 밖으로 나가지 말라고 했는지 이제야 이해가 되었지만 이미 물은 엎질러진 상태였다.

하지만 후방에서 지휘하던 그는 아직까지도 상대 진영에 정말로 소름끼치는 무서운 존재가 등장했음을 아직 모르고 있었다.

바로 자신을 절망이라 칭했던 자.

그자는 등장과 동시에 인근을 모두 어둠의 기운으로 뒤덮었으며 그것이 대성국의 중요인물들로 하여금 성스러운 힘을 쓸 수 없게 만들어 버렸다.

그가 만일 이후에도 직접 손을 쓴다면 대성국 인물들 모두 죽음을 면치 못할 것은 분명했다. 하지만 그런 그들에게 다행히 하나의 변수가 등장했다.

바로 절망의 가디언 슈샤인테르가 자신의 주인 앞을 가로막으며 나선 것이다.

"잠시만 주인이시여. 어찌 오우거를 잡는 칼로 고블린 새끼들을 잡겠나이까. 부디 저 허섭스레기들을 제 손에서 끝내게 해주십시오, 암흑의 존귀를 입은 주인이시여······."

"흐음··· 네가 나서고 싶은 이유라도 있는 게냐? 내 앞을 막아서면서까지 그런 제안을 하다니 놀랍구나."

어두운 안개에 뒤덮인 속에서 절망이 말했다. 검은 안개 사이로는 희미한 검은 로브가 보였다. 얼굴로 보이는 부근에서는 검붉은 빛이 희미하게 일렁거렸다. 그것은 가히 사신의 모습이라 할 수 있었다.

그런 절망이 이렇게 조용히 말하자 슈샤인테르는 한차례 몸을 부르르 떨더니 곧장 그 자리에 머리를 처박으며 엎드렸다.

쿵! 털썩!

"주인님께 무례한 점은 목숨으로 사죄드리겠습니다. 하지만 그 전에 저놈들을 먼저 죽일 수 있게 해주십시오. 어쨌든 저놈들이 메세토를 궁지로 몰아 저로 하여금 그의 목을 치게 했습니다. 비록 그를 제 손으로 끝장내긴 했지만 어쨌든 같은 어둠의 자식인 만큼 제 손으로 복수를 하고 싶습니다. 그리고 어차피 주인님께서는 '그'의 후예와 싸우셔야 할 것 아니십니이까? 쓸데없는 데 굳이 힘을 쓰실 필요는 없다고 생각합니다."

"그놈의 후예가 나타날 것 같으냐? 아직 아무런 징조도 없는데?"

"주, 주인님께서 저에게 하신 예언대로라면 나타나지 않을까요?"

"맞다. 그놈의 후예는 분명히 나타날 것이다. 물론 그래봐야 나에게 자신의 피를 몽땅 바치고 사라지겠지. 좋다. 이곳은 네가 정리해라. 한 가지 명심할 것은 아주 깨끗이 정리해야 한다는 점이다. 이곳을 기점으로 내가… 다시 세상에 등장했음을 알릴 것이다. 크하하하하……!"

그의 후예를 거론한 슈샤인테르의 제안에 절망은 그의 제안을 받아들였다. 그리고 여유롭지만 음침한 절망의 웃음소리가 크게 번져나갔다.

"물론입니다. 주인님의 마음에 꼭 들 수 있을 정도로 정리할 것이니 주인께서는 우선 편히 쉬소서."

기묘한 만남

"알겠다. 그렇다면 너에게 기회를 주지. 열흘을 주마. 이곳의 정리는 물론 테세인 성까지 접수하라. 알겠느냐?"

"테, 테세인 성까지 말입니까?"

아무리 대단한 흑마법사라지만 현재 테세인 성은 아직까지도 괴이한 진의 영향을 받고 있어서 슈샤인테르는 순간 당황할 수 밖에 없었다.

"자신없느냐?"

"아닙니다! 열흘 뒤 테세인 성안에서 주인님을 영접하겠습니다!"

하지만 어차피 이곳에 있는 놈들을 처리하고 나면 진을 파괴하는 것도 그리 오래 걸릴 일은 아닌지라 결국 이렇게 대답했다. 만에 하나 여기서 할 수 없다고 했다가는 그대로 목이 날아갈 것은 분명했다. 그만큼 그의 주인이라는 자는 조금의 인정도 없는 존재였다.

"그렇다면 지켜보겠다. 열흘이다… 명심해라……."

슈르르르… 펑~!

슈샤인테르의 자신감이 빚어낸 이 변수가 주는 의미는 실로 컸다. 만에 하나 주인이라는 자가 이곳을 정리하려고 한다면 슈가 도착하기도 전에 모든 일의 종막은 자명했다. 하지만 슈샤인테르가 나서는 바람에 어찌 되었든 시간을 조금 벌 수 있었다. 그게 꼭 즐거운 시간이라고 할 수는 없지만 말이다.

하지만 열흘은 큰소리를 친 슈샤인테르에게는 그리 긴 시간이 아니었다. 그는 절망이 사라지자마자 언데드 몬스터들을 더욱 흉포하게 만들었다.

"이 멍청한 놈들! 누가 멈추어 서라고 했는가. 어서 인간들의 피로 목욕을 즐겨라. 어서!"

카오오우~!

캬캬오오~!

"어서 피해… 크악!"

"오오! 다시 성스러운 힘이 모이기 시작한다! 모두 우선 피했다가 힘이 모이면 대항하라!"

그나마 절망이 사라지자 대성국 병사들과 기사들에게는 미약한 희망이 생기기 시작했다. 마커스는 조금씩 검은 안개가 사라진 이후 성스러운 힘이 모인다는 것을 깨닫고 이 사실을 모두에게 주지시켰다.

하지만 그렇다고 해서 전황이 유리해진 것은 아니었다. 단지 약간의 시간만 더 끌 수 있는 게 고작일 뿐. 변화는 정말 그게 다였다.

3

여전히 흘러내리는 물소리 속에서도 슈를 부르는 목소리

는 너무도 또렷이 들리고 있었다. 그가 늘 가슴속에 품고 살았던 정겹고도 그리운 목소리. 슈는 이 대륙에서 그 목소리를 다시 들을 줄은 꿈에도 몰랐다. 아니, 설혹 중원이라 해도 이 목소리를 다시 들을 일은 없다고 생각했다. 왜냐하면 그 목소리의 주인공은 이미 이 세상 사람이 아니었기 때문이다.

"정녕… 아, 아버지 당신이란 말입니까?"

말을 꺼내는 슈의 목소리가 떨렸다.

"허허… 아버지라… 정말 오랜만에 들어보는구나. 그래, 맞다. 내가 네 아비다. 잘 지냈느냐?"

막상 목소리의 주인공이 아버지임을 시인하자 슈는 눈앞이 흐릿해졌다. 그토록 보고 싶었던 분이 나타났으니 아무리 냉정한 그라 해도 결국 눈물이 고인 것이다.

"네… 잘 지내고말고요. 제가 누구입니까. 바로 아버지의 아들 아닙니까. 하하……."

"녀석……. 네가 이 낯선 세상에서 적응하는 과정은 이 아비도 모두 지켜보았느니라. 모두 빛의 신이신 아서시스님의 은총 덕분이지. 그분께서는 너를 이곳으로 불러들인 것이 미안하다며 이 아비에게 너에 관한 모든 것을 볼 수 있게 해주셨단다. 장하구나, 장하다. 이만큼 훌륭하게 성장해 줘서……."

역시 제갈수가 이계에 오게 된 이면에는 빛의 신 아서시스가 개입되어 있었다. 비록 전에 샤베리온과 델리슨에게 들었던 예언을 통해 이점을 짐작하고 있기는 했지만 막상 그 사실을 다시 듣게 되니 슈는 새삼스러운 느낌을 받았다. 하지만 아직 어째서 자신이 선택되어 온 것인지는 몰라도 어찌 되었든 그 덕분에 아버지를 다시 만날 수 있었으니 그래도 그나마 감사하다는 생각이 들었다.

"그런데 어째서 모습을 보이지 않으십니까? 모습도 보이실 수는 없나요?"

"모습이 뭐 그리 중요하겠느냐. 지금은 그것보다 더 중요한 문제가 있느니라."

"더 중요한 문제요?"

어쨌든 아버지의 목소리라도 들을 수 있어서 좋기는 했지만 기왕이면 모습도 보고 싶은 것이 슈의 욕심이었다. 하지만 그의 아버지는 단순히 제갈수를 보기 위해서 나타난 것이 아닌 듯했다.

"네가 이곳으로 오게 된 원인 제공자가 드디어 나타났다. 그러나 현재의 네 능력만으로는 그자를 상대할 수가 없지."

"그, 그게 누구입니까? 혹시 흑마법사들의 배후자입니까?"

놀랍게도 제갈수의 아버지는 슈가 상대해야 하는 최종의 적을 알고 있는 듯했다. 슈 역시 최근 들어 흑마법사들의 배후자가 생각보다 훨씬 무서운 존재라는 점을 감지하고 있었다. 때문에 이런 뜻하지 않은 정보가 더욱 절실하게 다가왔는지 모른다.

"그것은 나도 자세히 모르겠구나. 하지만 그것을 알려줄 분을 알고 있지……. 나는 그저 너를 그분께 안내하는 역할만을 맡았단다. 이제 그분께 가보기로 하자. 괜찮겠지?"

"그분… 이요? 어떤 분인지는 몰라도 지금 제 상황이 그리 여유롭지는 않습니다. 시간이 절박합니다. 오래 걸릴 일이라면 우선은 지금 상황부터 타개하고 가야할 듯싶습니다만……."

비록 수하들에게 미리 당부해 놓기는 했지만 여전히 슈의 마음은 급했다. 그의 예감대로라면 지금쯤 테세인 성은 풍전등화의 위기를 겪고 있을 것이다.

"그래서 내가 직접 온 것이다. 너에게 시간을 벌어주기 위해서……."

"……?"

원래부터 슈의 아버지는 늘 뭔가 한 수를 지니고 있었던 사람이었다. 하지만 그런 성품이 설마 죽은 후에 영혼이 되어 나타나서도 똑같을 줄은 몰랐는지라 슈는 그만 어리둥절해지고 말았다.

"지금부터 너는 눈을 감고 있어야 한다. 그 어떤 일이 일어난다 해도 절대 눈을 떠서는 안 되느니라. 할 수 있겠지?"

"물론입니다. 어릴 때부터 참는 것은 이골이 나 있는 저 아닙니까? 눈을 감으라시면 뜨라고 할 때까지 감고 있겠습니다."

무슨 이유에서 그런 것인지는 몰라도 슈는 아버지가 시키는 대로 순순히 눈을 감았다. 그만큼 아버지에 대한 신뢰감이 있었기에 작은 망설임조차 없었다.

그러자 곧 그의 눈앞이 환해지며 하나의 형체가 나타나기 시작했다. 온몸을 빛으로 두른 그는 바로 제갈수의 아버지였다. 그는 등장하자마자 가만히 슈의 손을 잡았다. 실체가 없는 영혼이 잡는 것이었지만 슈는 무엇을 느낀 것인지 움찔했다.

"내가 굳이 네 앞에 나타난 것은 네가 비록 원래의 육체는 아니지만 이처럼 건강해진 모습을 직접 보고 만져보고 싶어서였느니라. 그래서 이처럼 아서시스님의 심부름을 자처했지……. 정말 훌륭하게 변했구나."

눈을 감고 있지만 슈, 아니 제갈수는 확연히 아버지의 존재를 느낄 수 있었다. 그가 자신을 만지고 있었다. 눈가에 살며시 고여만 있던 눈물이 슈의 뺨을 타고 흘러내렸다.

"이 모든 게 아버지 덕분입니다. 아버지께서 제 생명을 연장해 보시려고 온갖 지식을 전수하시고 또 병을 이겨낼 수 있는 의지를 키워주시지 않았습니까? 그때… 아버지의 마지막

임종을 보지 못해 안타까웠는데 이렇게 와주셔서 정말 감사합니다. 아… 버… 지…….”

오로지 자신의 건강을 되찾을 욕심에 아버지를 제대로 돌보지 못했던 제갈수였다. 그렇기에 막상 아버지가 돌아가신 이후로는 더욱 큰 상심과 후회에 잠겼던 그다.

특히 새로운 육체를 지닌 채 부활한 다음부터는 내색하지는 않아도 그의 뇌리 속에 중원의 아버지가 늘 떠나지 않았다. 그만큼 뼈에 사무치게 그립고 죄송스러웠던 것이다.

"허허… 다 큰 녀석이 울기는. 그러고 보니 네 눈물을 본지도 꽤나 오래 되었구나. 여섯 살 이후로는 아예 눈물을 보이지 않았으니……. 행여 이 아비가 슬퍼할까 봐 그랬겠지. 녀석…….”

"장부 나이가 여섯이면 다 큰 나이 아닙니까? 그 나이에 운다면 사내가 아니라 계집애라고 해야 하겠지요. 하하하.”

"허어… 누가 들으면 큰일 날 소리를 하는구나. 그렇다면 다 큰 대장부가 지금처럼 울면 뭐라고 해야 하느냐? 계집만도 못한 녀석이라 해야 하는 게냐?”

"그, 그게 그렇게 되나요?”

"껄껄껄… 네 놈이 모처럼 날 웃게 만드는 구나. 이러다 늦겠다. 이제 어서 출발해야지.”

비록 눈을 감은 채였지만 슈는 모처럼 어린 시절로 돌아간 기분을 느꼈다.

　아직 절맥의 고통이 심하지 않던 그때 아버지는 늘 자신의 손을 잡고 여기저기를 데리고 다녔다. 무공 대파를 찾아다니기도 하고 유명한 의사들을 찾아다니기도 했으며 때론 용하다는 점집도 함께 갔었다. 그리고 그 덕에 그의 머릿속에는 그렇게 많은 지식이 쌓일 수가 있었던 것이다.

　하지만 그런 유쾌하고 즐거운 회상도 그리 오래 가진 못했다. 그들에게는 지금 더욱 중요한 일이 남아 있지 않은가.

　"네, 아버지. 저는 준비되었습니다. 어서 가시지요."

　"빛의 신이신 아서시스님이시여. 저희 부자를 신께서 인도하실 곳으로 보내주시기를 소망하나이다."

　휘류류류…….

　파스스스…….

　아버지가 아서시스를 향해 이렇게 외치자 곧 하늘에서 신비한 빛이 내려오더니 슈와 아버지의 영혼을 감싸기 시작했다.

　그러던 어느 한 순간,

　팟!

　마침내 두 사람은 장내에서 감쪽같이 사라져 버렸다.

4

퍼펑~!

"컥!"

쿠다탕~!

요란한 소리와 함께 슈는 넓은 들판 위로 뚝 떨어져 내렸다. 들판은 너무 넓어서 그런 것인지 일부는 곡식이 자라고 있었고 남은 대부분의 땅은 버려진 황야처럼 썰렁했다.

"여, 여기가 어디죠? 아버지. 아버지 어디계십니까?"

"허허… 나는 벌써 와 있느니라. 눈을 떠보아라. 여기는 네가 잘 아는 곳일 텐데 어딘지 모르겠느냐?"

"제가 잘 아는 곳이라고요? 글쎄요… 어디……."

아버지의 말에 슈는 눈을 뜨고 사방을 두리번거리며 이곳이 어딘지 알아내기 위해 애를 썼다. 분명 눈에 익은 곳 같은데 워낙 뜬금없이 뚝 떨어져 내린 상황인지라 주변을 인식하는 것이 쉽지 않았다. 하지만 결국 총명한 슈는 뭔가를 깨달은 듯했다.

"아… 여기는 제 영지 아닙니까? 지금은 모두 하나로 합쳐졌지만 과거 에우비안 영지와의 경계지점이던 곳… 바로 아마르 평야로군요!"

놀랍게도 그의 아버지가 그를 인도해 온 곳은 아마르 평야였다. 자신의 영지이지만 아직도 전부 돌아보지 못한 광활한 황야지대. 과거 마도시대에는 가장 화려한 문화가 꽃피었던 곳이라고도 하는데 지금은 모두 사라지고 그저 적막하고 넓은 벌판이 전부인 곳이었다.

"이곳이 아마르 평야라는 곳인지는 이 아비는 모르겠구나. 단지 아서시스님께서 너를 이곳으로 인도하신 게지. 내가 알기로 너는 이곳에서 누군가를 반드시 만나야 한다."

"하지만 여기는 그저 벌판일 뿐, 그 누구도 보이지 않는 걸요? 기왕이면 그분이 계신 곳까지 인도해 주시지. 휴우……."

"그건 아마도 너를 기다리는 분께서 직접 인도해 주실 게다. 그러니 아무 걱정하지 마라. 그럼 난 이만 돌아가야겠다. 약속했던 시간이 지나버려 더 버틸 수가 없구나."

"아… 벌써 가시려고요? 더 계시면 안 됩니까?"

갑자기 아버지가 가야 한다는 말을 하자 슈는 마음이 답답해졌다. 정말로 보내고 싶지 않았던 것이다.

"녀석… 우리는 곧 다시 만날 것이니 너무 서운해하지 마라. 이번 일은 내가 아서시스님께 약간 억지를 부렸던 거라 이 정도만 해도 감사한 일이란다. 더 억지를 부릴 수는 없지. 그리고 수야……."

"네, 아버지……."

"나는 언제나 네가 자랑스러웠단다. 지금처럼 건강한 삶을 살기 전부터 말이다. 물론 앞으로도 네가 자랑스러울 것이다.

그러니 아무리 힘든 시련이 다가온다 해도 절대 포기하지 말기 바란다. 하긴 넌 포기라는 게 뭔지도 모르는 아이처럼 커 오긴 했지. 어쨌든 다시 만날 때까지 건강해라."

"아, 아버지… 저도 늘 아버지가 자랑스러웠습니다. 어서 일을 끝내고 곧 다시 뵙겠습니다."

아무리 보고 싶고 더 많은 대화를 나누고 싶던 아버지지만 이미 이 세상 사람이 아닌 것을 알기에 마냥 붙잡고 있을 수는 없었다. 해서 슈는 아쉬움을 뒤로한 채 이렇게 작별인사를 할 수밖에 없었다.

"그래. 네가 앞두고 있는 싸움은 중원에서 펼쳤던 혈맹과의 전쟁 못지않은 선과 악의 싸움인 듯싶다. 선이 승리해야 많은 사람이 다치지 않을 것이니 최선을 다해다오. 그럼 이만 간다."

슈르르르…….

"염려하지 마십시오. 절대 지지 않겠습니다, 아버지!"

마지막 말은 듣지 못했을 지도 몰랐지만 슈는 큰 목소리로 외쳤다.

그런데 바로 그때…….

"하! 그야말로 어린애로군. 이거 실망인데?"

"너는 누구냐!"

평야 한쪽에서 흐릿한 그림자 하나가 나타나더니 이렇게

말을 걸어오는 게 아닌가. 슈의 무공은 지금 거의 화경에 이른 수준. 이 정도 거리까지 사람이 다가오는데 전혀 눈치채지 못했다는 것은 말도 안 되는 일인지라 그의 놀람은 더욱 컸다.

"그러는 너는 누구지?"

"나는 슈다."

"웃기는 소리! 내가 바로 슈다. 너는 어째서 날 사칭하는 것이냐?"

방금 전만 해도 날씨가 맑았지만 낯선 그림자가 다가오는 사이 지독한 안개가 사방에 깔리기 시작했다. 때문에 낯선 그림자의 정체를 알 수가 없었는데 황당하게도 그 그림자는 오히려 화까지 내면서 자신이 슈라고 우기는 게 아닌가.

"거참 어처구니가 없군. 내가 아무리 유명해졌다지만 설마 본인을 앞에 두고 나라고 우기는 인간을 만날 줄은 몰랐군."

"어처구니가 없다고? 큭큭… 잘 생각해 보시지. 자신이 과연 정말 슈인지를……."

처음에는 누군가가 자신을 알아보고 장난을 친다고 생각했다. 하지만 그가 막상 이렇게 말하자 가슴 깊은 곳에서부터 찔리는 것이 생기기 시작했다. 그는 분명 슈이면서 슈가 아니기도 했다. 하지만 그 사실을 알 수 있는 사람이 세상에 존재할 리 없었다.

"너는 대체 누구냐?"

"똑똑한 자라 여겼는데 생각보다 머리가 둔하군. 분명 말했을 텐데. 내가 바로 슈라고……."

"그럴 리가 없다! 어서 정체를 밝혀라. 그렇지 않으면 내 손을 원망하게 될 것이다."

슈는 분명 죽었다. 아니, 살아 있을 수조차 없었다. 당연한 것이 지금 자신이 슈의 육체를 차지하고 있는데 어떻게 그가 멀쩡히 살아서 돌아다닐 수가 있다는 말인가. 그렇다면 지금 저 그림자 인간은 그 사실을 아는 자이거나 아니면 미친 자가 분명했다. 이상한 것은 그가 미친 게 아니라는 묘한 예감이 드는 점이었다.

"그렇게도 힘에 자신이 있는가? 하지만 겨우 그 정도 힘으로는 아무것도 할 수 없을 걸?"

"그래? 어디 그럼 직접 힘을 막아보시지. 타핫!"

어째서 이렇게 화가 나는지 몰랐다. 그는 오랜 세월동안 참는 것에 익숙한 사람이었으며 냉정하다는 소릴 들을 만큼 이성적인 사람 아니던가. 하지만 그림자의 말에는 그를 흥분시키는 뭔가가 있었다.

때문에 슈는 주먹에 상당한 힘을 주입한 채 그림자를 공격하기 시작했다.

"훗, 미련하군. 겨우 이정도로 너의 진짜 적을 이길 수 있다고 생각하나?"

휘잉~

하지만 그의 내공이 삼성이나 주입된 주먹으로는 그림자 인간을 어쩌지 못했다. 말이 삼성이지 그의 현재 내공이 무려 사갑자임을 생각해 본다면 그 한 방으로 호랑이도 즉사할 정도의 힘이었다.

"으드득… 다시 경고하겠다. 네 정체를 얼른 밝히지 않는다면 이번에는 살수를 쓸 터이니 어서 밝히는 게 좋을 것이다."

"거참 할 말 없게 만드는군. 다시 말하지. 나는 슈 부르셀라 폰 레비안또 가누비엔이다. 나이는 올해로 스물한 살이 되겠군."

쿠웅~!

그림자의 대꾸에 슈는 다리에 힘이 풀리는 것을 느꼈다. 행여 슈를 안다 해도 그의 풀 네임을 완전히 아는 사람은 드물었다. 게다가 그림자 인간이 아무리 안개 속에 있다 하지만 슈가 눈에 내공을 주입한 채 바라보아도 도무지 얼굴을 알아볼 수 없어서 더욱 섬뜩했다.

"죽더라도 날 원망하지 마라! 타핫!"

슈슈슉~!

결국 슈는 자신의 검을 꺼내 들고 곧장 그림자를 향해 날아갔다. 이번 공격은 아예 상대를 제거할 생각이었기 때문에 그의 모든 공력이 다 들어간 공격이었다.

그러나…….

스르르르…….

"멍청하긴. 너는 지금 네가 제일이라고 생각하겠지. 하지만 네가 상대해야 할 적은 훨씬 더 강하다. 그 점을 잊지 마라."

"……."

검을 수련한 이후 수많은 적과 겨루어 보았지만 이처럼 허무하게 자신의 공격이 무위로 돌아간 적은 없었다. 슈는 잠깐 동안 돌이 된 듯 아무런 움직임도 보이지 않았다. 그저 입도 열지 않은 채 멍하니 그림자 인간만을 바라보았다. 평야를 휩쓰는 바람이 스쳐 지나가는 동안 둘은 아무런 움직임도 보이지 않았다.

"너는… 정말로 슈였구나. 가짜가 아닌 진짜 슈. 어떻게 이런 일이…….'

"훗… 과연 그분의 선택을 받을 만한 인간이라 이건가? 어떻게 나의 정체를 알았나."

놀랍게도 슈는 이제 스스로 그림자 인간을 슈라고 인정했다. 그가 정말 슈라면 그는 지금 다른 사람의 육체를 빌려서 온 것일까? 여전히 이해하기 힘든 상황이 계속 되고 있었다.

"그건 지금 중요한 것이 아니다. 대체 넌 어떻게 이곳에 온 것인가? 아니 그것보다 네 육체를 찾기 위해서 온 것인가?"

"도로 달라고 하면 줄 수 있나?"

제갈수로 돌아간 슈가 이렇게 묻자 진짜 슈가 되물었다.

"당연히 줘야겠지. 나는 이미 그때 죽었어야 정상인 사람이니까."

"그 말… 진심인가?"

끄덕끄덕…….

슈가 확인하듯 다시 묻자 제갈수는 곧 힘없이 고개를 끄덕였다. 어쨌든 자신은 그동안 덤으로 살았다고 생각했던 것이다.

"푸후… 파하하하하! 정말 대단한 친구로군. 정녕 당신이 옳았습니다. 이런 멍청한 인간이라니……. 저보다 백배 나은 것을 인정하지요."

"……?"

제갈수의 행동에 슈는 미친 듯이 웃어젖히더니 곧 하늘을 향해 이렇게 울부짖었다. 누가 보면 미쳤다고 할 만한 행동인지라 제갈수 역시 어리둥절한 얼굴로 그저 바라보기만 했다.

"이봐, 친구. 정식으로 따진다면 당신이 나보다 세 살 많지만 그냥 친구라고 할 게. 형이란 말은 나에게는 정말 좋지 않은 단어라서……."

"상관없다."

"현실 같게 느껴지겠지만 지금 친구는 가상의 현실 속에 있는 것이야."

"가상의 현실이라고? 말도 안 돼. 어떻게 그런 일이……. 나는 현혹 따위에 당할 만큼 정신이 나약한 인간이 아니다."

"하지만 인간은 인간이지. 신 앞에서는 한없이 작고 초라한 인간."

제갈수는 실로 어이가 없었다. 현실하고 똑같은 이 공간이 가상에 불과하다니. 이 말은 자신이 지금 정신적으로 누군가의 조종을 받는다는 말과 같았기에 그는 강하게 부정했다. 하지만 진짜 현실일 수는 더더욱 없었다. 어떻게 현실 속에서 몇 년 전 중원에서 돌아가신 아버지를 만날 것이며 자신이 차지한 육체의 주인이 나타날 수가 있겠는가. 그는 이 순간 맹렬하게 뒤뇌를 회전시켰지만 여전히 오리무중일 뿐이었다.

"너무 그렇게 머리 굴리지 말라고. 세상에는 상식으로 이해 안 되는 일들이 많거든. 이런… 그분께서 다시 부르시는군. 알겠습니다! 곧 데리고 가겠습니다! 더 자세한 이야기는 그분께서 해주실 거야. 어서 날 따라오기나 하라고."

"으음… 좋아. 따라가지. 그분이 누구인지 내 눈으로 직접 확인해야겠어."

결국 슈는 이 자리에서는 알 수 있는 일이 별로 없다는 것을 깨닫고 순순히 그림자의 뒤를 따르기 시작했다.

"여담이지만… 늘 너에게는 고맙다는 말을 하고 싶었지. 어쨌든 나의 명예를 되찾아 주었을 뿐 아니라 더욱 높였잖아. 정말 고마워. 그런 의미에서 정보 하나를 알려주지."

"그게 뭔가?"

"그분 앞에 가면 무조건 다 달라고 해. 괜히 점잔 빼지 말고 말이야. 그분은 인류의 역사만큼 오래 사셨지만 가끔 아이 같은 면이 많으시거든. 그래서인지 종잡을 수 없는 성격을 가져서 조금만 뒤로 빼려 하면 주려던 것도 도로 가져 가실거야. 이 말을 꼭 명심하라고."

어째서 이런 이야기를 하는지 또 대체 그분이 누구인지는 몰라도 슈는 일단 진짜 슈의 말을 무조건 따르기로 결심했다. 그의 말속에는 진심이 담겨 있음을 느낄 수 있었기 때문이다. 원래 육체의 주인이라 그런 것인지 아니면 그가 영혼이라 그런 것인지는 몰라도 지금 슈는 분명 진짜 슈의 마음을 충분히 알 수 있었다.

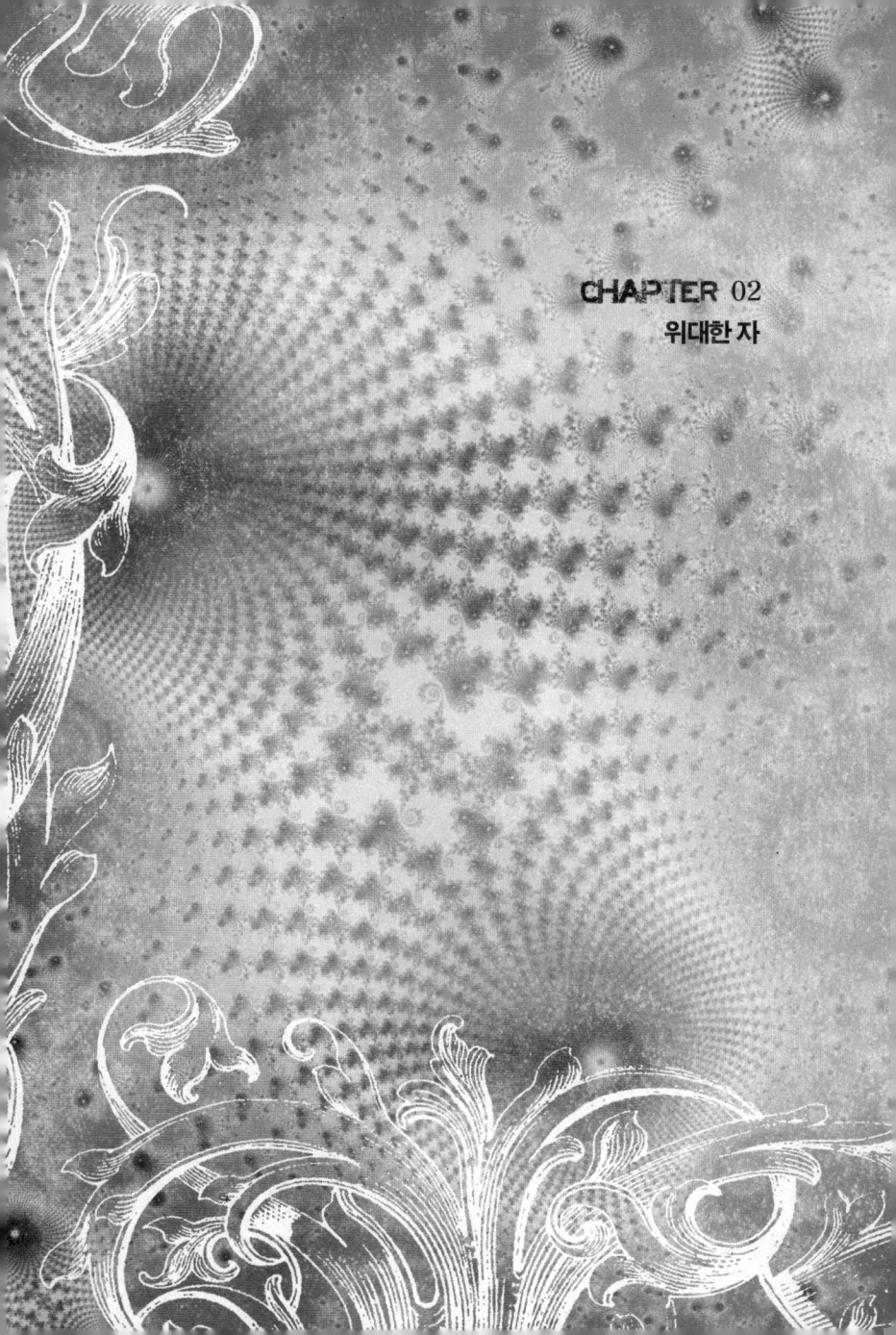

1

콰앙~!
케엑!
털썩…….
"헉헉… 이, 이제 겨우 열 놈 정도를 처리했을 뿐인데 더 이상 견디기 어려울 정도로 마나가 빠져나가다니……. 으으… 어디서 이런 괴물들이 나타날 수가 있단 말인가."

이날까지 그 어떤 전투에서도 물러선 적이 없고 포기해 본적도 없던 마커스는 그야말로 암담함을 느끼고 있었다. 지금자신을 비롯해 대성국 병사들을 포위한 채 다가오는 언데드 몬스터들은 아무리 안 되도 사오천 이상은 되어 보였다.

사실 성스러운 힘을 억누르던 그 이상한 검은 안개가 사라진 직후 다시 힘을 사용할 수 있게 되자 마커스는 어느 정도 자신이 있었다. 그래서 그런지 그는 한소리 호통과 함께 또다시 그들을 공격했다.

"진작 지옥으로 사라졌어야 할 놈들이 신의 뜻을 거스르고 나타나다니……. 내 오늘 네놈들을 모조리 원래 가야할 곳으로 보내 주리라! 타핫!"

캬오오우~!

하지만 막상 부딪쳐본 이놈들은 절대 일반 언데드 몬스터가 아니었다. 물론 신성력 앞에서 조금 주춤거리기는 했지만 크게 두려워하지 않았다. 신체 능력 또한 다른 언데드보다 몇 배 이상이나 강하기에 한 마리를 처리하는 것도 결코 쉬운 일이 아니었다.

그리고 무엇보다 언데드 몬스터는 한 번 죽었던 육신을 가지고 있어서 완전히 부숴버리지 않으면 다시 일어나 공격하는 괴물이라는 점이 가장 큰 문제였다.

"군, 군단장님! 저희 백인부대 대다수가 전멸입니다. 죄, 죄송… 커흑!"

"저희도 전멸에 가깝습니다. 어서 대책을… 끄윽……."

"이보게, 탈루슨 대장! 이보푸 대장~! 젠장!"

아무리 대성국 신의 군사들이 성스러운 힘을 가지고 있고 또 언데드에 강하다지만 이놈들에게는 한참 역부족이었다. 때문에 결국 하나둘씩 쓰러져 갔고 반나절이 지날 즈음에는 이미 이천여 명이나 되는 신의 병사가 목숨을 잃고 말았다.

 비록 거칠고 성격이 급하기는 해도 무척이나 수하들을 아껴왔던 마커스 군단장은 이 모습을 지켜보면서도 속수무책일 수밖에 없었다. 자신 역시 수많은 언데드 몬스터들에게 포위된 상태인지라 몸을 빼낼 수가 없었던 것이다.

 "어서 뭔가 이들을 물리칠 방법을 찾아보란 말입니다! 추.기.경.님!"

 결국 자신의 무능력과 또한 병사들을 이 지옥 같은 곳으로 인도했다는 자괴감이 몰려들며 그는 추기경을 힘주어 불렀다. 괜히 자신을 충동질한 추기경이 미웠던 것이다. 하지만 이미 엎질러진 물. 그를 원망한다고 해서 죽은 병사가 살아 돌아오진 않았다.

 "성기사들은 모두 이쪽으로 모여라. 이제 어느 정도 성스러운 힘이 찼으니 그것으로 돌파구를 만들어야 한다!"

 "네, 추기경님!"

 그나마 다행인 것은 절망이 사라짐으로 인해 성스러운 힘을 어느 정도 회복할 수 있다는 점이었다. 이로 인해 특히 추기경과 재빨리 사제들은 정신을 추스르고 성기사들에게 서둘러 각종 축복을 내리려고 하는 것이다.

"사제들은 이곳 주위로 일단 성스러운 방어막을 펼쳐라!"

"알겠습니다. 프로텍션 오브 이블~!"

촤라라랑~!

사제들이 성스러운 마나를 모아 방어막을 펼치자 그렇게 기승을 부리며 달려들던 언데드 몬스터들이 주춤하며 근처로 달려들지 못했다. 보이지 않는 투명한 막이 가로막았기 때문이다.

안타까운 것은 사제의 숫자가 그렇게 많지 않아 이 방어막을 광범위하게 펼칠 수 없다는 점이었는데 그로 인해 범위 밖에 있던 신의 병사들은 더욱 집중 공격을 받게 되었다.

"시간이 없으니 서두르자. 사제들은 이제 모든 마나를 나에게 집중하고 성기사들은 각 다섯 명씩 내 앞에 서게."

"알겠습니다."

캬오오오우~!

언데드 몬스터들의 위협적인 괴성을 들으면서도 매스치아레는 침착했다. 그 역시 지금 자신의 역할이 얼마나 중요한지 인식한 모양이다.

"아서시스님이시여, 당신의 무한한 힘을 이들에게 내려주사 놀라운 기적을 체험하게 해주소서! 드로우 어폰 홀리 마이트~!"

슈와아아앙~!

"성스러운 힘이여, 대지의 굳건함이여, 여기 임재해서 그대의 강인함을 심어주리라, 아머 오브 페이쓰!"

촤르르르르~!

사제들의 마나까지 흡수한 매스치아레가 다섯 명씩 자신 앞에 서는 성기사들에게 이 두 개의 축복을 내렸다. 그러자 곧 그들의 육체에 상당한 능력이 생성되기 시작했다. 전투 시 유용한 힘과 방어가 보통 때보다 훨씬 강해진 것이다. 이것들은 모두 그 바탕이 성스러운 기운에서 비롯된 것이라 특히 언데드 몬스터들에게는 효과가 더욱 나을 터였다.

"자, 이제 나가라! 아서시스님을 위해 싸우는 용사들이여! 가서 승리를 쟁취하라!"

"가자~! 와아아아~!"

"언데드 몬스터들을 박살 내자!"

그리고 사제들이 펼쳐 놓았던 방어막이 사라지자 그들은 용기백배한 모습으로 곧장 언데드 몬스터들에게 달려들었다.

"이야압!"

서거걱~!

캬울~

툭! 떼구르르……

아까와는 전혀 다른 양상이 벌어지기 시작했다. 마커스 군단장의 일검에 스켈레톤 한 마리의 목이 맥없이 떨어져 버린 것이 그 시작이었다. 방금 전까지도 힘겹게 한 마리씩 물리치던 것과는 완전히 비교되었다. 다들 이런 모습을 목격하자 너나 할 것 없이 각자 언데드 몬스터 한 마리씩 차지하고 검을 날렸다.

"징그러운 놈~ 죽어랏!"

그그극~!

"사라져랏!"

끼리릭~!

각자 부딪치는 검의 소리는 달랐지만 결과는 비슷하게 나타났다. 모든 기사가 각 한 마리의 언데드 몬스터를 멈추게 만든 것이다.

"이 기세를 살려서 아군에게 붙어 있는 놈들을 먼저 쳐라! 서둘러라!"

"알겠습니다!"

두두두두…….

잠깐 동안 전세가 역전되는 듯했다. 그만큼 축복을 받은 성기사들의 움직임은 눈부셨다. 비록 성기사의 수가 이백여 명에 불과했지만 워낙 언데드 몬스터들을 처리하는 속도가 빨라져서 오히려 언데드 몬스터들을 압도하는 것처럼 보일 정도였다.

 '으음… 어쩌지? 이대로 방관만 하고 있으면 언데드 몬스터들이 모두 쓰러질지도 모르는데……. 그렇다고 우리가 나서게 되면 대성국 사람들은 저항 한 번 제대로 못해보고 전멸할 게 뻔하다.'

 바로 아우웬스키가 이런 생각을 하며 망설이고 있었다. 그의 생각대로 만에 하나 블러드 기사단과 카타리안 병력이 이 상황에서 끼어든다면 아무리 성스러운 축복을 받고 있는 대성국의 성기사단이라 해도 모조리 쓰러질 수밖에 없다. 성스러운 축복은 평범한 인간에게는 그리 대단한 능력을 보여줄 수 없기 때문이다. 그 점을 잘 알고 있기에 아우웬스키 아니, 퉁이는 고민에 빠질 수밖에 없었다.

 그런데 바로 그때 그의 고민을 한 방에 날려 버리는 중얼거림이 들려왔다.

 "이런 벌레 같은 놈들이……. 감히 내 아이들을 망가뜨리다니 정녕 가소롭구나! 그렇다면 내 지금부터 재미있는 놀이를 구경시켜 주지. 흐흐흐……."

 자신이 소환해낸 언데드 몬스터들이 마구 쓰러지고 있는 것을 그저 구경만 하던 슈샤인테르가 기과한 미소를 지으며 한 발 나선 것이다. 이로 보아 뭔가 음흉한 꿍꿍이가 있는 모양이었다.

"저희들이 나설까요?"

"그럴 필요없다. 저놈들은 곧 더 황당한 사태를 맞이할 것이다. 지금부터 나는 주문을 읊어야 하니 너와 네 부하들은 날 엄호해라."

"그렇게 하겠습니다!"

아우웬스키는 속으로 안도의 한숨을 내쉬면서도 겉으로는 아깝다는 표정을 지으며 뒤로 한 발 물러났다. 그러자 곧이어 슈샤인테르의 입에서 기괴한 주문이 새어 나왔다.

"어둠 저편에 있는 죽은 자들의 영혼이여… 암흑의 존재께 허락받은 내가 명하노니 어서 일어나라……. 분노를 품은 채 일어날 지어다~! 네크로 부드~!"

우우웅…….

그리고 그의 주문이 끝나자 실로 섬뜩한 일이 벌어지기 시작했다.

2

슈르르르…….

진짜 슈가 제갈수를 인도해 간 곳은 아마르 평야 남서쪽 방향이었다. 이쪽은 아예 황폐해서 농사조차 짓지 못하는 척박한 땅인데다가 어찌나 토양이 메말랐는지 풀 한 포기도 제대로 자라지 못한 곳이었다. 때문에 이미 인적이 끊긴지가 오래였고 짐승이나 몬스터들조차 나타나지 않았다. 분명 이쪽도 같은 아마르 평야지대로 포함되어 있기는 했지만 이미 사막화 현상이 나타나고 있었다.

그런데 그런 평야지대임에도 불구하고 진짜 슈가 앞장선 곳 앞에는 실로 거대한 동굴 하나가 입을 쩍 벌리고 있었다. 깊이를 전혀 짐작할 수 없는 그런 깊은 동굴이 말이다.

"여기에 이렇게 깊은 동굴이 존재했다니……. 내 땅인데도 전혀 모르고 있었군."

동굴 앞에서 제갈수가 믿을 수 없다는 표정을 지으며 한마디 하자 진짜 슈는 어처구니없다는 웃음과 함께 이야기를 꺼냈다.

"여기가 친구의 땅이라고? 하하… 천만에. 여기는 이미 수천 년 전부터 위대하신 분의 영토였어. 이 동굴이 있는 곳 바로 아래쪽부터 고대 마도시대의 도시가 설립되긴 했지만 그것도 그분께서 허락하셨기에 가능한 일이었지. 그때 도시를 설립한 자가 그분의 제자였거든. 아마 자네도 들어본 적이 있을 거야. 대마법사 카우린이라는 분의 전설을 말이야."

"아… 마법의 조종이라 불리는 그분 이야기야 수없이 들었지. 백마법사들은 거의 신처럼 떠받들더군. 마법 서클에 대한 개념도 그분이 세웠다던가. 맞지?"

"맞아. 인간으로서는 최초로 그분의 제자가 되었던 분인 만큼 그 능력이야 말할 것이 없었지. 아무튼 나도 죽은 뒤에야 알게 된 사실이긴 하지만 이 인근은 모두 그분께서 직접 다스렸던 곳임에는 분명해. 그러니 행여 그분 앞에서 이곳이 네 땅이라는 소리는 아예 입 밖에 내지 마라. 그랬다가는 그분 성격에 뭐 하나 얻지도 못하고 쫓겨날게 분명하니 말이야."

"휴우… 거참… 아무튼 알았으니 자네가 말하는 그분에게 가보지. 대체 어떤 사람이기에 수천 년 전부터 이 땅의 주인이라 하는지 궁금하군."

동굴 안으로 천천히 걸어가면서도 두 사람, 아니 한 사람과 한 영혼은 이런 대화를 나누었다. 그중 눈에 띄는 대목은 바로 전설적인 대마법사 카우린에 대한 부분과 그의 스승이라는 사람에 대한 부분이었다. 수천 년 전부터 이곳을 다스렸다는 존재라면 일단 인간은 아닐 터였다.

도대체 그 존재가 어떤 존재인지 궁금했지만 제갈수는 굳이 묻지 않았다. 어차피 안으로 들어가 보면 그 궁금한 존재를 직접 볼 것 아니겠는가.

"아직 멀었나? 벌써 동굴 안에 들어온 지가 한참 된 것 같은데?"

"다 와가. 그런데 넌 생각보다 참을성이 없군. 남의 육체를 차지할 정도면 뭔가 달라야 하지 않은가?"

"참나. 나도 네 육체를 차지하고 싶었던 마음은 전혀 없었거든? 그러니 그런 식으로 빈정거리지 말라고. 억울하면 도로 가져가든지."

근 한 시간 가까이를 들어 왔는데도 동굴은 끝이 보이지 않았다. 안으로 들어갈수록 어둠은 짙어져 바로 코앞도 전혀 보이지 않을 정도가 되었다. 하지만 내공이 이미 사 갑자에 달한 제갈수에게 불편을 줄 수는 없었다. 물론 진짜 슈야 영혼 상태이니 말할 필요도 없었다.

"발끈하기는. 자, 이제 그분께 가까이 왔으니 조용히……."

"아무리 그분이 대단하기로서니 설마 내 입 가지고 떠드는데 뭐라 하실 라고……."

제갈수가 중원에서는 삼류 고수조차 감당하지 못할 정도로 약해서 모든 것에 조심했지만 슈의 육체를 차지한 이후 놀라운 무공을 익히면서 세상에 두려운 것이 없었다. 때문에 이처럼 괜히 목에 힘을 주며 큰소리를 친 것이다.

그런데 바로 그때…….

―껄껄껄… 그놈 호기는 있군. 어디 날 만나고도 그렇게 말할 수 있는지 볼까? 어서 들어와라.

웅웅… 우웅…….

쿠르르릉…….

실로 거대한 범종이 바로 귓전에서 울린 것 같은 어마어마한 음성이 동굴 일대에 울려 퍼졌다. 어찌나 목소리가 큰지 오죽하면 그 울림으로 동굴 벽 일부가 무너져 내릴 정도였다.

"이, 이런… 마법의 힘이 실린 음성인가? 실로 엄청나군. 내가 살던 곳에서 소위 말하는 음공의 대가조차 흉내 내기 어려운 소리라니……. 과연."

"하핫, 겨우 이정도 가지고 놀라다니. 이런 건 그분에게는 장난 축에도 못 낀다고. 어서 가지. 요 앞이 그분의 처소다."

만난 직후부터 지금까지 그저 큰소리나 칠 줄 알던 제갈수가 움츠러드는 모습이 재미있는지 진짜 슈가 웃으며 좀 더 서둘렀다. 그의 말대로 동굴이 살짝 꺾인 쪽을 지나가면 '그분'이 있는 곳인 모양이었다.

"그를 데리고 왔습니다, 하이타리온님이시여!"

"하, 하이타리온이라면……. 설마?! 저, 저게 드, 드래곤의 모습?!"

꺾인 곳을 막 돌아서자마자 슈는 놀라운 광경을 목격할 수 있었다. 그곳에는 어지간한 성의 훈련장보다 더 넓은 공동이 있었다. 게다가 이곳은 다른 곳과 달리 중앙이 환했다. 바로 천장 쪽에서 빛이 쏟아져 내려오고 있었다. 제갈수는 그것이 까마득히 위쪽에 구멍이 나 있기 때문이라는 사실을 곧 깨달을 수가 있었다.

그리고… 그 빛의 커튼 속에 실로 거대한 흑빛 몸뚱이가 웅크리고 있었다. 제갈수로서는 태어난 이래 처음 보는 거대한 바위 같았다. 처음 그는 그것이 살아 있는 몸뚱이라는 생각을 못하다가 옆에 있던 진짜 슈가 하이티라온이라 부르는 것을 들었다. 그제야 저 거대한 덩치가 생명체임을 알게 되었다. 그것도 대륙의 누구나 알고 있는 전설의 드래곤 하이타리온이라는 것을…….

과거 흑마법사들을 일거에 사라지게 만들었던 바로 그 드래곤이었다.

거대한 덩치의 하이타리온은 엎드려 있다가 가만히 고개를 돌려 제갈수를 쳐다보았다.

스으윽… 번쩍…….

제갈수는 그 시선에 헛바람을 들이켤 수밖에 없었다. 너무도 강렬한 녹색의 빛이 그의 눈으로 쏟아져 들어왔기 때문이다. 하지만 눈을 바늘로 찌르는 듯한 고통을 억지로 이겨 내며 그는 하이타리온의 눈을 똑바로 쳐다보려 노력했다.

"헉… 눈이… 눈이 아프다… 끙…….."

그러자 그의 눈에서는 곧 핏물이 맺히기 시작했다. 그만큼 녹색 빛이 주는 충격은 엄청났다.

―과연 그분께서 칭찬할 만한 인간이로고. 나의 눈빛을 그렇게까지 오래 마주 본 인간은 네가 처음이다. 과거 나의 제

자 카우린도 이 정도는 아니었지. 언제나 하찮다고 여겼던 종족인 인간이 가지고 있는 잠재력은 생각보다 대단한 것 같군.

"그건 아마 제가 익히고 있는 무공이라는 것 때문일 겁니다. 하지만 제 무위가 그리 높지 않아서 하이타리온님의 눈빛을 고스란히 감당하기에는 역부족인 것 같군요······. 끄으으······."

제갈수가 만일 절맥으로 인해 지독한 고통의 시간을 가져 본 적이 없었다면 이 순간 눈을 감고 쓰러졌을 것이다. 그 정도로 녹색 빛에 담긴 힘은 엄청났다. 하지만 제갈수는 눈알이 서서히 파여지는 섬뜩한 고통 속에서도 그것을 견디며 끝까지 참고 눈을 부릅뜨고 있었다.

─무공이라······. 너는 정말로 그 하찮은 힘으로 나의 눈빛을 견디는 것이라 생각하느냐. 그건 아니다. 지금 내가 너를 시험해 보는 이 녹색 눈빛은 인간의 힘으로 거부할 수 없는 힘이란다. 오로지 정신력이 강한 인간만이 어느 정도 감당할 수 있는 종류라 할 수 있지. 너는 지금 육체의 힘으로 견디는 것이 아니라 순수한 정신의 힘으로 대항하는 중이다. 그게 흥미를 불러일으키는군.

"더, 더 버티기는 힘듭니다. 어서 이 힘을 거두어 주소서."

팟!

"끄웅."

털썩!

제갈수가 마음에 들었는지 하이타리온은 입가에 희미한 미소를 지으며 눈빛에 실었던 힘을 풀었다. 그러자 긴장이 풀린 제갈수는 그대로 자리에 주저앉고 말았다. 그만큼 힘이 들었던 탓이다.

—아이야. 내가 바로 하이타리온이다. 너를 이곳까지 부른 장본인이기도 하지.

위대한 드래곤 하이타리온이 마침내 제갈수를 부른 이유를 꺼내기 시작했다.

3

슈가 사라진지 만 하루가 지나자 그의 측근들은 모두 모여서 회의를 열었다. 그나마 어제 경비를 서던 기사의 전언이 있었기에 큰 소동은 없었지만 처음 있는 일에 그들 나름대로 걱정이 되었던 것이다. 특히 올리비아의 얼굴은 하루 사이에 몹시 수척하게 변했다.

"로드께서 남긴 말씀대로 어서 이동하는 게 어떻겠소?"

"그렇지만 곧 돌아오실 지도 모르잖아요. 하다못해 오늘 하루만 더 기다려 보기로 해요."

지금도 회의가 시작한지 벌써 한 시간이 지났지만 대다수의 기사들이 이동하는 쪽으로 이야기하는데도 미련이 남은 올리비아가 자꾸 딴죽을 걸었다. 이미 그녀가 얼마나 자신들의 로드를 사랑하고 있는지 알고 있는 수하들에게는 실로 난감한 일이 아닐 수 없었다.

"공주님, 제가 한 말씀 올려도 되겠습니까?"

"어머… 물론이에요, 샤베리온 사제님. 사제님께서 말씀하시려는데 누가 감히 막겠어요? 어서 말씀해 보세요."

바로 그럴 때 기사들의 마음을 헤아린 것인지 작전 회의나 모두가 움직이는 일을 결정할 때는 단 한 번도 자기주장을 펴지 않았던 샤베리온이 나섰다. 지금 슈의 진영에서 샤베리온은 슈 다음으로 존경받는 인물이었다.

전장에 참여한 이라면 누구라도 샤베리온에게 치료나 축복을 받은 처지였기에 자연스레 존경심이 생긴 것이다. 물론 델리슨 역시 대마법사인만큼 비슷한 존경을 받고 있지만 샤베리온의 영향력 정도는 아니었다. 올리비아 공주 역시 진심으로 샤베리온을 존경하기에 그가 나서자 겸손한 태도로 한 발 물러섰다.

"전선으로 출발하던 날, 가누비엔 공작께선 제게 전선의 상황이 급박하다 하셨습니다. 지금 뭔가 그와 관련된 일 때문에 급히 어디론가 가신 것이라 사려됩니다. 우리가 이처럼 설왕설래하면서 시간을 끌고 있으면 안 된다는 생각이 드는군요. 애초부터 돌아와서 합류해 움직일 것 같았으면 경비를 서던 기사에게 그런 명령을 내리지도 않으셨을 겝니다. 평소 로드의 성품으로 봐서 그렇게 행동하신 데에는 뭔가 깊은 사연이 있겠지요. 또한 우리는 그분의 명대로 어서 테세인 성으로 달려가야 하는 게 옳다고 생각합니다, 공주마마."

"일리 있는 말씀입니다. 제가 잘못했다는 생각이 드는군요. 가누비엔 백작님께서 애초부터 서두르신 것은 다 이유가 있기 때문일 텐데 괜히 제가 시간을 끌었네요. 죄송합니다."

"아, 아닙니다. 공주님. 죄송하시다니요. 오히려 우둔한 저희들 잘못입니다. 그러니 그런 말씀은 행여나 하지 마십시오!"

공주가 고개까지 숙이며 사과하자 보나프가 기겁하며 이렇게 말했다.

"이제라도 서둘러요. 이러다가 그분께서 테세인 성에 먼저 도착하시고 아무도 안온 것을 알고 기절하실까봐 갑자기 걱정이 되네요. 호호……."

"로드께서 기절하신다고요? 그거 참 상상만 해도 너무 재미있습니다. 으하하하!"

한때는 잘난 귀족 앞에 차갑고 도도하게 굴어 아이스 프린세스로 불렸던 올리비아 공주였다. 그때도 괜찮은 사람들에게는 언제나 겸손하고 친절했다. 그렇다고는 하나 일국의 공주가 자신의 잘못을 만인 앞에서 솔직히 시인하기란 결코 쉬운 일이 아니었다. 그럼에도 올리비아 공주는 잘못을 인정했을 뿐 아니라 마지막에는 가벼운 농담으로 마무리지어 분위기를 전환시켰다.

"자자, 지금은 웃고만 있을 때가 아니라고. 어서 공주님 말씀대로 서두릅시다!"

"그럽시다!"

한층 분위기가 밝아지자 와일드 팩이 소리쳤다. 그러자 다른 기사들도 그에 호응하며 부산스럽게 움직이기 시작했다. 한번 결정한 이상 더 이상 시간 낭비를 하기 싫었던 것이다.

"모두 출발한다!"

"출발!"

두두두두…….

그리고 마침내 그들은 애초 슈가 이야기한 시간보다 반나절쯤 늦게 현장을 떠났다. 그런데 어쩌면 이 반나절이야말로 빛의 신 아서시스의 의도된 시간이었는지도 몰랐다. 그들이 좀 더 빨리 출발해서 목적지에 도착했더라면 어쩌면 더욱 큰 위험에 처했을지도 모를 일이었다.

한편, 대성국의 반항이 의외로 거세지자 화가 난 슈샤인테르가 엄청난 일을 저지르고 있었다.

"말, 말도 안 돼. 어찌 이런 일이······."

"저, 저럴 수가······. 으으··· 어떻게 그 자리에서 방금 죽은 시체가 일어났다. 설마 흑마법사들 가운데서도 최고의 마스터가 온 것이란 말인가?"

슈샤인테르가 무서운 그 첫 번째는 바로 방금 전 언데드 몬스터들에게 죽었던 대성국 신의 병사들이 되살아나는 것에서부터 시작되었다. 통상 흑마법사나 네크로멘서들이 언데드 몬스터를 부리기 위해서는 시신을 가져다가 약물 처리를 한 다음 마법의 진 위에 올려 상당시간 공을 들여야 한다. 그게 일반적인 상식이다.

하지만 슈샤인테르는 그런 상식을 무시하고 단지 주문만으로 방금 죽은 시체에 새로운 생명력을 불어 넣고 있었다.

꿈틀··· 꿈틀······.

캬오오오~!

물론 그가 처음에 데리고 온 언데드 몬스터들만큼 강력하지는 않았다. 성기사들이 평소 우습게 생각하는 그런 처리하기 쉬운 평범한 언데드 몬스터였기 때문이다. 하지만 문제는 전혀 엉뚱한 곳에 숨어 있었다.

카우우우~!

"자, 자네는 핸슨? 커헉! 제, 젠장······."

엎어져 있다가 되살아난 시체들이 모두 동료였던 자들이

다 보니 대성국 기사들과 병사들 사이에 혼란이 벌어졌다. 친구였던 자들이 죽어서 달려오는데 냉정하게 살수를 쏜다는 게 그리 쉽지 않았다. 때문에 잠시 주춤하는 사이 최초 등장했던 언데드들이 그 틈을 이용해 기사들을 죽여 나갔다.

"어차피 죽은 자들이다. 인정에 얽매이지 말고 무조건 우리 병사 복장을 하고 있는 언데드 몬스터들을 먼저 처치해라!"

그뿐이 아니었다. 아무리 하찮은 언데드 몬스터라 해도 순식간에 근 이천여 마리가 불어나자 원래의 언데드 몬스터들과 섞여서 구별하기가 어려웠다. 물론 마커스 군단장의 명대로 대성국 군사의 복장을 하고 있는 몬스터를 먼저 노리면 될 듯하지만 그게 뒤섞여 있어서 골라내는 동안 기존 언데드 몬스터가 자꾸 달려들어 생각처럼 되지는 않았다.

이렇게 가면 갈수록 대성국의 병사들은 그 숫자가 줄어들고 있었지만 반대로 언데드는 늘어나는 추세였다.

"정말 끝까지 구원군을 내보내지 않으실 생각이십니까?"

"스스로 판 무덤이오. 그리고 무엇보다 지금 구원군을 내보낸다 해도 도움이 될 수 없소. 괜히 아군의 희생만 커질 뿐……."

한 기사의 말에 크루빈이 답했다.

현재 테세인 성에는 슈의 측근이라고는 크루빈이 유일했다. 이는 그 누구도 흑마법사의 진정한 능력을 제대로 알지 못한다는 말과도 같았다. 지금 성 밖의 전투 상황을 전해 듣고 건의한 기사도 알고 보면 원래 이곳 테세인 성의 천인대장으로 있던 사람이었다. 그렇기에 더욱 더 흑마법사의 능력을 알지 못했고 때문에 크루빈의 대답에 약간 불만스러운 표정을 지을 수밖에 없었다.

"하지만 결국 대성국 사람들이 전멸하면 우리는 더욱 불리한 상황 속에서 싸워야 하는 것 아닙니까? 그러기 전에 한 명이라도 더 구해서 합류하는 게 낫다고 생각합니다."

"기다리시오. 곧 그분께서 오실 것이오. 그때까지는 단 한 명도 더 이상 성문 밖으로 나가지 못하오. 이건 임시 사령관으로서 내리는 명령이오."

"그분이라시면 가누비엔 백작님을 말씀하시는 겁니까?"

"그렇소."

크루빈은 시선을 왕성 쪽으로 향하며 이렇게 강한 어조로 대꾸했다. 그 역시 초조하고 불안하지만 그 이상으로 슈를 믿었기에 여전히 그의 말을 따르고 있었다. 하지만 상황은 시간이 흐를수록 급박해져만 갔다.

4

테세인 성에서 대성국 병사들이 고전을 면치 못하고 있을 무렵, 슈의 모습을 하고 있는 제갈수는 인간의 역사 가운데 유일하게 존재를 드러낸 드래곤, 하이타리온과 진중한 대화를 나누고 있었다.

―지금으로부터 구백여 년 전, 나의 제자 카우린에 의해 시작되었던 마도시대가 끝났다. 너도 이곳의 역사에 관해 조금이라도 관심을 가져 보았다면 알고 있는 내용일 것이다.

"네, 그 다음부터 성도시대가 시작되었다고 알고 있습니다."

―그렇지. 그 이후부터 아서시스님을 추종하는 자들이 득세했네. 하지만 근 천 년 이상 이어가던 마도시대와는 달리 성도시대는 상당히 빨리 그 종말을 맞이하였지. 그 이유를 들어본적이 있느냐?

"없습니다. 하지만 얼마 전 대성국 사람들을 만나봤기에 짐작이 가는 부분은 있습니다."

제갈수가 위대한 드래곤 하이타리온과 너무도 편안한 모습으로 대화를 나누자 진짜 슈는 감탄을 하고 말았다. 확실히 자신의 육체를 차지한 저 인간은 뭔가 다르긴 다르다는 생각을 한 것이다.

―짐작가는 것이 무엇인지 우선 말해 보거라.

"성도시대에는 사제들과 신관들 그리고 성기사들이 득세를 했겠지요. 그들은 신을 앞세워 권력을 차지했을 것이고 그로 인해 교만해진 것 아닙니까? 교만이 극에 달하면 결국 죄를 지을 것이요, 그것을 신께서 기꺼워할 리가 없겠지요. 인간이 교만에 빠지는 것은 순식간입니다. 그러니 성도시대가 오래갈 수가 없었을 터입니다.

―허허… 정말 본 것처럼 이야기하는구나. 역시 뛰어난 아이로군. 네 말이 모두 맞았다. 단지 거기에 성도시대의 마지막을 장식한 한 사람이 더 있다는 것만 빠졌을 뿐…….

"성도시대의 마지막을 장식했던 한 사람이라면……. 혹시 그가 제 앞을 막고 있는 그 존재입니까?"

슈의 예리한 추측에 하이타리온은 정말로 감탄하고 말았다. 이계에서 왔다는 제갈수의 명석함이 눈에 들어왔기 때문이다. 보기에는 쉬워 보이지만 남의 이야기를 들으며 그 앞까지 유추하는 것은 아무나 할 수 있는 일은 아니었다.

―내 생의 마지막에 너와 같은 아이와 인연이 닿게 되다니……. 휴우… 네 말이 맞다. 성도시대가 끝나는데 가장 결정적인 역할을 했던 자가 바로 '그자' 다. 스스로를 일컬어 '절망' 이라 부른다…….

"그렇다면 그자는 최소한 육백 년 이상을 살고 있다는 말이로군요. 인간이 어떻게 그럴 수가…….''

제갈수가 이세계에 와서 알게 된 대륙의 역사를 보게 되면 흑마법사들의 창궐로 성도시대가 끝났을 시기가 지금으로부터 육백여 년 전이다. 그러니 하이타리온의 말대로 절망은 육백 년 이상을 살았다는 말도 안되는 결론에 도달하게 된다.

―육백 년이 아니라 그보다 더 살았다고 볼 수 있지. 그의 진실한 정체는 바로 마도시대 끝 무렵에 등장했던 성자 율리세스이니까.

"네? 그가 성도시대를 열었던 세기의 성자 율리세스라고요? 그, 그럴 수가……."

성자 율리세스.

그는 신의 두 번째 아들이라 불렸던 사람이었다. 첫 번째 아들이 죽음에서 부활한 것으로 유명하다면 두 번째 아들 율리세스는 사람으로 태어나 수많은 사람들에게 진실한 신의 모습을 알려준 선지자로 유명했다. 그는 평생 자기희생 속에서 살아간 것으로 알려졌는데 그런 사람이 흑마법사들을 조종하는 절망이라니. 제갈수는 쉽게 믿을 수가 없었다.

―당시 그가 아서시스님의 선택을 받은 인간인 것은 맞다. 하지만 성자이기에 실로 어처구니없는 일을 당하게 된다.

"어떤 일을 당했는데요?"

도대체 무슨 일로 인해 세기의 성자라 칭송이 자자하던 사람이 하루아침에 악마로 화했을까. 제갈수는 그 점이 궁금해졌다.

―그가 성자로 추앙을 받자 당시 교황이던 기시레스와 그 측근들이 음모를 꾸며 그의 일가족을 모두 죽이는 사건이 벌어진 것이지. 하지만 세상에 영원한 비밀은 없는 법……. 결국 그가 그 사실을 알게 되었고 그 순간 성자인 자신이 혐오스러워진 그는 오로지 복수를 꿈꾸게 되었던 게야. 하지만 불행히도 그가 익히고 있던 성스러운 마법과 마나로는 복수가 불가능했지. 그것을 깨달은 그는 결국 해서는 안 될 선택을 하고 말았다.

"복수를 위해 흑마법을 익힌 것이로군요."

―영리한 아이군. 맞다. 그는 대대로 성전에서 보관해 오던 '악마의 금서'를 훔쳐 그 안에 기록되어 있던 무서운 흑마법을 익혔던 것이다. 문제는 그 악마의 금서에 적혀 있던 흑마법은 절대 살아 있는 생명체가 익힐 수 있는 흑마법이 아니었다는 점에 있어.

"하지만 죽은 시체가 흑마법을 사용할 수는 없지 않습니까?"

―그건 그렇지만 한 가지 예외가 있다.

"예외요?"

제갈수는 점점 더 하이타리온의 이야기에 빠져들어서 조금만 의문이 생겨도 즉시 질문부터 하였다. 그만큼 슈에겐 이

위대한 자 65

야기가 흥미로웠기에 궁금증을 참을 수 없었던 것이다.

―분명 죽은 것이지만 살아 움직이는 존재들. 그 가운데서도 유일하게 마법을 사용할 수 있는 존재가 있다. 바로 리치이지. 율리세스는 스스로 자신의 생살을 녹여 버리고 뼈만 남기는 무서운 고통조차 감수하면서 결국 리치가 되고 말았던 것이다.

"리, 리치라니… 그렇다면 그 역시 언데드 몬스터란 말씀입니까?"

이야기가 진행될수록 제갈수의 놀라움은 커져만 갔다. 아니, 한편으로는 가족을 잃은 슬픔 때문에 자신의 인생을 고통 속에 처박아 넣은 한 그에 대한 연민도 생겨났다. 하지만 아무리 자신의 복수가 중요해도 죄없는 사람들까지 죽이는 것을 용납할 수 있는 사안이 아니었다. 어찌 되었든 성자였던 그가 리치라는 사실이 실로 경악스러운 진실임에는 분명했다.

더군다나 리치 역시 마법을 사용할 수 있는 언데드 몬스터로 알려지긴 했어도 한 번도 등장한 적이 없는 전설 속의 몬스터로 알려져 있었기 때문이다. 하이타리온은 슈의 생각을 부정하며 말을 이었다.

―하지만 그는 절대 언데드 몬스터가 아니다. 언데드 몬스터란 그를 죽음에서 소환해낸 존재가 있어야 하지. 그리고 일

반 리치라면 당연히 누군가가 소환해야 존재할 수 있고 말이야. 하지만 그는 스스로의 의지로 만들어진 리치이다. 때문에 소환자가 리치를 부릴 때 꼭 있어야 할 라이프 베슬이 그에게는 없단다. 즉, 그는 스스로 생각하고 움직이는 불멸의 흑마법사가 된 것이니 희대의 괴물이라 할 수 있겠지.

"라이프 베슬이 없는 리치라면 통제 불능이라는 이야기인데 거기에다가 천 년 가까이 살아 왔다면……. 휴우……. 그런데 과거 그가 성도시대를 마감시키며 세상을 멸망으로 인도할 때 하이타리온님께서 그를 직접 응징했다고 들었습니다만……."

아무리 능력이 뛰어나고 머리가 명석한 제갈수라 해도 답이 나오지를 않았다. 지난번 상대한 메세토만 해도 얼마나 무서웠던가. 그런 메세토를 어린아이만도 여기지 않게 만드는 존재가 바로 절망이었다. 그래서 그런지 제갈수는 일부러 더 처연한 한숨을 내쉬며 은근슬쩍 하이타리온에게 이런 말을 꺼냈다.

―그래, 그때 나는 인간세상을 조율해야 하는 입장이었기에 결국 나설 수밖에 없었지. 그는 이미 인간이 상대할 수 있는 존재가 아니었거든. 만일 그대로 더 두었다가는 결국 인간은 모두 그의 노예가 되고 말았을 게야.

"그렇다면 이번에도 역시 하이타리온님께서 나서시면 안

됩니까? 그때도 그렇게 강하던 자라면 지금은 더 강할 테고 그런 자를 인간이 상대할 수 없는 점은 마찬가지 아닙니까?"

제갈수가 하이타리온 앞에서 불쌍한 척을 한 진짜 목적이 바로 이것이었다. 아무리 강한 리치라 해도 이 눈앞에 있는 거대한 드래곤 앞에서는 별 힘을 발휘하지 못할 것 같았던 것이다. 즉, 하이타리온이 나서주기만 한다면 그가 지금 가장 껄끄럽게 생각하고 있는 적을 처리하고 결국 이번 전쟁을 승리로 이끌 수 있을 것이 분명할 터였다.

―나도 그러고 싶지만 이미 늦었다. 사실 나는 그동안 너무 오래 살았거든. 자연의 품으로 돌아갈 때가 지났거든. 그 때문에 너를 여기까지 부를 수밖에 없었던 것이고. 모든 생명체는 주신의 뜻을 어길 수 없네. 우리 드래곤이 중간계의 신이라고까지 불리고 있지만 우리 역시 그 범주를 벗어날 수 없는 피조물이니라.

"아… 하지만 저의 능력은 그에 비해 한참 부족합니다. 그의 수하조차 혼자 이길 수가 없어서 온갖 방법을 다 동원했는데 어찌 그를 물리칠 수 있겠습니까."

어지간해서는 자신감을 잃지 않는 제갈수라 해도 율리세스 같은 괴물 앞에서는 속수무책일 수밖에 없었고 그렇기에 스스로 답답할 뿐이었다.

―너는 내가 널 왜 불렀다고 생각하느냐?

"그, 글쎄요? 저도 솔직히 잘 모르겠습니다."

―내가 이제껏 죽음을 억지로 미루며 버틴 것은 바로 날 대신해서 그자를 제거할 사람을 기다렸기 때문이지. 그 사람이 바로 너다. 물론 너는 지금 인간들 가운데서는 상당히 강한 편이지만 그에 비하면 상당히 모자라지. 하지만 내가 너에게 나의 능력을 빌려준다면 어떨까?

하이타리온이 여기까지 말하자 제갈수의 심장이 두근거렸다.

드래곤의 능력을 얻는다면? 당연히 엄청난 기연이 될 것이었다. 어쩌면 세상의 판도가 자신의 행동 하나로 바뀔지도 모를 만큼……

1

 슈샤인테르는 작금의 상황이 너무도 즐거웠다. 느긋하게 뒷전에 앉아서 자신의 의지대로 움직이는 언데드 몬스터를 바라보는 그의 눈빛에는 확실히 여유가 흘러넘치고 있었다.
 "흐흐흐… 역시 인간들이 울부짖는 모습을 본다는 것은 즐거운 일이야. 신의 군대라고? 큭, 가소로운 놈들. 신의 이름을 그따위로 팔아먹고 있으니 이런 재앙을 당해도 싸지. 암~ 나야말로 신의 대리인 아니겠는가."
 그는 애초부터 대성국 놈들이 마음에 들지 않았다. 위선자라는 생각이 워낙 강했기 때문이다. 하지만 아무리 그렇다고 해도 이처럼 사람을 죽이면서 즐거워하는 것은 아무나 할 수 있는 일이 아니다. 그는 원래 절망의 가디언이 되기 전부터도 냉혈한이던 사람이었고 지금은 아예 피를 즐기는 수준이 되어 버렸던 것이다.

"가디언님. 저희가 나서지 않아도 괜찮겠습니까?"

"너희들은 더 기다려라. 이제 곧 대성국의 재수없는 놈들을 처리할 것이니 이후 진을 조금 더 파괴하고 성으로 진입할 때 너희들이 나서면 된다."

"알겠습니다."

그런 잔인한 슈샤인테르를 지켜보던 아우웬스키는 속이 탔다. 차라리 자신이 나설 수 있으면 어떤 식으로든 조금이나마 도움이 되줄 수 있겠다. 하지만 이처럼 아예 세워 놓고 꼼짝을 못하게 하니 그저 바라보는 것이 고작일 수밖에……

'이대로 간다면 어차피 대성국 병력은 전멸을 면치 못한다. 이번에 개량된 언데드 몬스터의 강함도 문제지만 죽어가는 대성국 병사들이 계속 새로운 언데드 몬스터로 재탄생하고 있으니 그걸 어떻게 감당하겠어. 저자를 죽이지 않는 한 이 싸움은 하나마나이다. 그러나 아무리 이 육체가 소드 마스터 중급의 실력이라지만 저자를 공격할 수가 없으니…… 그랬다가는 저자의 주인이 심어둔 금제가 발작해 내가 먼저 죽을 테고. 휴우… 정말 답답하군.'

통이의 독백으로 보아 아우웬스키의 몸속에는 슈샤인테르의 주인인 절망이 무엇인가 금제를 가해 놓은 듯했다. 그가 은연중 두려움을 보이는 것은 자신을 배신했을 경우 죽음에 이르게 하는 종류의 금제를 당해서 그런지도……

때문에 그는 지금도 여기저기서 쓰러지고 있는 대성국 병사들을 뻔히 바라보면서도 아무런 도움을 줄 수가 없었다.

이대로 시간이 더 흐른다면 결국 이곳에서 살아남을 수 있는 자는 아무도 없을 것이다. 죽음과 동시에 적군으로 되살아나서 덤비고 있으니 어찌 감당할 것인가. 그나마 능력이 출중한 성기사들과 사제들은 처음에 등장했던 신종 언데드 몬스터들을 상대하기도 벅차 일반 병사들을 도와줄 여력이 없어 사태는 더욱 심각했다.

매스치아레 추기경도 이 점을 뼈아프게 깨달았는지 잔뜩 인상을 찌푸린 채 곰곰이 생각하다가 뭔가를 결심한 표정을 지으며 급히 마커스를 부르기 시작했다.

"이보게, 마커스 군단장! 잠깐 이리 와보게!"

"헉헉… 왜 그러십니까? 웃차!"

마커스는 그 순간에도 언데드 몬스터 한 마리를 힘겹게 제거하고는 추기경의 부름에 답했다. 그는 추기경과 사제들을 보호해야 하기 때문에 그들 인근에서 싸우고 있었다.

"아무래도 최후의 방법을 써야 할 듯싶네."

"최후의 방법이라시면 설마?"

"맞네. 성기사들에게 신의 강림을 시전해야 할 것 같아. 그 수법이 아니고서는 결국 우리는 전멸을 면치 못할 것이네. 그러니 자네가 잘 생각하고 결정하게. 놈들에게 더 많은 희생이 발생하기 전에 빨리 결정해야 할 게야. 지금 적들은 언데드 몬스터만 있는 것이 아니잖은가. 저쪽에서 우리를 노려보는 카타리안 병사들도 보통이 아닌 것 같거든. 그러니 최후의 수법으로 이 난관을 타개하는 것이 최선일 듯싶네. 물론 자네들에게 강요할 일은 아니지만 말이야."

"저도 저쪽 병사들이 무척 신경 쓰입니다. 특히 저들 가운데 한 사람은 마스터가 분명합니다. 엄청난 기세가 느껴지거든요. 아무튼 매스치아레님께서 그리 말씀하시면 다른 기사들과 논의 드린 후 곧바로 결정하겠습니다. 제 생각에도 특단의 조치가 필요하니까요."

"고맙네."

최후의 방법이 무엇인지는 몰라도 뭔가 성기사들의 희생을 요구하는 것 같은 뉘앙스가 풍겼다. 그렇지 않으면 매스치아레가 이처럼 마커스 군단장의 눈치를 살필 필요가 없을 터였다.

"휴우… 이대로 가면 끝이 뻔하니 다들 어쩔 수 없다는 입장입니다. 그런데 신의 강림을 시행하고 나면 얼마동안이나 무기력해 지는 것입니까? 이야기를 들어보기만 했지 직접 해 보았다는 사람은 본적이 없어서요."

"나도 직접 시도해 본적은 없다네. 단지 내가 알고 있기로는 약 열흘정도는 간다고 하더군. 그리고 열흘이 지나서 회복이 된다 해도 전체 마나의 이십 퍼센트 정도는 소실된다고 하네. 각오 단단히 해야 할 게야."

검술을 익힌 검사에게 마나를 이십 퍼센트나 내어 놓으라는 말은 실로 충격적인 말이 아닐 수 없었다. 대체 신의 강림이 무엇이기에 이런 뼈아픈 대가를 치러야 하는 것인지는 몰라도 어지간한 상황만 아니라면 무슨 수를 써서라도 피하고 싶은 수법임에는 분명했다. 그러나 아무리 마나가 중요해도 생명보다 중요할 수는 없는 터. 마커스는 가슴이 아팠지만 결국 고개를 끄덕이고 말았다.

"알겠습니다. 모두에게도 어느 정도 마나 손실을 각오했으니 이대로 신의 강림을 진행해 주십시오. 아참, 그리고 테세인 성에서는 아직 아무런 연락도 없었습니까? 아무리 우리가 잘못을 했다지만 이런 경우에는 어느 정도 지원군을 보내주는 것이 인지상정 아닐까요?"

"그건 기대하지 않는 게 좋을 것 같네. 우리가 나설 때 이미 임시 사령관이라는 크루빈 백작이 몇 차례에 걸쳐 다짐을 하지 않았는가. 그들은 애초부터 흑마법사들의 무서움을 알고 있었고 그 때문에 그렇게 막았던 것 같아. 말을 듣지 않고 나선 우리가 잘못이라 할 수 있네."

그렇게나 잘난 체를 하고 자기 중심적이던 매스치아레는 정작 목숨이 경각에 달린 상황이 되자 제정신을 차린 모양이었다. 어쩌면 신성력을 끌어올리면서 성격이 유순해졌는지도 모른다.

이유가 어떻든 그는 크루빈 등을 원망하지 않았다. 이제 와서 원망해 봤자 소용도 없을 뿐더러 자신이 같은 입장이라 해도 지원군을 보내지 않을 게 분명했기 때문이다.

"휴우… 하긴. 가누비엔 백작님께서도 절대 성 밖으로 나가서 싸우지 말라고 하였지요. 성 주변에 강력한 마법진을 펼쳐 놓았으니 그 진을 이용해가면서 수성에 임하게 되면 훨씬 유리하다고 일부러 구구절절이 명까지 하고 가셨지만 그저 공명심이 앞서 우리 멋대로 뛰쳐나온 상황이니 누굴 탓하겠습니까."

"자, 지금은 그런 걸 논할 때가 아니네. 언데드 몬스터들이 여기까지 몰려오기 전에 나는 사제들과 다시 힘을 합쳐 신의 강림을 준비해야 하네. 그때까지 무슨 수를 써서라도 저놈들의 접근을 막아주게."

"알겠습니다. 서두르십시오."

어느 정도 뜻이 맞아 떨어지자 마커스와 매스치아레는 신뢰의 눈빛으로 서로를 바라보다가 곧바로 움직이기 시작했다. 비록 언데드 몬스터들은 매서웠고 또 끝없이 생성되어 나타났지만 아직은 포기할 때가 아니었다.

2

두두두두…….

슈를 기다리다가 출발한 일행들은 무척 서둘러 달린 덕분에 어느덧 테세인 성 인근에 도착할 수 있었다. 이제 반나절만 더 달린다면 성에 도착할 수 있었지만 갑자기 샤베리온이 마차에서 내리더니 일행을 멈추게 하였다.

"모두 멈추시오!"

"무슨 일이십니까, 샤베리온 사제님?"

그러자 가장 먼저 보나프가 다가오더니 고개를 숙이며 이렇게 물어보았다. 그는 지금 마음이 급한 상태였지만 다른 사람도 아니고 현재 일행들 가운데 가장 존경 받고 있는 샤베리온이 나선 상황인지라 최대한 예의를 지키는 것이다.

"일단 이곳에서 잠시 머무는 게 좋을 것 같소. 성의 인근에서 느껴지는 기운이 심상치 않아서……."

"심상치 않으시다면 혹 흑마법사라도 나타난 것 아닙니까?"

"워낙 거리가 있어서 꼭 단정 지을 수는 없겠지만 아무래도 그런 것 같소."

현재 슈의 일행들이 가장 두려워하는 적은 바로 흑마법사들이다. 같은 인간의 군대라면 용맹스러운 이들이 두려울 일이 없겠지만 흑마법사는 기사들이 힘으로만 상대할 수 없는 존재들인지라 아무래도 부담스러울 수밖에 없었다.

"그렇다면 잠시 이곳에서 쉬면서 정찰부터 해보는 것이 낫겠군요. 함부로 진군하다가 흑마법사들에게 먼저 노출이 되면 좋을 것은 없을 테니까요."

"내 생각도 그렇소."

샤베리온 사제가 이 먼 거리에서부터 강한 어둠의 기운을 느낀 것은 다 이유가 있었다. 비록 절망은 떠났지만 그의 가디언인 슈샤인테르가 죽은 대성국의 병사들을 되살리기 위해 어둠의 힘을 최대한 사용하고 있었던 것이다.

이곳에서 테세인 성까지는 반나절 거리이지만 성에서 지금 전투가 한창 벌어지고 있는 곳까지는 또다시 반나절 이상을 가야 한다. 즉, 샤베리온이 있는 곳에서 슈샤인테르가 있는 곳까지는 무려 하루 거리라는 뜻이다. 이런 놀라운 감지 능력만 놓고 보아도 과연 이 노사제의 능력이 대단함을 알 수 있었다.

샤베리온의 이야기가 있고 나자 보나프와 와일드 팩은 저마다 위치를 잡아 사람들에게 신속히 지시를 내렸다.

"정찰조는 이 앞쪽을 잘 살피고 와서 조금이라도 이상한 점이 보이면 곧바로 보고하라."

"네, 알겠습니다!"

"그리고 죄송합니다만, 델리슨 마법 군단장님께서는 테세인 성과 직접 통신을 시도해 주셨으면 감사하겠습니다. 만에 하나 흑마법사들이 나타났다면 성안에서는 이미 알고 있을 테니까요."

"그렇게 하지요."

이처럼 현재 일행의 리더는 보나프와 와일드 팩이라 할 수 있었다. 물론 직위로 본다면 공주도 있고 또 샤베리온과 델리슨도 있지만 기사들을 인솔하는 데는 그 두 사람이 훨씬 나았다. 때문에 다들 이들이 선두에 서서 움직이는 것을 당연시 여기고 있었다.

"가누비엔 백작님께서 오시기 전에 흑마법사들과 마주치면 어떻게 하지요?"

어느새 마차에서 내린 공주가 물어보자 샤베리온은 인자한 표정으로 대답해 주었다.

"우선 최대한 피해야겠지요. 대책 없이 그들과 싸운다면 이길 가능성이 적습니다. 모르긴 몰라도 그분께서는 곧 오실 것이니 기다리는 게 현명할 듯싶습니다. 공주님."

샤베리온이나 델리슨은 애초부터 요즈음 일어나고 있는 일을 예언을 통해 어느 정도 알고 있었다. 그렇기에 처음 시골 영지에서 서로 만났던 것 아닌가.

그런 만큼 무서운 흑마법사들을 상대하려면 그들이 구원자로 믿고 있는 슈가 반드시 필요했다.

"그럼 흑마법사들이 아군을 공격해도 숨어 있을 생각이신가요?"

"으음… 그건 꼭 그렇지는 않습니다. 차라리 모른다면 몰라도 그 사실을 알게 된다면 어떻게 해서든지 도와야 하겠지요. 그게 아서시스님의 뜻일 겁니다."

"하아… 어렵군요. 그런 일이 벌어지기 전에 어서 그분께서 오셔야 할 텐데……."

올리비아 공주 입장에서 본다면 테세인 성안에 있는 사람들은 모두 자신의 백성이다. 군주에게 백성은 곧 한 가족인지라 그들이 다치거나 죽는 모습을 구경만 할 수는 없었다. 때문에 이런 질문을 던졌던 것이다.

"샤베리온님. 크루빈 백작과 통신이 이어졌습니다! 어서 이쪽으로 와 보시지요. 보나프 경과 와일드 팩 경 그리고 공주님도 오십시오."

공주의 긴 한숨 소리에 샤베리온이 뭐라고 대답하려던 순간, 델리슨이 마차 안에서 소리를 질러 이들을 불렀다. 마차

안에서 통신 구슬을 작동시킨 모양이었다.

"크루빈 백작님, 고생이 많습니다. 성에 별일은 없겠지요?"

가장 먼저 보나프가 이렇게 물었다.

―휴우… 별일이 없으면 얼마나 좋겠소? 하지만 벌써 일은 벌어졌소이다.

"네? 어떤 일이……."

―카타리안 놈들이 또다시 흑마법사를 대동해 침공해 왔는데 대성국 사람들이 로드의 말씀을 무시하고 그들과 싸우기 위해 나간 상태요.

"이런! 기어이 그들이 일을 만들었군요. 거참. 그래서 지금 그쪽의 전황은 어떻습니까?"

크루빈의 말에 마차 안에 있던 모두의 눈이 커졌다. 생각보다 일이 더 빨리 벌어졌기 때문이다. 아직도 슈는 언제 돌아올지도 모르는데 벌써 일이 생겼으니 수습할 일이 막연했다.

―우리 정찰병들의 보고에 따르면 이미 큰 피해를 입고 있다고 하오. 다들 지난번에 겪어 봐서 아시겠지만 흑마법사들이 어디 보통이오? 게다가 이번에 나타난 흑마법사는 그전에 왔던 자들보다 훨씬 강한 것 같소. 아마도 로드께서는 일이

이렇게 될 줄 알고 그렇게 수성만 하라고 신신당부를 하였는 지도……

"허! 지금 그들이 나타난 곳이 어느 쪽이오? 우리도 지금 인근에 와 있소만……"

―아… 왕성 방향에서 내려왔다면 서쪽에서 오셨겠군요. 다행이 전투가 벌어진 곳과는 정반대 방향인 것 같소.

크루빈은 내내 침울한 표정을 짓고 있다가 믿을 만한 동료 들이 인근에 왔다는 소리를 듣게 되어 그런지 약간은 상기된 표정으로 이렇게 대꾸했다.

"그럼 우선 성안으로 들어가야겠군요. 우리가 성을 떠나기 전에 로드와 함께 진을 설치했으니 그나마 성안이 조금 안전 할 것이오."

그러자 이번에는 듣고만 있던 델리슨이 끼어들었다. 그와 샤베리온은 슈와 함께 진을 설치했기에 어느 정도 진의 위력 을 알고 있었다.

―그렇게 하십시오. 그런데 한 가지…….

"……?"

―그 진이 무엇인지는 잘 모르겠습니다만 적들과 대성국 사람들이 교전을 벌이기 전까지 적들이 이상한 행동을 했습 니다.

"이상한 행동?"

크루빈의 말에 델리슨은 뭔가 좋지 않은 예감이 퍼뜩 들었다.

―네, 성 밖에서 투석기를 이용해 성 주변 이곳저곳을 부셨습니다. 아무리 생각해 보아도 그건 마법진을 와해시키려는 행동이 아니었나 싶군요.

"으음……. 고위급 흑마법사가 왔다면 충분히 가능한 일이지요. 우선은 성안으로 들어갈 테니 준비해 주십시오."

―알겠습니다. 델리슨 마법 군단장님.

통신이 끝나고 나자 이곳에서 야영까지 생각했던 일행은 다시 바쁘게 이동 준비를 서둘렀다. 기왕이면 적들에게 노출되지 않은 상태에서 재빨리 들어가기 위해서였다.

3

그렇게도 온몸을 짓누르는 것 같던 통증이 사라지고 나자 이번에는 상쾌함이 밀려들기 시작했다. 그는 태어나서 두 개의 인생을 살아오면서 지금까지 이처럼 시원하고 상쾌한 느낌을 받아본 적이 없었다. 그만큼 지금 몸 구석구석을 움직이고 있는 하나의 기운은 그에게 형언하기 어려울 정도로 시원한 기분을 전해주었다. 허공에 홀로 떠 있는 이는 제갈수였다.

'이제야 그렇게 조심하라던 고통의 시간이 지나간 모양이로구나. 휴우… 정녕 참기 힘든 순간들이었다.'

제갈수로 살아왔던 세월 동안은 언제나 괴로웠던 그다. 하루에도 몇 번씩 참기 힘든 고통이 밀려왔으며 늘 죽음과 두려움은 그를 따랐다. 그래서인지 제갈수는 그 누구보다도 참는 데는 이골이 나 있는 사람이었다. 하지만 그런 그조차도 방금 전에 밀려들던 고통은 실로 견디기 힘들었다.

'그런데 생각보다는 그 시간이 짧구나. 어르신께서 그렇게 겁을 주시더니 이건 그래도 견딜 만한걸? 아니, 견디는 정도가 아니라 지금은 마치 천국에 와 있는 것 같은 기분이 들 정도……. 컥! 이, 이건 또 뭐… 뭐지?'

그가 어르신이라 칭하는 존재는 하이타리온이었다. 그렇다면 지금 이처럼 홀로 신비한 장소에 누운 채 허공에 떠 있는 것도 그의 작품이리라.

문제는 그가 처음에 이곳에 슈를 인도하면서 이야기했던 내용이었다. 그는 약 한 시간 전 쯤에 이렇게 말했다.

―여기는 이 대륙의 가장 핵심이 되는 장소이다. 바로 '심연의 핵'이라고 부르는 곳이지. 너는 이곳에서 세상에서 가장 혹독한 고통을 받아야 하는데 그것을 견뎌낼 자신이 있느냐?

"물론입니다. 이미 고통에 단련될 대로 단련된 몸입니다.

그걸 참고 이기는 것쯤이야 할 수 있지요."

—내가 이겨야 한다는 의미는 그냥 버티는 것만을 의미하는 것이 아니다. 고통이 끝날 때까지 절대 신음 하나 내서는 안 되는 것을 말한다. 만에 하나 입을 벌리게 되면 너는 이곳에서 얻을 수 있는 힘의 칠십 퍼센트 이상을 잃게 될 거다. 그것은 곧 절망에게 패함을 뜻하지. 내 말의 뜻을 알겠느냐?

"명심하겠습니다. 설혹 몸이 부서지는 한이 있더라도 참겠습니다."

그리고 곧바로 엄청난 고통이 밀려들기 시작했다, 몸이 부서지는 것 같은 그런 고통이.

그것은 바로 '심연의 핵' 안에 머물고 있던 기이한 힘이 그의 몸 안으로 밀려들어오는 과정에서 비롯된 고통이었고 이 과정은 제갈수의 예상보다 빨리 끝난 듯했다.

하지만 그것도 잠시. 제갈수가 방심하여 상쾌한 느낌에 젖어들 때쯤 갑자기 해일이 밀려오듯 섬뜩한 기운이 또다시 밀려들었던 것이다.

'끄으… 이, 이건 아까와… 는… 비교도 안… 되는… 고, 고통이다… 마치… 내 몸이 재구성되는 것과 같아……! 커헉! 참, 참자… 참아야… 한다… 으으…….'

이번에 찾아온 고통은 실로 끔찍할 정도였다. 세포 하나하나까지 전부 분해되는 듯한 느낌이 그의 온몸을 전율하게 하고 있었다. 그리고 실제로 그의 몸은 죄다 뒤틀리고 있었다. 뼈가 튀어나왔다가 가라앉질 않나, 머리가 한쪽으로 심하게 부풀어 오르지를 않나, 누군가가 그의 몸을 반죽삼아 이리저리 가지고 노는 것 같은 그런 장면이 연출되고 있었던 것이다.

그런 시간이 무려 세 시간이나 흘러가고 있었고 슈의 얼굴은 이제 아픔으로 너무도 일그러져 있어서 그가 과연 슈인지조차 알아보기 힘들 정도가 되었다.

'여… 여기서… 정신을 놓을 수는 없다. 절, 절대… 겨우 이렇게 죽기 위해 그 고생을 하며 몸부림을 쳤던 것이 아니다. 나, 나는 조금 더 의미있는 삶을 살고 싶… 다… 끄으으… 제갈수… 넌… 세상의 그 누구보다 강한 영혼의 소유자 아니던가……! 크헉!'

제갈수 스스로는 인식하지 못하고 있었지만 이런 과정 속에서도 그의 몸은 점차 허공으로 떠올랐다. 그리고는 조금씩 회전하기 시작했다. 이런 과정을 모두 지켜보던 하이타리온의 깊은 동공 속에서는 감탄의 빛이 흘러나왔다.

'아서시스님이 그가 인간이지만 인간의 범주를 벗어난 초인이라기에 믿지 않았더니 그건 나의 교만으로 생긴 불신이었군. 저 고통을 이겨낼 수 있는 인간이 존재할 줄이야……. 허어… 지금 그는 불로 맨살을 지지는 것보다 훨씬 지독한 고통에 시달리고 있을 텐데 어찌 신음 하나 흘리지 않을 수가 있다는 말인가. 내 인내심을 보기 위해 일부러 참으라고 했건만 정말로 아무 소리도 내지 않고 참을 줄이야……. 정녕 지독한 아이로고.'

그가 처음 제갈수에게 했던 말은 모두 진실이 아니었다. 설사 드래곤이라 해도 이 심연의 핵 안에 흐르고 있는 기운을 흡수하려면 비명을 있는 대로 질러대는 것이 진실이었다. 그 역시도 정확히 팔천구백 년 전 막 에이션트 급 드래곤이 되려던 그 시기에 당시 드래곤 로드의 권고에 의해 이곳에 온 적이 있었다. 당연히 그 역시 어마어마한 고함과 비명을 질렀고 말이다.

그리고 그는 그때 엄살이 심하다고 구박하던 로드에게 생명체라면 그 어떤 존재도 이 안에서 당하는 고통을 이길 수 없다고 강력하게 항의하기도 했다.

그래 놓고 제갈수에게는 드래곤들은 이런 고통쯤은 실실 웃으며 견딘 데나 어쩐 데나 하면서 사기를 쳤으니……. 알고 보면 그도 참으로 사악한 면(?)이 있는 것 같아 보였다.

'휴우… 어쨌든 이제 나도 더 이상은 이 세상에 머물 수 없어서 참으로 걱정이 많았는데 그래도 다행히 이런 녀석을 만났으니 천만다행이라는 생각이 드는구나. 이런 인간이라면 나의 모든 것을 물려줘도 아깝지 않으리라.'

그는 곧 죽을 상황이었다. 그렇기에 이런 장난기 섞인 거짓쯤은 눈감아 줄 수 있었다. 어쨌든 그는 자신의 모든 것을 제갈수에게 물려줄 결심을 한 것이다. 슈의 육체를 가진 제갈수라면 사실 드래곤의 능력을 이어받을 수 없었다. 하지만 세상의 기운을 품은 심연의 핵의 힘을 얻는다면 충분히 가능할 터였다. 그런 인간이라면 이미 지금 제갈수의 몸에서 일어나는 변화를 통해 육체가 완전히 재구성되기 때문이다.

파츠츠츠츠… 투둑… 투두둑…….

어느 순간 제갈수의 육체는 갈라져 터져나가기 시작했다. 그의 몸은 여전히 회전을 멈추지 않은 채 이런 현상을 보였고, 그렇게 터져나갔던 곳은 천분의 일초도 지나지 않아 곧바로 새로운 살이 돋아나고 있다는 점이다. 그렇기에 전신이 터지고 있어도 피 한 방울 새어 나오지 않았다. 뿐만 아니라 새로 생겨난 살은 어찌나 깨끗하고 탄력있어 보이는지 좌르르 윤기가 흐를 정도였다.

만일 중원 사람들이 이 모습을 보았다면 한 무인이 마침내 최고의 경지인 화경에 도달하면서 환골탈태를 한다고 말했을 것이며 이 대륙의 마법사가 보았다면 마나를 지배하는 신에 의해 육체 재구성으로 완전한 마나체가 탄생했다며 백 번 만번 절을 했을 터였다.

어쨌든 이렇게 슈의 육체는 제갈수의 영혼과도 새롭게 결합하여 그야말로 완전하고도 완벽한 인간으로 재탄생하게 되었다.

그리고 그 스스로도 이 점을 느끼고 있는지 방금 전까지만 해도 그렇게 일그러져 있던 얼굴에 희미하지만 또렷한 미소가 떠오르고 있었다.

4

매스치아레의 앞에 도열한 다섯 명의 사제는 비장한 얼굴로 서로의 어깨를 짚었다. 지금이야말로 남아 있는 모든 성스러운 마나를 합칠 때이기 때문이다.

만에 하나 누구 한 명이라도 긴장의 끈을 놓고 아차 실수했다가는 의식을 시행하기는커녕 동시에 모두 마나를 소실하고 쓰러질 수도 있기 때문에 모든 정신을 집중해야 했다.

"지금이다! 마나를 모아라!"

"네, 성스러움으로 하나가 될지어다. 마나 합일!"

그리고 정신 집중이 모두 된 것 같아 보이자 그때를 맞춰 매스치아레의 명령이 떨어졌다. 동시에 다섯 사제의 마나는 빠른 속도로 매스치아레에게 모이기 시작했다.

징징징징…….

그러자 매스치아레는 곧 웅장한 어조로 주문을 외웠다.

"기적을 내려주소서. 나의 신 아서시스님이시여! 이곳에 강림하사 사악의 무리들을 응징해 주시기를 기원하나이다. 아스토레이토 메이돈 탈레 카흐! 아브로카바 네이셔스… 신의 강림!"

웅! 웅! 웅! 웅!

주문이 울려 퍼지자 곧 사방이 진동하는 것 같은 소리와 함께 거대한 빛의 덩어리가 나타났다. 그것은 곧 성기사들이 모여 있는 곳으로 날아가더니 어느 순간 그들 모두를 감싸기 시작했다.

"신께서 우리 몸을 통해 나타나신다. 모두 마음을 비우고 그분을 맞이하라!"

"맞이하라!"

마커스의 선창에 모두가 복창을 했고 곧이어 빛 안에서 그들의 근육이 부풀어 오르기 시작했다. 원래 기사들인 만큼 그들은 모두 근육질이었는데 그러한 근육이 몇 배로 더 불어나자 덩치 역시 두 배 이상으로 커진 것 같아 보였다.

울퉁불퉁…….

"힘이… 힘이 올라온다! 크아아~! 어서 괴물들을 처치하자!"

"우오우~ 언데드 놈들을 부숴버리자!"

쿵쿵쿵쿵!

분노한 성기사들의 돌진은 실로 엄청난 파워를 뿜어내고 있었다. 아무래도 신의 강림이라는 이 수법은 인간의 잠재력을 격발시키는 종류의 주문인 것 같았다.

그렇지 않고서야 이런 괴력을 발휘할 수 없을 것이다. 그들은 아까와는 판이하게 다른 능력을 선보이기 시작했다.

"죽어라! 괴물아~!"

꾸워어억!

덜커덕……

해머를 든 성기사 한 명이 그대로 신종 스켈레톤의 머리통을 갈기자 그 한 방으로 스켈레톤의 목이 떨어져 버렸다. 뿐만 아니라 검을 든 기사의 일격에는 무서운 독을 품고 있는 구울의 입이 길게 찢어지며 쓰러졌고, 어느 기사는 아예 방패로 좀비를 내리쳐서 그대로 부숴버리기도 했다. 이는 일반적인 인간의 힘으로 보여줄 수 있는 능력은 아니었다.

어쨌든 그렇게 성기사들의 능력이 향상되자 대성국 병사들의 숨통도 조금씩 트이기 시작했다. 자신들을 심하게 위협하던 가장 강력한 신종 언데드들이 하나둘 쓰러지니 다시금 싸울 의욕이 생긴 모양이다.

일반적인 언데드 몬스터라면 병사들도 그리 어렵지 않게 처치할 수 있었다.

벌떡……

"저놈들은 뭐냐? 어디서 나타난 거지?"

이런 상황을 모른 채 여전히 느긋하게 앉아서 여유를 부리던 슈샤인테르의 눈에 갑자기 하얀빛이 번쩍이며 스켈레톤 한 마리가 쓰러지는 것이 들어왔다. 그로서는 예상치 못한 변수에 자신도 모르게 자리에서 벌떡 일어나고 말았다.

"성기사들입니다! 그런데 아까와는 전혀 다른 기세를 피워 올리는군요."

"으음……. 저건 언젠가 주인님께 들은 기억이 있는 수법이로군. 신의 강림이라던가?"

내내 장내의 상황을 주시만 하고 있던 아우웬스키가 말하자 슈샤인테르는 곧 냉정을 되찾고 지금 신종 언데드 몬스터를 처리하는 성기사들을 살펴보며 이렇게 중얼거렸다.

"신의 강림이요?"

"그래. 정확이 무슨 수법인지는 몰라도 성기사들이 최악의 몸부림을 칠 때 쓰는 수법이라 하더군. 온몸의 근육들이 부풀어 오르고 몸에서 은은한 빛이 흐르는 것으로 보면 확실하군. 주인님께서 설명해 주신 현상 그대로야."

슈샤인테르의 주인인 절망은 과거 한때 성자로 불렸던 사람. 당연히 성스러운 마나를 사용하는 수법에 대해서는 환하게 알고 있을 터였다. 때문에 혹시 모를 대성국과 전쟁을 염두에 두고 자신의 측근들에게 가장 조심해야 할 수법 몇 가지를 알려준 모양이다.

"그렇다면 어떻게 상대해야 하는 것입니까? 저대로 둔다면 신종 언데드 몬스터들이 모두 당할 것 같습니다. 아무래도 제가 나서는 게 좋지 않을 까요?"

"아니, 그럴 필요없다. 지금 너와 너의 기사들이 나서봤자 저들을 당할 수는 없다. 지금은 오히려 저놈들의 힘을 빼놓는 게 더욱 중요하지."

"아… 생각하신 방법이 있습니까?"

또다시 아우웬스키가 나선다고 하자 이번에도 역시 슈샤인테르는 그를 나서지 못하게 하였다. 뭔가 눈치챈 것 같지는 않은데 실로 절묘할 때 자꾸 아우웬스키의 의도를 막아섰다.

"주인님께서 알려주신 방법은 의외로 간단하다."

"그게 뭡니까?"

슈샤인테르의 말에 아우웬스키는 호기심이 부쩍 생겼다. 마스터에 이른 자신이 볼 때에도 지금 분노한 성기사들의 모습은 만만치가 않아 보였기 때문이다. 그런 자들이 무려 이백여 명 가까이 되는데 어찌 간단할 수가 있겠는가. 아무리 가디언 슈샤인테르의 능력이 출중하다 해도 거의 마스터 급에 올라버린 성기사들 이백여 명을 동시에 상대할 수는 없을 터였다.

"아예 상대를 안 하면 되는 것이지. 저들은 잠시 동안 능력이 극대치로 오르는 것이기 때문에 피하기만 한다면 그리 무서워할 적이 아니다."

"피, 피한다고요?"

"그래, 이걸 보고 작전상 후퇴라는 것이지. 크하하하!"

아우웬스키는 그야말로 순간 멍청해지고 말았다. 슈샤인테르가 누구인가. 비록 주인으로 모시고 있는 존재가 있다 하나 이 대륙에서 적수를 찾아보기 힘들 정도로 무서운 흑마법사 아니던가. 그런 만큼 그의 자존심은 그야말로 대단했다.

그런 자가 아무리 적이 강력하다 해도 이리 쉽게 후퇴를 생각하다니. 아우웬스키로선 놀라운 일이 아닐 수 없었다.

"차라리 절 보내주십시오. 제가 저들을 격퇴해 보겠습니다."

"어허… 그럴 필요없대도. 저런 놈들을 상대로 힘을 뺄 이유가 없다니까. 지금부터 잘 보라고. 재미있는 구경거리를 만들어 줄 테니… 어둠에서 나타난 자들이여… 이제 어둠으로 돌아가 휴식을 취하리라……. 아말가제 투어신 마투라—! 고 투 헬~!"

또다시 아우웬스키가 나섰지만 슈샤인테르는 이렇게 말을 하면서 기이한 주문을 외우기 시작했다. 그러자 곧 그렇게 날뛰던 언데드 몬스터들이 동시에 흠칫 놀라며 괴성을 지르더니 금방 땅을 후비적거리면서 그 속으로 하나둘씩 사라지기 시작하는 것 아닌가.

카오오오우~!

캬르르르~!

꾸물꾸물… 풀썩!

그르륵 그르륵…….

이런 상황이 발생하자 어처구니없어진 것은 바로 성기사들이었다. 지금 그들은 주체하지 못할 정도로 힘이 넘치고 있었기 때문에 쉬지 않고 그 힘을 발산해야 한다. 그러기에는 언데드 몬스터들이 그야말로 안성맞춤이었다. 그런데 그런 그들이 동시에 모두 땅속으로 사라져 버렸으니 얼마나 허망하고 허탈하겠는가.

"으으… 이 놈들이! 어서 나와라! 어서 나오지 못할까!"

"우오우오~! 이놈들~!"

쿵쿵!

콰쾅!

아무리 무기를 들고 땅을 내리쳐 봤자 헛수고였다. 그 많던 언데드 몬스터가 대체 어떻게 이처럼 한꺼번에 흔적도 없이 사라진 것인지 알 수가 없었다. 그런데 바로 그때 한참 맨땅에 화풀이를 하던 마커스의 눈에 아우웬스키를 비롯한 카타리안 군대가 보였다.

"모두 들어라! 언데드 몬스터 놈들은 이미 우리가 두려워 모두 사라졌다. 하지만 아직 우리의 주적인 카타리안 놈들은 저쪽에 멀쩡히 살아 있다. 모두 저놈들을 쳐라!"

"와아아아~!"

이미 분노할 대로 분노한 데다가 기운은 더 이상 어찌할 수 없을 정도로 차고 넘치는 상태. 그런 그들이 이번에는 성난 코뿔소처럼 콧바람까지 킁킁 내뿜으며 사납게 카타리안 병사들을 향해 달려갔다.

이대로 곧장 부딪친다면 단숨에 카타리안 군대는 박살이 날 것 같았다.

하지만 이때 마커스는 그런 카타리안 군대의 한쪽에 썩은 미소를 더욱 짙게 드리우며 뭔가를 중얼거리고 있는 시커먼 사내를 발견하지 못했다. 너무도 섬뜩하고 무서운 그 사내를 말이다.

CHAPTER 04
팅이와 통이의 작전

1

 밖에서 한참 치열한 전투가 치러지고 있을 그 무렵, 성안에서는 몇몇의 주요 인물들이 모여 앉아 심각한 회의를 하고 있었다.
 "아무래도 로드께서는 더 늦으실 것 같소. 그러니 우리끼리라도 뭔가 대책을 세우는 게 좋을 듯싶소이다만……."
 "대책이랄 게 어디 있소? 비록 로드께서 늦어지신다 해도 우리는 무조건 성을 지키기만 하면 되오. 그게 로드의 뜻 아니오?"
 성질 급한 와일드 팩이 먼저 입을 열자 곧바로 원리 원칙을 고수하던 크루빈이 고지식하게 한마디 했다.

"물론 로드의 명을 지키는 게 우리 수하들의 본분이기는 하지만 지금은 상황이 워낙 특수하오. 아무리 대성국 사람들의 실수라 하나 그래도 우리를 도와주기 위해 바다를 건너온 사람들 아니오? 그런 사람들이 위험에 처해 있는데 그저 방관만 하는 것은 인간의 도리가 아니지요."

"나 역시 와일드 팩 경의 말에 찬성하오. 아무리 지엄하신 로드의 명이 있었다 하나 그분께서 약속보다 늦어지고 있는 지금 무턱대고 기다리고 있기만 할 수는 없소. 우리가 만일 이대로 대성국 사람들을 전멸시킨다면 설혹 전쟁에서 이긴다 해도 국제 사회의 비난을 면치 못할 것이오. 당연히 그 비난은 우리들의 로드께서 다 뒤집어 쓸 테고 말이오."

보나프까지 나서서 이렇게 말하자 대부분의 사람들은 그것이 옳다는 듯 고개를 끄덕거렸다. 슈가 비록 성안에서 움직이지 말라는 명을 내리긴 했지만 이대로 대성국 사람들을 모두 죽게 둘 수는 없었던 것이다.

"옳으신 말씀이에요. 그런데 대체 어떤 식으로 그들을 도와줄 거죠? 전 그게 더 걱정스럽군요."

그런데 이때 가만히 상황을 지켜보기만 하던 올리비아 공주가 나서서 한마디 던졌다. 그녀는 여성 특유의 감각으로 모두에게 지금의 현실을 돌아보게 하였다.

대성국 사람들을 구하는 것은 그녀 역시 찬성이었지만 대체 어떻게 그들을 구한다는 말인가. 슈의 일행이 합류했다 하나 그들의 숫자는 모두 해봤자 겨우 육백여 명……. 비록 엄청난 능력을 가진 최고의 전력이기는 했지만 그들의 능력마저 우습게 여기는 흑마법사 앞에서는 그리 대단한 힘이 아니라 할 수 있었다. 그리고 올리비아 공주야말로 그런 흑마법사들의 힘을 직접 겪어본 사람인만큼 그 점을 더욱 뼈아프게 알고 있었다.

"나와 델리슨 군단장이 나서겠소. 와일드 팩 경이나 보나프 경 말씀대로 그냥 지켜보기만 하는 것은 사람의 도리가 아닌 것 같소. 행여 로드가 안 계셔서 우리가 위험에 처한다 해도 부딪칠 수밖에 없을 것 같소."

이번에는 샤베리온이 나섰다. 그가 나선 이상 그 누구도 그의 말에 반박할 수가 없었다. 슈가 없을 때는 그의 권위가 가장 높기 때문이다. 슈가 직접 샤베리온의 직책을 그렇게 정한 것은 아니었지만 이미 그의 측근들 사이에서 이런 일은 자연스럽게 정해진 규칙 같은 것이었다.

"휴우… 샤베리온님까지 그렇게 말씀하시면 저 역시 더 이상은 말릴 수 없겠군요. 그렇다면 최대한 나가 있는 정찰병들을 가동시켜서 그쪽 상황을 좀 더 자세히 파악해 보겠습니다."

"고맙소, 크루빈 백작."

"우하하하~! 역시 샤베리온 사제님이 최고라니까요. 그 마커슨가 뭔가 하는 친구는 특히 제 수하가 된 사람이니 죽게 내버려 둘 수는 없습니다. 어서 나가서 싸웁시다!"

결국 순식간에 전투에 참가하는 쪽으로 회의는 결론이 나 버렸다. 그 가운데 기사 와일드 팩은 이런 결정이 기뻤는지 소리 내어 웃으며 특유의 걸걸한 목소리로 만인을 충동질했다.

조마조마한 마음으로 회의에 임했다가 자신이 원하는 쪽으로 결론이 나자 기쁨을 주체할 수 없었던 것이다. 그의 말대로 어쨌든 마커스 군단장은 그에게 만큼은 이미 남이 아니었다. 남자들의 싸움이란 가끔 이런 결속력을 만들어 주기도 하는 것이다.

"와일드 팩 경, 좀 참으시오. 방금 백작께서 말씀하지 않았소? 정찰병들을 통해 그쪽 상황을 잘 살펴보고 움직여도 늦지 않소."

"헤헤, 죄송합니다, 샤베리온 사제님. 제가 조금 흥분해서 말이지요. 전 그럼 기사놈들을 잠시 정신 교육이나 시키고 있을 테니 정찰병들에게 연락이 들어오면 바로 불러주십시오."

후다닥~!

성질 급한 와일드 팩이 샤베리온에게 이렇게 말하고는 곧

바로 밖으로 나가 버리자 다들 쓴웃음을 짓고 말았다. 당장 죽을지도 모르는 치열한 전투 현장에 나가는 것을 저렇게 좋아하다니……. 실로 싸움을 위해 태어난 사람이라 해도 과언이 아닐 것이다.

어쨌든 남아 있는 사람들은 흑마법사를 상대로 어떻게 싸워야 할지를 마저 논의했다. 그렇게 시간은 다시 흘렀고 곧 특명을 받았던 정찰병 일부가 돌아오자 마침내 대성국 병사들을 구원하기 위한 병력이 소집되었다.

"지금 대성국 사람들은 우리가 전에 보았던 신종 언데드 몬스터들에 의해 무척 힘겨운 싸움을 하고 있다 하오. 하지만 그 신종 몬스터가 아무리 무섭다 해도 우리에게는 샤베리온 사제님과 델리슨 대마법사님께서 계시니 두려워 할 필요가 없소. 자 나가서 어서 그들을 물리치고 우리를 돕기 위해 온 대성국 사람들을 구합시다!"

"와아아아~! 나가자~!"

전투라면 사족을 못 쓰는 와일드 팩이었지만 이제는 나름 지휘관으로서의 면모도 충분히 보이고 있었다. 그는 예전에는 그저 폭력과 욕으로 수하들을 다스렸지만 슈를 만난 이후 점차 직위가 높아지고 경험이 쌓이면서 이처럼 만인들 앞에서 대의명분을 앞세울 줄 아는 명장이 되어가고 있었다.

그렇게 구원군은 보무도 당당하게 성문을 나섰고 곧바로

전투가 벌어지고 있는 곳으로 달려가기 시작했다.

　두두두두…….

　성에서부터 전투가 벌어지고 있는 벌판까지의 거리는 약 반나절 거리. 그렇게 먼 거리는 아니었기에 구원 병력들은 곧 벌판 인근에 도착할 수가 있었다.

　"모두 정지! 아직 정찰조는 돌아오지 않았는가?"

　"지금 방금 왔습니다. 어서 이리 나와 보고하라."

　"충성! 정찰대 제3조장 타론이 기사 제2단장님을 뵈옵니다!"

　"됐다, 그런 인사는 필요없으니 어서 전투 상황이나 보고해봐라."

　원래부터 격식을 싫어하는 와일드 팩인지라 그는 인사를 받는 둥 마는 둥 하며 본론을 물어보았다. 그러자 정찰대 제3조장 타론은 바짝 긴장한 표정으로 조심스럽게 입을 열었다. 그의 입장에서 볼 때 와일드 팩은 그야말로 자신의 목숨을 쥐락펴락 할 수 있는 하늘과 같은 존재 아니겠는가.

　"네, 지금 상황은 조금 미묘합니다."

　"미묘하다니? 좀 더 자세히 설명해라."

　"저희가 조금 전까지 멀리서 전황을 살필 때까지만 해도 대성국 병사들이 훨씬 불리했습니다. 그 이유는… 어쩌고저쩌고… 해서 그랬는데……."

타론은 생각보다 말주변이 좋은 편인지라 그동안 이곳에서 자신들이 보았던 상황을 상당히 잘 요약해서 들려주었다. 비록 설명하는 시간은 짧았지만 워낙 조리있게 이야기하는 바람에 와일드 팩은 물론 주변에 있던 모두는 마치 자신들이 지금까지 전투를 치른 것 같은 착각을 느낄 정도였다.

"그렇다면 지금은 오히려 대성국의 성기사들이 카타리안 군에게 돌격을 하고 있다는 말이냐?"

"그렇습니다. 어찌된 일인지 온 벌판을 가득 채우고 덤벼들던 언데드 몬스터들이 순식간에 땅속으로 사라졌거든요. 다만 한 가지 그렇게 용맹스럽게 움직이고 있는 성기사들의 태도가 뭔가 이상하다는 점입니다."

"이상하다니?"

"그게 꼭 무슨 약이라도 먹은 사람들처럼 몽롱해 보인다고 할까……. 아무튼 정상은 아닌 것 같았습니다. 형상도 이상했고요."

"가만, 자네 타론이라 했는가?"

정찰조장이 여기까지 설명했을 때 갑자기 샤베리온 사제가 끼어들었다. 그의 설명을 듣다가 뭔가 짚이는 부분이 생겼기 때문이다.

"네, 사제님!"

"그 부분을 다시 한 번 설명해 보게. 정말 성기사들이 몽롱해 보이던가? 그리고 형상이 이상하다는 말은 또 무엇인가?"

"이 말씀을 드리면 제가 이상하다고 여기실지도 모릅니다만 이것은 저 뿐만 아니라 저희 정찰조 대원들 모두가 같은 것을 보았으니 말씀드리겠습니다. 대성국 성기사들이 괴물처럼 변했습니다. 몸에서 하얀빛이 발산되질 않나, 또 몸이 평소보다 두 배는 커지질 않나, 게다가 기운이 엄청나게 세져서 그 무서운 언데드 몬스터들을 단 한 방에 박살 내더라니까요. 분명 아까까지만 해도 한 놈을 잡기도 버겁던 사람들이 말입니다. 이건 정말입니다. 절대 잘못 본 게 아닙니다요."

"어허… 알겠네. 누가 자네한테 거짓말을 한다고 했는가. 모두 알아들었으니 자네는 이만 위치로 가보게."

"알겠습니다!"

정찰 조장이 돌아가고 나자 샤베리온 사제는 한숨을 길게 내쉬었다.

"휴우… 결국 그들이 최후의 선택을 했다는 말이로군. 대체 얼마나 위험에 몰렸기에 신의 강림을 선택했다는 말인가."

"저기… 샤베리온 사제님. 대체 신의 강림이 뭔데 그러십니까?"

그 역시 성자인 만큼 샤베리온도 신의 강림이라는 수법을 알고 있었다. 그는 자신을 바라보며 강렬한 호기심을 보이는 와일드 팩과 그 외 다른 사람들을 바라보다가 곧 다시 입을 열었다.

"신의 강림이라는 수법은 그야말로 금단의 수법이라 할 수 있지. 일단 발동이 되면 그 대상은 거의 무적을 구가하는 엄청난 실력자가 될 수 있지만 일정 시간이 지나게 되면 거의 폐인이 되는 그런 무서운 수법이라네. 가령 소드 익스퍼트 초급자에게 신의 강림을 시전해 주면 그는 약 두 시간 동안은 거의 마스터에 가까운 능력을 보일 수가 있네."

"그, 그럴 수가……. 어찌 그런 일이 가능하다는 말씀이십니까?"

소드 익스퍼트 초급자가 단숨에 마스터에 근접한다면 세상에 이처럼 무서운 수법이 어디 있겠는가. 다들 그런 생각이 들어 눈이 커질 대로 커져 버렸다. 비록 두 시간이라는 한계가 있다 하나 그것만으로도 세상을 발칵 뒤집을 수 있는 수법이라 할 수 있었다.

"하지만 그것에는 치명적인 약점이 있다네."

"어느 정도 약점이 있다 해도 한 번씩은 시도해 볼 만한 수법 아닙니까? 가령 우리 무적 돌격 기사단원들에게 그 수법을 사용한다면 세상에서 막을 수 있는 자들이 어디 있겠습니까."

"그 두 시간이 지나고 나면 완전히 무기력해지는데도 말인가? 그 뿐이 아니라네. 그 무기력증이 최소 열흘은 가는 데다가 열흘이 흐른 뒤에도 전체 마나의 이십 퍼센트는 소실되어 버리지. 그래도 해보고 싶겠는가?"

"그, 그럴 수가……. 그런 사실을 적들이 알게 되면 그야말로 무용지물 아닙니까? 무슨 수를 써서든지 두 시간만 싸움을 피하고 나면 끝나버릴 테니까요. 가만… 그, 그렇다면……."

샤베리온의 설명을 듣던 와일드 팩이 큰소리로 이렇게 대꾸하다가 갑자기 얼굴이 노래지고 말았다. 뭔가 깨달은 것이다.

"내 생각도 자네와 같네. 우리가 겪어 보았던 흑마법사 무리라면 그 수법의 약점을 알고 있을 가능성이 무척이나 높지. 아니, 분명 알고 있을 것이네."

"제기랄~! 보나 마나 그 대머리 까진 늙은 추기경이란 작자는 그것도 모르고 온갖 잘난 척을 하며 그 수법을 시전했겠지요. 자신들 스스로 무덤을 깊이 판 것은 전혀 모른 채 말입니다."

"잘난 척을 했다고 하기보다는 사태가 워낙 위급하니 최후의 방법으로 그 수법을 선택했겠지. 그가 이번에 등장한 흑마법사들을 겪어 본 것이 아니니 어쩔 수 없는 선택이 되었을 게야. 그러니 그를 너무 미워하지 말게."

과연 샤베리온은 노련한 사제답게 매스치아레의 입장을

정확히 집어내었다. 하지만 그런 샤베리온의 말에도 불구하고 와일드 팩 뿐 아니라 다른 모든 기사가 여전히 매스치아레를 못마땅해했다. 특히, 와일드 팩은 자신의 수하가 된 마커스가 걱정이 되어 그가 더욱 싫어지고 있었다.

"아무튼 그런 상황이라면 더 서둘러야겠습니다. 정찰병이 그것을 관찰하고 여기까지 와서 보고할 정도라면 최소한 한 시간 이상은 지났다는 말 아닙니까?"

"그렇지. 어서 서둘러 가보세."

이번에는 와일드 팩 뿐 아니라 샤베리온 사제도 서두르기 시작했다. 그들의 판단엔 지금 상황은 역시 무척이나 급하고 또 위험했다.

2

아우웬스키는 지금의 상황을 어떻게 해석할지 난감해졌다. 언데드 몬스터들이야 슈샤인테르가 일부러 숨긴 것이니 그렇다 쳐도 설마 갑자기 미쳐 버린 저 성기사들이 겁도 없이 자신들에게 곧장 돌진해 올 줄은 몰랐던 것이다. 아니, 지금 보이는 능력이라면 객기를 부릴 만은 하겠지만 자신이 어떻게 처신해야 할지가 문제였다.

'이런. 이렇게 되면 내가 저들을 죽여야 하는 것인가? 보아

하니 이성을 잃은 것 같은데 저런 자들에게 어떤 돌파구를 마련해 줄 수도 없는 노릇이고… 정말 난감하군.'

그는 외모만 아우웬스키였지, 실제로는 통이 아니던가. 그렇기에 대성국 사람들을 적대적으로 볼 수가 없는 것이다. 하지만 그의 바로 곁에는 어찌할 수 없을 만큼 강한 자가 버티고 있어서 갈등을 겪을 수밖에 없었다. 그가 가장 원치 않는 상황이 바로 대성국 성기사들을 죽여야 할 때인데 곧 그런 일이 벌어지기 직전이었다.

"저쪽이다! 저쪽에 카타리안 놈들이 웅크리고 있다. 공격하라!"

"공격하라!"

"와아아아~!"

대성국의 성기사들은 지금 보이는 것이 없는 실정이다. 오로지 적을 주살해야 한다는 생각만이 뇌리를 지배하고 있었기에 그만큼 기세가 더 무서울 수밖에 없었다. 그리고 그런 성기사들의 용기에 감동했는지 신의 병사들 역시 그 뒤를 따르며 고함을 지르기 시작했다.

그러나 어쩐 일인지 슈샤인테르는 여유만만이었다. 그는 원래 있던 자리에서 조금도 움직이지 않고 있었으며 아우웬스키에게도 그 어떤 지시를 내리지 않고 있었다.

"가디언님. 명을 내려주십시오. 저들을 막겠습니다."

"클클… 이봐, 아우웬스키. 자네는 그래서 항상 내 아래 있는 게야. 세상은 말이지, 그저 무식한 힘만으로 돌아가는 게 아니거든. 지금부터 저 어리석은 놈들을 어떻게 처리하나 잘 보라고. 나의 위대함이 어느 정도인지를 느껴 보란 말이다. 혼돈의 힘이여, 어둠의 재앙이여. 저 어리석은 자들을 그대의 공간 안에 가둘지어다~! 일루젼 카오스~!"

성기사들이 워낙 목전까지 다가오자 결국 다시 아우웬스키가 나설 수밖에 없었다. 그러나 슈샤인테르는 여전히 같은 태도로 이렇게 말하고는 알 수 없는 기이한 주문을 외우기 시작했다. 그러자 대성국의 성기사들 앞에서 실로 놀라운 일이 벌어졌다. 갑자기 사방이 어두워지더니 바로 코앞에 있던 카타리안 병사들이 홀연히 사라져 버렸던 것이다.

두리번두리번~!

"이 놈들이 대체 어디로 사라진 거야! 어서 찾아라!"

"단장님, 앞이 잘 보이지 않습니다."

정신이 혼미해져가는 상태였지만 적이 누군지 정도는 알고 있었기에 이들은 본능적으로 카타리안 병사들을 찾기 위해 애를 썼다. 하지만 워낙 주변이 캄캄해 진 상태라 허둥거릴 수밖에 없었는데…….

"사제들은 어서 와서 주변을 밝혀 주십시오!"

"알, 알겠습니다. 어둠이여 물러갈지어다. 라이트닝~!"

번쩍~! 퍼퍼펑~!

성기사들에 비해 조금 늦게 도착한 사제들이 곧바로 라이트닝 마법을 펼쳤다. 대법을 시전 하느라 상당한 마나를 소모한 상태였지만 라이트닝 마법은 워낙 기초적인 마법인지라 그리 어렵지 않게 펼칠 수 있는 것이다. 하지만 다섯 명의 사제가 번갈아 가며 라이트닝 마법을 펼쳤음에도 주위는 조금도 밝아지지 않고 있었다.

"크아아아~! 이 비겁한 놈들아! 어서 나와라. 정정 당당하게 싸우자!"

"……."

…싸우자… 우자… 자…….

결국 마커스는 고래고래 소리를 지르기 시작했다. 어둠도 어둠이지만 지금 몸 안에서는 여전히 주체 못할 힘이 끓어 넘치고 있었기 때문에 도무지 가만히 있을 수가 없었던 것이다. 그러나 여전히 주위는 침묵했고 들리는 소리라고는 그가 외쳤던 외침의 메아리뿐이었다.

"설마 흑마법사 가운데 신의 강림을 아는 자가 있었다는 말인가? 그럴 리가……. 이 수법은 우리 대성국 안에서도 알고 있는 자가 몇 명 없다. 우연의 일치겠지. 정녕 우연일 게야. 음……."

이런 상황이 벌어지자 가장 놀란 사람은 바로 매스치아레였다. 우연치고는 적들이 지금 신의 강림이 가지고 있는 약점을 너무도 정확히 알고 대비하는 듯했다.

어쨌든 그러는 가운데 시간은 끊임없이 흘러가고 있었고 결국 신의 강림이 시작된 지 어느덧 두 시간이 다 되어 가고 있었다.

"빌어먹을! 이대로 끝낼 수는 없다. 카타리안 이 개같은 새끼들아! 어서 나오지 못해! 당장 나와서 내 검을 받아 보란 말이다!"

"우우우우우~!"

이제 성기사들은 거의 발악에 가까운 작태를 보이기 시작했다. 비록 신의 강림 효력이 정확히 언제 사라질지 모르고 있었지만 본능적으로 때가 다 되었음을 감지한 모양이다. 그런데 바로 그때…….

팟! 팟! 팟! 팟!

동시에 동서남북 네 곳에서 눈부신 빛이 쏟아져 들어왔다. 얼마나 그 빛이 강렬한지 성기사들이 잠시 앞을 볼 수 없을 정도였다. 그들은 지금 무려 한 시간 가까이 어둠속에서만 헤매고 있었기에 더욱 밝은 빛에 취약했다.

"가소로운 놈들! 이곳이 네놈들의 무덤이 될 것이니 그만 소리 질러라. 오크 먹따는 소리 같아서 듣기 괴롭구나."

"이노오옴~! 죽어라!"

그때 곧 목소리와 함께 누군가가 등장했고 때맞추어 마커스의 시력이 회복되었다. 그는 앞이 보이자마자 곧바로 지금 등장한 자의 목을 취하기 위해 미친 듯이 달리기 시작했다.

그러나…….

"웃기는 놈이로군. 레비테이션~!"

두둥실…….

다다다…….

"비, 빌어먹을……."

그그그극~!

빛과 함께 등장한 자는 바로 슈샤인테르였다. 그는 마커스가 달려들자 비릿한 미소를 지으며 그대로 허공으로 떠올라 버렸다. 그러자 온 힘을 다해 달리던 마커스는 졸지에 목표를 잃고 한참을 더 날려 나가다가 간신히 신형을 멈추었다.

"쥐새끼 같은 놈! 내 오늘 널 죽이지 못한다면 성을 갈겠다! 이야압~!"

부웅~!

하지만 평소에도 마스터 급의 능력을 가진 그였던 만큼 잠재력이 격발된 지금 얼마나 더 대단하겠는가. 비록 슈샤인테르가 허공 높이 떠오른 상태였지만 마커스는 단 한 번의 도약으로 그의 코앞까지 도달해 무지막지한 검을 휘둘렀다.

"이크~ 이거 정말 괴물 같은 놈이로구나. 마법도 없이 여기까지 뛰어 오르다니. 그러나 어림없다. 어비스 플레어~!"
 "화르륵~!
 퍼퍼펑~!
 "크윽… 아직 멀었다! 타핫!"
 무려 6서클에 해당하는 마법의 불꽃을 불러들여 그대로 마커스의 검을 강타했지만 마커스는 아래로 떨어지기는커녕 조금도 밀리지 않은 상태로 그 불꽃을 막더니 또다시 공격을 가했다. 그 동작이 어찌나 빠르고 기민했던지 슈샤인테르도 기겁하고 말았다.
 '뭐, 이런 경우가 다 있지? 단숨에 어비스 플레어를 막아내고 도리어 역공을 취하다니. 자칫하면 개망신을 당할 뻔했군. 이거 괜히 미리 나섰나? 좀 더 기다리면 저절로 힘이 빠질 것을……. 젠장…….'
 그만큼 마커스의 방어와 공격은 대단했다. 그런데다가 이 무식한 성기사는 일말의 망설임도 없이 곧바로 허공에서 몸을 홱 돌리더니 다음 공격을 가하는 것이 아닌가. 이때는 제아무리 잘난 슈샤인테르라 해도 심장이 가라앉는 충격을 받음과 동시에 눈을 질끈 감을 수밖에 없었다.
 "죽어랏!"
 위이잉~!
 "허억!"

…….
 그런데… 하필 그 결정적인 순간에 마커스의 움직임이 그대로 멈추고 말았다. 그것도 허공 한복판에서 말이다.
 슈우우우웅~ 쿠콰콰쾅!
 그리고는 곧장 바닥으로 떨어지더니 엄청난 굉음을 내며 땅속에 처박히고 말았다. 재수없게도 방심했던 슈샤인테르를 끝장낼 수 있는 상황에서 신의 강림 효과가 딱 사라져버린 것이다.

3

 와일드 팩을 비롯한 지원군이 현장에 도착했을 때에는 이미 마커스는 실신한 상태였고 나머지 성기사들도 제각기 그 자리에 주저앉아 있었다. 게다가 신의 병사들은 눈에 생기가 사라졌으며 그들은 모두 카타리안의 군사들이 다가오는 것을 보면서도 별다른 반응을 보이지 않고 있었다.
 이런 모습이 눈에 들어 왔으니 열혈남아 와일드 팩이 가만 있을 리가 있겠는가.
 "우리는 듀란달의 무적 돌격 기사단이다! 대성국 기사들과 병사들은 모두 정신을 차려라!"
 "무적! 무적!"

"우! 우! 우!"

그리고 그의 외침에 맞춰 기사단원들 역시 무적을 외쳤으며 그 뒤로 다른 병사들이 박자에 맞춰 소리를 질렀다. 실로 대단한 단합이었다.

"저놈들은 또 뭐냐?"

느닷없는 그들의 등장에 슈샤인테르가 아우웬스키에게 물었다.

"아무래도 테세인 성안에서 구원 병력이 나온 것 같습니다. 저들은 제가 막겠습니다."

지금 몰려온 듀란달의 지원 병력은 모두 일만여 명. 더 끌고 싶었지만 어차피 흑마법사와 대결에서 병력 수는 큰 의미가 없었고 또 혹시 뒤에 슈가 오게 되더라도 수성 병력을 충분히 두고 있어야 변명 거리를 남기려 이 정도만 데리고 나왔던 것이다.

"흐음… 그럼 네가 오천 병력을 이끌고 나가서 저들을 막고 시간을 끌어라. 나는 그동안 남은 병사들과 함께 대성국 놈들을 묶어 두겠다."

"알겠습니다!"

갑자기 듀란달의 병력이 나타난 데다가 그들이 바로 슈의 측근들임을 알아본 아우웬스키는 초조함을 느끼며 다시금 나섰다. 그런데 이번에는 정말 다행스럽게도 슈샤인테르가 허락하는 게 아닌가. 이는 그가 방금 전 무지막지했던 마커스 때문에 약간은 냉정이 흐트러졌기에 가능한 일이었다. 어쨌든 나중에 밝혀질 일이었지만 이때 마커스만큼은 제 몫을 했다고 해도 과언이 아니었다. 만에 하나 이때도 슈샤인테르가 곧바로 나섰다면 듀란달군 측에도 큰 재앙이 몰려들었을 터였다.

두두두두…….

"이런… 카타리안의 병력이 다가오는군. 어찌 하겠소? 이대로 곧장 싸울 것이오?"

"잠시만 기다리시오. 우선 적이 누군지부터 살펴보고 결정합시다."

지금 듀란달 군사 체계는 이원적이었다. 반은 보나프가 이끌었고 나머지 반은 와일드 팩이 이끌었다. 원래 전쟁에서 이런 지휘체계는 약점이 많은 편이지만 두 사람은 워낙 잘 통하는데다가 실질적으로 이들을 뒤에서 감싸주고 조율하는 샤베리온이라는 거목이 있기에 별다른 문제는 발생하지 않았다.

"하하… 지금 오고 있는 병사들의 지휘관은 바로 아우웬스키요."

"어머! 정말이네요."

비록 어둠이 깔리기 시작한 시간이라 시야가 좁았지만 대마법사 델리슨에게는 그런 것이 문제가 되지 않았다. 그는 마법의 눈을 이용해 벌써부터 적의 지휘관을 살펴보고는 그가 아우웬스키임을 파악하고 안도의 말을 꺼냈던 것이다.

"이런… 아우웬스키라면 현재 카타리안에서 가장 강한 기사 아닙니까?"

하지만 다른 기사들은 그와는 입장이 달랐다. 그들은 아우웬스키가 퉁이의 변신임을 모르고 있으니 당연했다. 그 사실은 슈를 비롯해 샤베리온 사제와 델리슨 그리고 내내 조용히 있다가 지금 반가운 외침을 토한 팅이가 유일했다. 세비앙과 갈퀴손 젠슨도 어느 정도 알고 있긴 했지만 이때 그들은 다른 곳에서 병사들을 지휘하느라 아우웬스키를 발견하지 못한 상태였다.

팅이는 다른 사람의 시선만 없었다면 당장 달려 나가서 아우웬스키를 끌어안고 싶은 심정이었지만 간신히 이성으로 그런 감정을 절제하고 있었다.

"다들 이쪽으로 모여 보시오."

델리슨이 기사들을 향해 말했다.

"군단장님이 계신 쪽으로 말입니까?"

"그렇소. 지금부터 음성 차단 마법을 걸 것이니 어서 이동하시오."

우르르르……

슈의 기사들이 슈를 따라다니면서 가장 많이 늘어난 것이 있다면 그건 바로 눈치였다. 덩치는 곰만 한 사람들이 눈치는 빨라서 델리슨의 한마디에 잽싸게 이동하는 것을 보면서 올리비아는 고개를 절레절레 흔들었다. 그런 그들이 싫어서가 아니라 너무도 귀엽게 보여서 그런 것이다.

"이건 일급 기밀이지만 아우웬스키는 이미 우리 측 사람이라오."

"네에? 그, 그럴 리가……. 그거 믿을 수 있는 정보입니까?"

이런 말을 꺼낸 사람이 워낙 쟁쟁한 델리슨이니 망정이지 다른 사람이었다면 사람을 놀리냐며 칼부림이 날 이야기였다. 그만큼 믿기 힘든 이야기인 것이다. 델리슨은 대화를 계속 이어나갔다.

"우리 로드와 아우웬스키가 대결하던 날, 어째서 로드께서 블러드 기사단과 아우웬스키를 순순히 보내주었는지 아직도 모르겠소?"

"그, 그렇다면……."

"그렇소. 그때 이미 아우웬스키는 우리 사람이 되었던 것이오. 그런 사실이 워낙 극비였기에 입이 무거우신 로드께서 그 사실을 그대들에게조차 이야기하지 않았던 것뿐이라오."

"휴우… 아무튼 우리 로드는 사람 놀라게 하는 재주만큼은 타고 나셨다니까. 세상에, 전시에 적의 최고 기사마저 자신의 사람으로 만들어 버리다니……. 거참."

기사들의 입에서 탄성이 흘러나왔다. 델리슨은 일부러 통이에 관한 이야기하지 않았다. 지금 그런 이야기까지 하기에는 시간도 없었고 또 굳이 아우웬스키의 육체를 자신의 것으로 한 통이의 비밀을 발설할 필요도 느끼지 못했기 때문이다.

지금 중요한 것은 블러드 기사단을 이끌고 오고 있는 자가 아군이라는 것 아니겠는가.

"지금은 그가 아군이든 적군이든 그것이 문제가 아닙니다. 당장 저쪽을 보십시오. 대성국 기사들과 병사들이 잡히고 있지 않습니까? 어서 저들부터 구할 생각을 하셔야지요."

"그건 루페인 경의 말이 옳소. 하지만 우선 우리 앞을 가로막고 있는 자들을 어떻게 해야 하니 아우웬스키 경을 최대한 이용해야 하지 않겠소?"

평소 거의 말이 없던 루페인 소로시가 나선 이면에는 대성국 사람들에 대한 연민이 깔려 있었다. 그의 기억 속에 마커스는 저돌적이고 급한 성격의 소유자였지만 기사다운 기사로 남아 있었다. 그렇기에 그를 비롯한 성기사들을 어서 구하고 싶다는 생각에 자신도 모르게 끼어든 것이다.

"이제 적들이 근처까지 왔습니다. 어떻게 대응할까요?"

한편, 측근들의 대화 내용을 전혀 모르고 있는 무적 돌격 기사단의 중간 지휘관들이 다가와 긴장한 표정으로 이렇게 보고했다.

"일단 방어진을 펼치고 대기하라! 아직 전면전을 벌일 때는 아니다."

"알겠습니다!"

와일드 팩의 명령이 평소의 성향과 달라 약간은 의아했지만 일단 명령이 떨어진 이상 두말은 필요없었다.

"나는 블러드 기사단장 아우웬스키다! 이곳의 책임자는 나와서 나와 담판을 짓자!"

"허허… 이거 아우웬스키 경 아니오? 나는 듀란달의 무적 돌격 기사단장 와일드 팩이라 하오. 그래 무슨 담판이 짓고 싶은 게요?"

아우웬스키가 듀란달의 진영 앞까지 다가와 당당한 목소리로 이렇게 소리치자 곧바로 와일드 팩이 대꾸했다. 그런데 바로 그때, 와일드 팩의 옆으로 델리슨이 다가오더니 그의 귓전에 이렇게 말하는 것 아닌가.

"와일드 팩 경. 지금부터 최대한 이야기를 길게 하시오. 아무 이야기도 좋으니 남들이 들을 때 전혀 어색하지 않게 그렇게 대화를 나누어야만 하오."

순간 와일드 팩은 놀랐지만 의외로 침착하게 델리슨을 바라보며 가볍게 눈을 찡긋거렸다. 알겠다는 뜻이 분명했다. 그러자 델리슨은 긴장했던 표정을 풀며 이번에는 팅이 곁으로

갔다.

"전달했으니 지금부터 그와 대화하시오."

"알겠어요. 감사해요."

"별말씀을… 다 우리를 위해서 하는 일인걸요."

그랬다. 아우웬스키가 가까이 오자 팅이는 그와 의사소통하기가 쉬워졌다. 그렇기에 최대한 시간을 끌며 자신이 은밀히 아우웬스키와 대화하며 이 상황을 타개할 수 있는 작전을 세우기로 한 것이다. 그러기 위해서는 와일드 팩이 적절한 연극을 해주어야만 했다.

4

"어서 서둘러 묶어라!"

"네!"

남아 있던 카타리안 병사들은 슈샤인테르가 누구인지 잘 모른다. 하지만 자신들이 신처럼 떠받드는 아우웬스키도 그의 앞에서 깍듯하게 행동하는 것을 본 이상 그의 명령을 어길 수는 없었다. 그래서 그들은 재빨리 대성국의 성기사는 물론 신의 병사들까지 포박하기 시작했다.

'그런데 새로 나타난 놈들 가운데 추기경이라는 놈보다 더한 성스러운 힘을 지닌 자가 있다. 게다가 엄청난 마나를 지닌 백마법사도 있고. 아무래도 메세토를 그 지경으로 만들었던 놈들이 나타난 것 아닐까? 그런 놈들이 여럿이 있을 리도 없으니 틀림없을 것이다.'

슈의 일행이 나타나는 순간, 그가 몸을 사린 이유는 이것이었다. 그는 마커스가 예상외의 능력을 보여준 것을 직접 겪으며 어느 정도 교만하던 마음을 버렸던 것이다. 그런 상황에서 아직까지 한 번도 느껴 보지 못했던 성스러운 힘과 마나가 감지되자 일부러 병사들 틈에 숨은 채 상대를 좀 더 탐색하기로 한 모양이다.

그런데 이때······.

"어디로 자꾸 도망가느냐! 어서 내 검을 받아라!"

"여기 보나프의 검도 있다!"

부웅~ 붕!

"두 놈이 한꺼번에 덤비다니··· 그러고서도 네놈들이 기사란 말이냐!"

"천하의 나쁜 놈을 때려잡는데 기사라는 허울이 뭐가 그리 대단한가. 입으로 떠들지만 말고 어서 목이나 길게 빼놓아라!"

카타리안 최고의 기사라는 아우웬스키가 무지막지한 덩치 두 사람에 의해서 조금씩 뒤로 밀리는 상황이 연출되었다. 물론 그 덩치 큰 두 사람은 와일드 팩과 보나프였는데 이때 두 사람의 검에서는 약하긴 했지만 섬뜩한 오러 블레이드가 올라오고 있어서 이미 그들이 소드 마스터에 올랐음을 보여주고 있었다.

누가 보더라도 소드 마스터 두 사람에게 밀리고 있는 상황이니 전혀 이상할 것은 없어 보였다. 물론 여기에는 약간의 트릭이 섞여 있었지만 말이다.

사실 보나프와 와일드 팩의 검술 수준은 대륙의 기준으로 볼 때 이제 간신히 소드 마스터 비기너 정도. 그런 정도로는 움직이면서 오러 블레이드를 피워 올릴 수 없다. 물론 두 사람의 실제 실력은 이미 소드 마스터 초급 단계 이상이다. 단지 슈에게 검술을 전수 받았기 때문에 굳이 오러 블레이드가 피워 올리진 않은 것뿐이었다.

하지만 지금은 가시적인 효과가 필요했기에 델리슨이 교묘하게 이들의 검에 장난을 조금 쳐 놓은 데다가 아우웬스키가 일부러 뒤로 물러나고 있는 상황이었다.

그리고…….

까앙~ 슈카카각!

"울컥~! 이런… 젠장~! 모, 모두 잠시 후퇴하라!"

"후퇴하라!"

와일드 팩과 보나프가 동시에 거구를 허공으로 날리더니 곧바로 아우웬스키의 머리를 노리고 검을 날렸다. 그러자 아우웬스키는 본능적으로 그 검들을 막았으며 그렇게 부딪친 검들 사이에서는 엄청난 불꽃이 튀어 올랐다. 누가 보더라도 소름이 끼칠 만큼 무서운 충돌. 그리고 그 여파로 아우웬스키는 내상을 입은 듯 한 움큼의 핏덩어리를 토해내고 말았다. 그리고는 누가 봐도 납득이 갈 만한 후퇴 명령을 내렸다.

"이때다! 모두 카타리안 놈들을 쳐라!"

"와아아아~!"

어차피 아우웬스키를 따라온 병력은 기껏해야 오천 명……. 나머지 오천은 후방에 있었기에 일단 아우웬스키가 당하자 다른 병사들은 버틸 재간이 없었다. 그렇게 순식간에 카타리안 병력은 후퇴에 후퇴를 거듭해 곧 대성국 병사들이 잡힌 곳까지 밀려났다.

"이놈들! 어서 대성국 병사들을 풀어주어라!"

"어홍~! 간닷!"

쉬가가각!

투캉!

"크악!"

"켁!"

성난 오우거가 따로 없었다. 와일드 팩과 보나프의 검술 실력이 출중한 것은 이미 알려진 사실이었지만 이들에게는 검술 실력 외에 한 가지가 더 있었다. 바로 거대한 육체에서 비롯된 강력한 카리스마가 그것이었다. 아군 입장에서 보면 이것은 든든함으로 다가오지만 적으로선 그야말로 공포심을 유발하는 무서움으로 찾아왔다. 그렇기에 그들은 저항 한번 제대로 해보지 못한 채 추풍낙엽처럼 그들의 검 아래 사라져갔다.

그리고 이는 무적 돌격 기사단은 물론 다른 듀란달 병사들에게는 엄청난 기폭제가 되어 전투는 그야말로 순식간에 듀란달 진영이 유리하게 진행되어갔다.

"자, 어서 대성국 병사들을 구해라!"

"저리 비켜라! 이얍!"

"크악!"

이 모든 것은 애초부터 아우웬스키와 팅이의 대화를 통해 예정된 작전이 있어 가능한 일이었다. 사실 지금 이곳에 온 카타리안 군대는 엄청난 정예 군대이기에 이처럼 쉽게 무너질 리 없었다. 하지만 최고 지휘관이 개인 대결에서 패한 데다가 앞뒤 가리지도 않고 후퇴 명령을 내렸기에 이런 어처구니없는 일이 벌어진 것이다.

한 대성국 병사가 카타리안 병사에게 죽을 위기에 처했을 때 누군가가 그를 구해주었다. 카타리안 병사를 공중으로 집어 던지고 그를 구해준 사람은 바로 와일드 팩이었다. 그는 그 병사의 정신이 멀쩡한 것을 보고 다짜고짜 마커스의 행방을 물어보았다.

"이것 봐, 병사! 어서 정신을 차리라고!"

"아… 감, 감사합니다."

"그런데 자네들의 군단장은 어디 있는가?"

"그, 그게 아까 허공에서 그대로 떨어지시고는 정신을 잃으신 것 같은데 그 뒤로 어떻게 되셨는지 알 수가 없습니다."

"뭣이! 허공에서 떨어져? 대체 얼마나 높은 허공에서 떨어졌는가?"

"최소한 십 미터는 될 것입니다요."

"끄응… 그 인간이 돌머리이기만을 바라야겠군. 알았으니 너는 어서 후방으로 물러서라."

싸우다 들은 정이라서 그럴까, 아니면 워낙 괴팍해서 평소에 친한 친구가 없어서일까? 와일드 팩은 묘하게 자신과 닮은 마커스에게 한 가닥 우정을 느끼고 있었다. 그렇기에 그가 반드시 살아있기를 기원했다.

하지만 지금 전장은 비록 자신들이 유리했지만 정신이 하나도 없을 만큼 얽히고설켜 있어서 여기에서 마커스를 찾는 것은 그리 쉬운 일이 아닌 듯 보였다. 그리고 더 중요한 것은 겨우 이것으로 전투가 끝나는 게 아니라는 점이었다.

"클클클… 이놈들이 보자보자 하니까 정말 날 화나게 만드는구나. 이제부터 벌어지는 일은 모두 네놈들이 자초한 일이니 후회하지 마라……. 죽음의 세계를 떠돌던 영혼들이여, 모두 다시 세상으로 올라와 싱싱한 피를 맛보아라! 블러드 리바이블~!"

꿈틀… 꿈틀…….

카르르르…….

이리저리 신성한 힘과 마나를 측정해 보던 슈샤인테르가 자신이 겁먹을 정도는 아니라고 판단하고는 다시 전면에 나섰던 것이다. 그것도 그 섬뜩한 언데드 몬스터들을 무수히 불러내면서…….

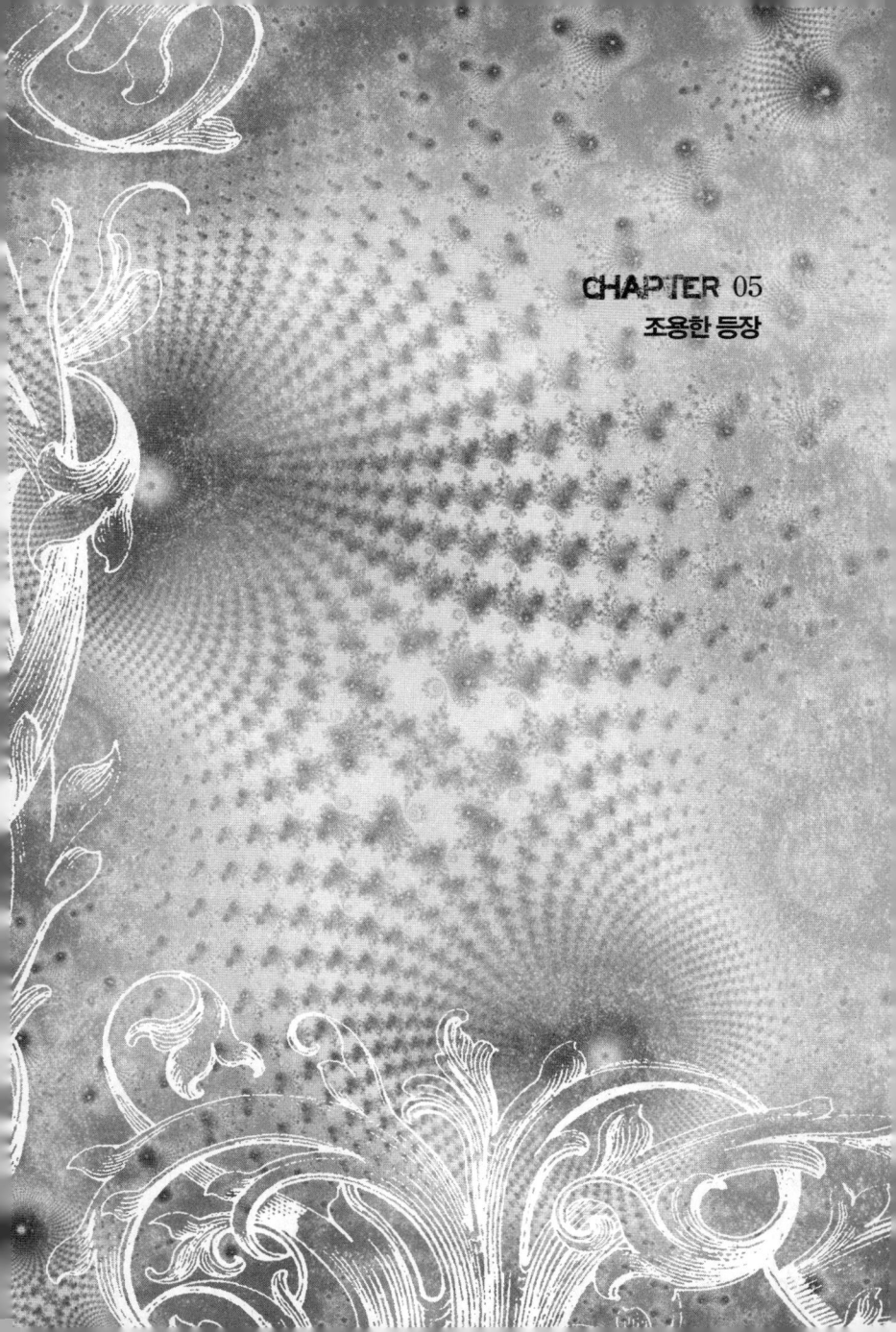

1

주르륵… 주륵 주륵…….
하늘에 구멍이라도 난 것처럼 비가 쏟아지고 있었다. '쉬'와 '엘'은 이런 날에도 무수히 돌아다녀보았기에 그다지 큰 감흥이 일어나는 것은 아니었지만 오늘따라 이상할 정도로 쏟아지는 비가 마음에 들지 않았다.
"이거 참… 우리 신세가 왜 이런 거야?"
"뭐가 어때서요?"
"완전 비 맞은 생쥐 꼴이잖아. 아무튼 내 인생에서 로드를 만난 게 가장 잘못한 일인 것 같아. 그 양반을 만난 뒤로는 늘 고생만 바가지로 하잖아."

여전히 '쉬'는 '엘'을 상대로 투덜거리고 있었다. 그는 기분 좋은 일이 있어도 투덜거릴 만큼 아예 투덜거림이 생활이 되어 버린 사람 같았다.

"그래서 후회하세요?"

도리도리…….

"그렇진 않아. 비록 고생스럽긴 해도 세상 사람들에게 떳떳하고 당당한 일인 데다가 무엇보다 아찔한 긴장감과 스릴을 만끽할 수 있잖아. 난 태어나서 최근이 가장 즐거웠던 것 같아. 비록 목숨이 왔다 갔다 하긴 했지만 말이야. 클클……."

하지만 막상 '엘'의 후회하느냐는 질문에는 강력하게 고개를 내저었다. 그는 오히려 슈를 만나게 된 것을 자신 인생의 최대 축복이라 여기고 있었다. 처음 만남은 지독한 악연으로 시작되었지만 지금은 슈가 없는 인생을 상상하기도 싫을 정도로 그가 좋아졌던 것이다.

어쨌든 그의 덕으로 평생소원이던 귀족이 되었고 또 이제는 남의 시선을 피해서 살 필요도 없어진 데다가 무엇보다 가족들에게는 당당한 가장이 되지 않았는가.

과거 언제나 그늘 속에 숨어 살던 때와 비교해 보면 그야말로 인생 최고의 시기를 맞이했다고 할 수 있었다.

"그런데 정말 이곳에 있으면 그분이 나타나실까요?"

"아, 그렇다니까. 너는 언제나 이 오라비를 너무 무시하는 경향이 있는데 내가 이래 봬도 정보로 먹고 사는 사람 아니냐. 우리 정보원들의 보고에 따르면 그분께서 분명 르웬슨에 나타나셨대. 그렇다면 아무리 급해도 공작가의 저택에 들리는 것이 당연하지 않겠느냐."

그들의 대화처럼 두 사람은 슈를 기다리고 있었다. 어차피 슈가 없는 상태에서 일행들하고 함께해봤자 그다지 어울리지도 않고 또 적성을 살리기도 힘들 게 뻔하기에 이들은 슈가 사라진 순간부터 그만을 기다리고 있었던 것이다.

"그런데 대체 어디를 다녀오시기에 갑자기 수도에 등장했을까요?"

"아무래도 공작 각하를 만나기 위함이 아닐까? 두 분이 이번 반란을 잠재웠으니 뒤처리 문제도 이야기해야 할 것이고 또 카타리안과 결전을 위해 상의도 하셔야 할 테고. 지금 만나지 못하면 다시 만나기가 힘드니 그럴 확률이 높을 것 같은데?"

"뭔가 엉터리 같긴 하지만… 조금은 일리있는 추리네요."

이들이 앉아 있는 곳은 수도 르웬슨에서 레비안또 공작가로 가는 길목에 자라 있는 거대한 퍼플 나무(버드나무 종류)였다. 이 나무는 워낙 오래 되서 위에 앉을 곳도 널찍한 데다가

조용한 등장 137

축축 늘어져 있는 잎사귀로 인해 그들의 모습을 가려주기도 해서 그야말로 은신처로는 그만인 장소였다. 하지만 벌써 하루를 꼬박 이 나무 위에 앉아 있으려니 좀이 쑤시기도 하고 지루하기도 해서 두 사람은 이런저런 쓸데없는 이야기만 늘어놓고 있었다. 그런데 바로 그때…….

삐비비비… 피리리띠리…….

"앗! 드디어……."

"무슨 신호죠?"

"그분께서 오고 있다는 신호야. 말을 타고 달리고 있다 하니 곧 나타나겠군."

왕이 살고 있는 왕궁에서 공작가까지는 말로 반나절이 걸린다. 하지만 지금 슈가 나타났다는 곳은 르웬슨에서도 공작의 저택과 가까운 지역이었기에 기껏해야 한 시간 정도면 올 수 있는 거리였다.

그리고 '쉬'의 예측대로 대략 한 시간 정도가 지나자 멀리서부터 말 한 마리가 달려오기 시작했다.

두두두두…….

"오신다. 어서 마중을 나가보자."

"그래요."

휘익~!

두 사람은 민첩한 몸놀림으로 퍼플 나무에서 내려오더니

곧 말이 오는 방향으로 바람처럼 이동했다. 하지만 그들은 막상 말 앞에 도착해서는 그대로 얼어 버리고 말았다. 너무나 기막힌 광경을 목격했기 때문이다.

휘익 휘휘~!

"날씨 참 좋네. 자네들 생각보다 늦었는걸."

"로, 로드⋯⋯!"

"저희가 올 것을 알고 계셨나요?"

비가 세차게 쏟아지고 있는데도 슈는 물론 그가 탄 말은 물방울 하나 젖지 않은 상태였다. 아니, 지금도 그들 주위로는 보이지 않는 막이 있는 듯 빗방울이 튕겨 나가고 있었다. 그가 마법사도 아닌데 어찌 이런 실드 비슷한 것을 말까지 뒤집어씌우고 다닐 수가 있다는 말인가, 그것도 달리는 말 위에서.

"쉬, 자네의 수하들이 내가 르웬슨에 도착할 때부터 내내 따라 다니던걸? 그들이 그렇게 열심히 일할 정도면 보나 마나 그들의 보스가 근처에 있다는 뜻일 테고, 그렇다면 그들의 보스인 자네가 날 찾고 있었다는 결론 아닌가. 날 찾았다는 것은 당연히 만나기 위해서겠지."

멍⋯⋯.

슈가 천연덕스러운 얼굴로 이렇게 대꾸하자 '쉬'는 '쉬' 대로 '엘'은 '엘' 대로 얼이 빠지고 말았다. 각기 다른 의미에서

조용한 등장

슈의 말에 놀랐기 때문이다. '쉬'는 우선 자신의 수하들이 그렇게 쉽게 걸린 것에 대해 놀랐고 '엘'은 슈의 추리력에 놀란 것이다.

"로드… 뭐라고 꼬집어 말씀드릴 수는 없지만… 뭔가 달라지신 것 같아요."

"저도 그런 느낌을 받았습니다."

슈를 마지막으로 볼 때까지만 해도 두 사람은 슈에게서 잘 정제된 보석을 보는 느낌을 받았다. 냉철해 보였으며 감정이 완전히 배제된 모습으로 보였다. 하지만 지금은 마치 대해를 혹은 넓은 벌판을 대하듯 그렇게 그가 넓게만 느껴졌다.

"지금 시간이 급박하니 일단 이동하면서 이야기를 나눌까? 자네들이 감춰 놓은 말들도 비를 맞으니 추운 것 같군. 어서 끌고 아버지 집으로 가자고."

"네? 아, 네……."

그렇게 '쉬'와 '엘'이 자신들의 말을 끌고 오자 슈는 가볍게 손짓을 한 번 했다. 그러자 놀랍게도 '쉬'와 '엘' 주변에도 투명막이 생성되는 것이 아닌가.

"이, 이럴 수가… 대체 어떻게 하신 것입니까?"

"후후… 어떻게 하기는… 그저 나 때문에 고생하는 그대들을 위해 작은 배려를 해준 것뿐이라네. 신경 쓰지 말게."

말은 쉽다. 하지만 '쉬'나 '엘'도 검술의 경지가 어느덧 소드 익스퍼트 중급을 넘어서 상급에 도달한 실력자들 아니던가. 이런 수법이 말처럼 그렇게 쉬운 것이 아니라는 것쯤은 그들도 모를 리 없었다.

"진짜 저분이 우리의 로드 맞나요? 어딘가 달라진 것 같아요."

"내 생각도 그래. 어쩐지 훨씬 성숙해진 것 같기도, 또 거대해진 것 같기도 하고… 마치 바람처럼 허허로워진 것 같기도 하고……. 휴우… 헷갈리네."

'쉬'와 '엘'이 슈의 뒤를 따르며 이렇게 은밀한 대화를 나누는 동안에도 슈는 엄청난 속도로 달리고 있는 말 위에서 팔짱까지 낀 채 너무나도 편안한 모습으로 몸을 끄덕거리며 가고 있었다.

지금의 시국은 급박했는데 슈는 하이타리온과의 만남 이후 뭔가를 얻어서 그런 것인지 상당히 여유가 흘러넘치고 있었다.

2

대성국 병사들이야 처음 만난 신종 언데드 몬스터였으니 당황할 수밖에 없었지만 테세인 성에서 나온 병사들은 달랐다. 그들은 이미 한 차례 이런 괴물 같은 언데드 몬스터들을 만나보았기에 크게 당황하지 않고 삼삼오오 무리 지어 한 마리씩 상대하는 영악함을 보여주고 있었다.

"역시 이놈들이 메세토 등을 상대해본 놈들이 맞군. 그렇다면 저곳에 배신자 필라리엔도 있겠지. 잘됐어, 그년을 찾는 것도 귀찮았는데……. 오늘 아주 덤으로 가랑이를 찢어 죽여주마."

하지만 슈샤인테르는 오히려 여유를 되찾고 있었다. 그는 조금 전 마커스로 인해서 잠시 위축됐던 자신이 한심했는지 더욱 독기를 불태우며 이렇게 중얼거렸다.

"이기려고 하지 말고 버티는데 주력하라. 버티고 있으면 곧 기사들이 가서 도와줄 것이다!"

"아, 알겠습니다… 꿍차!"

캬오오오!

크르르릉…….

전장은 살벌했다. 언데드 몬스터들의 특성상 이놈들은 병사들이고 기사들이고 잡아먹기 위해 이빨을 드러내며 달려드는데 그 모습은 백번을 봐도 징그러울 따름이었다. 그런데다가 신종 언데드는 도검으로 쉽게 절단이 나지 않기 때문에 병사들은 여럿이서 한 마리를 상대하는 데도 힘에 겨웠다.

그러나 무적 돌격 기사단이 가세하게 되면 이야기가 달라졌다. 그들은 이미 신종 언데드 몬스터를 처리하는 방법을 배웠고 또한 샤베리온 사제가 그들에게 축복을 해준 상태였다. 병사들과 함께하면 한 마리 정도는 시간은 조금 걸릴지언정 충분히 제거할 수가 있었다.

"단검술 이십사 개 동작! 출!"

푸슉!

꾸엑!

"파!"

끄아아~!

무적 돌격 기사단의 검술의 근간은 바로 단검술 이십사 개 동작에서 비롯된다. 이것은 슈가 최초로 창안한 검술로 중원 살수들의 검술이 그 바탕이라 할 수 있는 만큼 오로지 실전을 위한 수법이었다. 때문에 무적 돌격 기사단들의 검은 최단거리로 날아가 언데드 몬스터들의 급소를 노렸다.

처음에는 마나가 약해 위력보다는 이처럼 빠르고 간결한 동작으로 상대를 제압했지만 이제는 마나가 늘어남으로 인해 파괴력도 막강해지고 있었다. 훗날 대륙 역사 가운데 오대 검법 중 하나로 분류되는 이 위대한 검법은 이렇게 세상에 알려지고 있었다.

"역시 한 수가 있는 놈들이로군. 그리고 저 사제 놈은 아까 대성국의 추기경이라는 놈보다 훨씬 강력한 신성력을 보여주고 있다. 거참… 이렇게 되면 결국 칠흑들을 불러내야하는 건가."

벌써 수많은 신종 언데드 몬스터들이 쓰러지고 있는데도 슈샤인테르는 그다지 표정의 변화가 없었다. 마커스 때는 워낙 방심하다가 당한 경우였지만 지금은 애초부터 어느 정도 예상하던 적인지라 걱정이 없었던 것이다. 그리고 무엇보다 그에게는 지금 들판에서 설치고 있는 인간들을 모조리 말살할 수 있는 언데드 몬스터들이 몇 종류 이상은 남아 있었다.

"나 슈샤인테르가 명하노니 칠흑이여 나오라~!"

슈샤인테르의 수결과 주문에 따라 땅을 뚫고 검은 존재들이 튀어나왔다. 바로 데스나이트 칠흑이었다.

꿈틀… 꿈틀…….

쿠오오우~!

캬캬캬캬~!

"빌어먹을! 데스나이트가 나타났다. 모두 조심해라!"

무적 돌격 기사단은 바짝 긴장했다. 아무리 훈련이 잘 되어 있고 또 실력이 많이 늘었다지만 스켈레톤이나 구울 혹은 좀비보다 훨씬 강력하고 무서운 존재가 데스나이트였다. 변종이 아니라 해도 이기기가 쉽지 않은데 이 녀석들은 일반 데스나이트에 비해 몇 배 이상 강력하다.

지난번에는 슈가 있었기에 그래도 해볼 만했지만 지금은

슈도 없는 상황이다. 현재 이 들판에서 신종 데스나이트 한 기라도 물리칠 수 있는 능력이 있는 사람은 기절해 있는 마커스와 적으로 변장하고 있는 아우웬스키가 유일하다. 하지만 둘 다 지금은 전력에 전혀 도움이 안 되는 상황. 사태는 점점 어려워져 갔다.

"샤베리온 사제님."
"왜 그러는가?"
"지난 번 전투 이후 연구했던 내용인데요……."
"어떤 내용을 말하는 겐가?"
점점 아군이 밀리기 시작하자 상황을 주시하던 델리슨이 나서서 갑자기 샤베리온을 부르더니 이렇게 말했다.
"제가 지금부터 공격 마법을 시전할 것인데 혹시 그 마법에 사제님의 신성력을 실을 수 없을까요? 가령 제가 마나를 모아 방출하기 직전에 신성력을 섞는 방법 같은 걸로요."
"허어… 그런 생각은 한 번도 안 해봤는데 가능성은 있을 것 같은걸? 한번 해볼까?"
델리슨이 그동안 슈와 함께 많은 연구를 하면서 깨달은 것이 있다면 바로 발상의 전환이었다. 불가능할 일도 다른 각도에서 생각해 보면 의외로 좋은 결과를 얻기도 한다는 점을 깨달았기에 이런 생각도 해낼 수가 있었다.

"그럼 제가 화염 계열의 마법을 시전할 테니 거기에 적절한 신성력을 부어 주십시오."

"알겠네. 어서 시작하게."

"네… 그럼 갑니다. 아하 시라옴 타파야 게이리안 위대한 불길이여! 혼돈의 화마여! 그대들의 의지로 저들을 태워라! 파이어볼!"

"성스러운 아서시스님의 힘이여~ 깃들라! 홀리 마이트~!"

쿠구구구… 샤라라랑~!

델리슨은 4서클 마법인 파이어볼을 선택한 대신 엄청난 마나를 불어 넣었으며 그사이에 샤베리온의 성스러운 기운이 스며들었다. 그렇게 화염의 불덩어리는 아군을 위협하는 두 마리의 데스나이트를 겨냥한 채 순식간에 날아갔다.

꾸어?

끼?

자신들을 향해서 뜨거운 무엇인가가 날아오는 것을 느꼈는지 두 기의 데스나이트들이 괴상한 소리와 함께 갸우뚱하는 몸짓을 하며 고개를 돌렸다. 그리고 바로 그 순간,

콰콰콰콰쾅~! 쾅쾅! 콰콰쾅!

후두두두둑…….

"성, 성공입니다!"

"오… 아서시스님이시여, 감사합니다. 알 샤오레~!"

"……."

 결과는 실로 놀라웠다. 마나가 잔뜩 주입된 검으로 그렇게 찌르고 찔러도 흠집 하나 나지 않던 초강력 데스나이트 두 기가 파이어볼에 적중되는 순간 엄청난 폭음과 함께 산산조각이 나버렸던 것이다. 이 광경이 어찌나 놀라웠던지 아군이든 적군이든 벌판에 있던 모든 사람은 그 자리에서 멍하니 굳어버렸으며 심지어 언데드 몬스터들까지도 잠시 동안 동작을 멈추었다. 그들을 부리는 주인인 슈샤인테르 역시 그만큼 놀랐던 것이다.

"이때를 노려야 합니다. 자 다시 한 번 가시죠, 샤베리온 님."

"오케이~ 어서 시작하세!"

 구십이 넘은 노사제의 얼굴이 흥분으로 벌게졌다. 그 역시 이번 합작품에 대만족을 한 모양이다. 그렇게 두 사람은 서로 합심해서 데스나이트들을 처리해 나가기 시작했다.

3

 이런 상황을 지켜보면서 가장 놀란 사람 가운데 한 명은 바로 매스치아레였다. 그와 대성국 사제들은 카타리안 병사들에게 막 잡히려는 순간, 구원 병력에 의해 겨우 위기를 벗어나 한쪽에서 전장을 살펴보고 있던 중 이런 놀라운 광경을 보게 된 것이다.

"저럴 수가! 마법과 신성력이 결합하다니… 말도 안 돼……."

"그러게 말입니다. 저러다가 조금만 실수하게 되면 각기 다른 두 마나가 얽혀 자칫 큰 재앙을 불러들일 수도 있을 텐데요."

매스치아레의 말에 사제 한 사람이 이렇게 받아쳤다. 그 역시 추기경 수준에 육박하는 신성력의 소유자인지라 지금 사태를 충분히 알 수 있었던 것이다.

"대체 저 노사제가 누구인지 아는 사람 있는가?"

"거리가 멀고 어두워서 확신을 할 수는 없습니다만 암만 보아도 그분 밖에는 떠올리지 못하겠습니다."

"그분?"

방금 이야기했던 사제의 말에 매스치아레는 급히 다시 물었다.

"약 삼십여 년 전 동방을 구원한 것으로 인해 성자로 불리셨던 분 말입니다."

"설마… 저분이 바로 샤베리온 무슈 베이니안 성자라는 말이냐? 그럴 리가! 그분은 이미 돌아가신 것으로 알려졌는데……. 아니, 확실히 그분 정도가 아니면 신성력을 방금처럼 활용하지 못했을 터…….."

 이런 말을 하면서도 매스치아레는 부끄러움을 느끼고 있었다. 그동안 자신의 알량한 신성력을 믿고 자만심에 빠져서 일을 이 지경까지 몰고 온 것부터 깊이 반성했다. 또한 연로한 나이에도 사람들을 구하기 위해 애쓰는 샤베리온을 보자 존경심이 절로 일어났다.

 "저도 그래서 저분이 샤베리온 무슈 베이니안 성자님이라는 확신이 들었던 것입니다."

 "자, 우리도 이대로 있지 말고 어서 다친 사람들이라도 보살피자. 한 사람이라도 더 치료해야 할 것 아니냐."

 "네, 추기경님."

 그리고 매스치아레는 교만함을 버리고 이처럼 스스로 나서서 평소 우습게 생각하던 일반 병사들까지 친절하게 치료하기 시작했다. 그는 이날을 계기로 새로운 사람이 되었으며 훗날 또 한 명의 성자로 추앙받게 된다. 물론 이는 나중의 일이다.

 그러는 가운데에도 델리슨과 샤베리온은 땀을 흘려가며 데스나이트들을 처치하고 있었다.

 "어이~ 거기 세 사람… 어서 비켜라! 위험하다!"

 "알겠습니다!"

 델리슨의 외침에 뭉쳐 있던 병사들 중 한사람이 크게 대꾸

조용한 등장

했다.

"간다! 파이어볼~!"

"홀리 마이트!"

쿠와아아앙~! 콰콰콰쾅!

꾸에엑~!

끄아아~!

또다시 사태가 변하자 슈샤인테르는 다른 언데드 몬스터로 하여금 집중적으로 델리슨과 샤베리온을 공격하게 하였다. 하지만 그들 주변에는 이미 슈의 기사들이 포진하고 있었기에 그것도 쉬운 일은 아니었다.

"이런 재수없는 새끼들, 뒈져라!"

부웅~ 콰앙!

와르르르…….

"……."

신종 언데드 몬스터조차 단숨에 부숴버릴 정도로 강력한 와일드 팩의 무식한 바스타드 검이 막 달려드는 불쌍한 구울 머리통을 그대로 박살 내 버렸다. 그리고 그에 못지않은 보나프 역시 거대한 투핸드 소드를 장난감처럼 돌리면서 닥치는 대로 인근의 언데드 몬스터들을 처치했으며 다른 기사들도 또한 각자의 특기대로 한몫을 했기 때문에 정작 델리슨과 샤베리온 근처로는 언데드 몬스터가 접근조차 하지 못했다. 그들은 그야말로 완벽한 호위 속에서 마음 놓고 마법을 날려댔다.

"카타리안의 용사들이여! 모두 듀란달 놈들을 박살 내자!"
"와아아아~!"

하지만 변수는 아직 남아 있었다. 아까 은근슬쩍 밀려갔던 아우웬스키가 슈샤인테르의 명을 받고 또 어쩔 수 없이 앞장서서 카타리안 군사들을 끌고 나왔던 것이다. 물론 그들은 지휘관 자체가 상대를 해칠 마음이 없었기 때문에 아주 큰 위협이 되지는 않았다. 그러나 아무리 그렇다고 해도 일반 병사들의 어느 정도 희생까지 완전히 막을 수는 없었다. 그렇게까지 행동하면 아우웬스키의 정체가 드러날 가능성이 너무 높았던 것이다.

"일부는 사제님과 마법 군단장님을 엄호하고 나머지는 카타리안 놈들을 친다! 모두 나를 따르라!"
"저도 가겠어요!"
"와아아아~!"

결국 병사들의 상황을 보다 못한 기사 세비앙이 나섰고 기다렸다는 듯이 올리비아 공주도 합류했다. 세비앙은 재빠른 몸놀림으로 블러드 기사단원을 하나씩 처리해 나갔으며 그의 곁으로 아름다운 올리비아 공주가 쌍검을 휘두르며 제 몫을 다해 주고 있었다.

조용한 등장 151

"어찌… 어찌 이런 일이……! 겨우 파이어볼 따위에 어떻게 칠흑이 당할 수 있다는 말인가! 으드득… 결국 네놈들이 날 화나게 만드는구나. 어지간해서는 그들을 소환하지 않고 끝내려 했건만……. 날 원망하지 마라. 다 네놈들이 자초한 일이니. 크흐흐흐…….”

어디를 보아도 사태가 불리하게 돌아가자 슈샤인테르는 무엇인가를 결심했다. 매세토나 다른 흑마법사들이 그를 어려워했던 그의 진면목이 모습을 드러내려 하고 있었다.

"어둠을 지배하는 암흑의 왕이시여! 그대의 힘을 빌려 얼어붙은 영혼을 가진 자들을 깨우리니 이에 응하소서! 나타나라~ 데몬나이트~!”

우우우우웅…….

"모두 조심하세요! 흑마법사가 지금 무서운 주문을 시작했어요. 아무래도 더 강력한 뭔가를 소환하려는 것 같아요!”

본능적으로 가디언 슈샤인테르를 두려워하는 팅이가 내내 한쪽에서 조용히 있다가 갑자기 외쳤다. 그녀 역시 흑마법을 보유하고 있기 때문에 슈샤인테르의 주문에는 민감했던 것이다. 그리고 이런 그녀의 경고가 떨어지자마자 곧 모두의 앞에서 실로 소름끼치는 일이 벌어졌다.

와르르르… 척! 척! 척!

—누가… 우리를… 부르는… 가…….

쿠쿠쿠쿠… 쿠웅…….

슈샤인테르가 주문을 외우기 시작하자 그동안 부서져서 들판에 널려 있던 뼈다귀들과 각종 언데드 몬스터들의 시체 부산물들이 벌떡 일어나서 하나로 뭉치기 시작했던 것이다. 그러더니 곧 어마어마한 크기의 몸체를 지닌 대형 해골 기사가 만들어지는 게 아닌가!

크기가 오 미터 이상의 오우거만 한 해골 기사. 이는 정녕 흑마법사 전설로나 회자되던 데몬나이트였다.

데몬나이트는 데쓰 나이트보다 몇 배나 강한 신체와 능력을 가진 가공 무쌍한 언데드 몬스터였다. 얼마 전 메세토가 최후에 불러낸 데스 드래곤과 비슷한 힘을 가졌지만 생각할 수 있는 두뇌까지 있어서 더욱 무서운 존재가 바로 이 데몬나이트였다.

"이런… 저, 저건 또 뭐지? 어떻게 가면 갈수록 더한 괴물이 튀어 나온다는 말인가. 빌어먹을……."

"오오 맙소사! 아서시스님이시여. 저희를 불쌍히 여기사 도와주소서… 알 샤오레……."

그 누구도 방금 등장한 괴물이 데몬나이트인지는 몰랐다. 하지만 한눈에 보는 것만으로도 이번 괴물이 얼마나 무서운 놈인지는 파악이 되었다.

그들은 그만큼 포악해 보였으며 온몸에서 줄기줄기 악의

오러가 피어오르고 있었던 것이다.

4

돌프는 무적 돌격 기사단 소속의 새로운 돌격대 일원이 된 것을 무한한 영광으로 생각하고 있었다. 일반 영지군이었다가 돌격대원이 되고 난 이후 곧바로 기사가 된 무적 돌격 기사단원들의 이야기는 병사들 사이에서 이미 신화로 자리 잡고 있었다.

때문에 돌격대에 들어가는 것은 그야말로 하늘의 별따기보다 어려울 정도로 경쟁이 치열했는데 그가 얼마 전 그런 돌격대원으로 발탁되었으니 어찌 기쁘지 않겠는가.

'오늘 난 이 자리에서 목숨을 걸고 싸울 것이다. 그것이 우리 돌격대의 자존심이다. 아서시스님이시여! 저에게 용기를 주시옵소서!'

그는 오늘 전투가 시작될 때부터 이런 결심을 했다. 일단 돌격대원이 된 이상 뭔가를 보여주고 싶지만 무엇보다 못난 모습을 보이고 싶지는 않았기에 아예 처음부터 목숨을 내걸기로 한 것이다.

'이놈들은 지난번보다 더 징그러워 보이네. 하지만 그때보다 두렵진 않아. 좋아! 오늘은 기필코 한 놈을 없애고 말

겠어.'

 돌프는 돌격대원이 되자마자 첫 번째 치른 전투에서 이미 신종 언데드 몬스터를 겪어 보았다. 그때 자신이 가장 존경하는 사람인 가누비엔 백작의 놀라운 신위도 직접 볼 수가 있었지만 신종 언데드 몬스터의 무서움도 느껴 보지 않았던가. 하지만 그로 인해 오히려 그는 신종 언데드 몬스터에 대한 두려움보다는 원한이 더 컸다. 당시 자신과 친했던 동료도 수없이 이들에게 죽음을 당했기 때문이다.

 크르르릉~!

 "돌프, 조심해!"

 "아, 이런… 차앗!"

 까강~!

 너무 생각이 많았던 것일까. 그는 언데드 몬스터가 자신의 근처까지 온 것도 모르고 있다가 동료의 외침을 듣고 겨우 그놈의 공격을 막을 수 있었다. 하지만 불행히도 다가온 놈은 신종 언데드 몬스터였고 이놈을 그와 같은 일반 병사가 막기에는 무리가 많았다.

 크왕~!

 "돌프! 그냥 도망쳐! 그놈은 우리가 상대할 수 있는 놈이 아니라고!"

 "젠, 젠장… 그러기엔 늦었어! 자네라도 어서 도망가!"

주춤… 주춤…….

돌프가 위험에 처했지만 방금 소리친 동료가 해줄 수 있는 일은 없었다. 지금 덮친 놈은 스켈레톤 워리어였는데 이놈은 무적 돌격 기사단원도 혼자 해치울 수 없을 정도로 강력한 놈이었다. 돌프의 동료는 자신과 같은 일반 병사가 함께 달려들어 봤자 개죽음이 될 게 뻔하다 생각했다. 그래서 아예 먼저 도망쳐서 기사들에게 도움을 요청하기로 결심하고는 급히 자리를 떴다.

"으윽… 이, 이렇게 허무하게 죽기는 싫었는데… 아서시스님이시여… 죽어도 좋으니 이놈을 같이 데리고 지옥에 갈… 수 있도… 커흑… 록 해주십시…….”

까깡! 치이익! 칙칙!

운이 없게도 결국 돌프는 신종 스켈레톤 워리어에게 붙잡히고 말았다. 그나마 이놈은 돌프를 한적한 곳에서 뜯어먹고 싶었는지 바로 죽이지 않고 어깨에 걸쳐 맨 채 어디론가 이동을 했다.

하지만 어느 장소든 도착하면 자신을 뜯어먹을 것이 확실하기에 돌프는 스켈레톤 워리어의 등에 매달린 상태에서도 쉬지 않고 검으로 그놈의 목덜미와 가슴팍을 찍어댔다. 하지만 아무런 소용이 없었고 오히려 움직임으로 인해 이놈의 팔에 힘만 더 가하게 만든 꼴이 되었다.

크르르릉~!

휘익~ 털썩!

"크억!"

그렇게 이동한지 약 몇 분. 결국 스켈레톤 워리어는 돌프를 풀밭 쪽에 집어 던지더니 뼈와 이빨만 남은 입을 크게 벌리더니 위 아래로 움직이기 시작했다. 곧바로 돌프를 잡아먹으려는 게 분명했다.

쩌억…….

"크흐흑… 죽는 것은 두렵지 않으나 이렇게 허무하게 죽고 싶지는 않았거늘……."

어찌나 억울했는지 돌프는 결국 눈물을 흘리고 말았다. 그의 나이 이제 스물셋. 죽기에 어린 나이기도 했지만 그런 것보다 자신이 너무도 무기력하게 죽는 사실이 원통해서 저절로 눈물이 났다. 그런데 바로 그때! 그의 귓전으로 환청과 같은 소리가 들려왔다.

"죽는 게 억울한가?"

"누, 누구십니까?"

"일단 대답부터 해보게."

분명 목소리는 또렷이 들리는데 사람의 형체는 어디에도 보이지 않았다. 하지만 그 목소리는 사람을 따르게 만드는 묘한 분위기가 있어 대뜸 반말인데도 돌프는 전혀 거부감을 느

조용한 등장 157

끼지 못했을 뿐 아니라 질문에 답해야 한다는 의무감까지 들었다.

"네, 억울합니다. 전 돌격대원이 된지 이제 겨우 석 달밖에 안됐는데 아무런 공도 세우지 못하고 죽기는 싫습니다!"

"그놈을 해치우고 싶은가?"

"네!"

그는 지금 반쯤 넋이 나가서 어느새 스켈레톤 워리어의 움직임이 멈춰 있다는 것도 인식하지 못하고 있었다. 놀랍게도 그를 바로 잡아먹으려 했던 스켈레톤 워리어는 구부정한 상태 그대로 굳어서 고개만 갸웃거리고 있었다. 언데드 몬스터가 몸만 굳어 버리다니……. 뭔가 괴사가 벌어지고 있는 것이다.

"그렇다면 어서 그놈을 해치워라. 네가 간절히 바란다면 아무리 단단한 언데드 몬스터라 해도 이길 수 있다. 내말을 믿을 수 있겠나?"

"네!"

무엇 때문인지는 몰랐다. 하지만 돌프는 이 순간 정말로 눈앞의 이 징그러운 스켈레톤 워리어를 박살 낼 수 있다는 믿음이 들었다. 그래서 그는 다시 검을 들었다.

"그럼 어서 해치워라."

"알겠습니다! 이야압~!"

돌격대는 비록 2기수에 접어들었지만 여전히 단검 이십사 개 동작을 배우고 있다. 때문에 이들은 여전히 단검과 쇼트소드가 주 무기였다. 돌프는 대답과 함께 있는 힘껏 단검을 휘둘렀다.

그그그극… 끼리리릭…….

"좀 더 믿음을 가지고 다시 한 번 휘둘러라."

"네! 타하앗!"

슈슈숙~!

뎅겅~!

"성, 성공했습니다!"

놀랍게도 일개 병사에 불과한 돌프는 소드 익스퍼트 중급 기사가 쳐도 쉽게 떨어지지 않는 신종 스켈레톤 워리어의 목을 잘라내는 데 성공했다.

"도, 돌, 돌… 돌프! 자, 자네 지금 무슨 짓을… 자네 정말로 돌프 맞아?"

그리고 이런 현장을 조금전 기사를 데리러 갔던 동료와 함께 온 기사가 목격하고 말았다. 그들은 어찌나 놀랐는지 그 자리에서 얼어버린 채 더듬거리며 간신히 이렇게 물었다.

"바우먼, 내가 해냈네, 해냈다고! 아, 물론 나 혼자 한 것은 아니야. 바로 여기 계신 분이 도와주셔서 가능한 일이었지."

"누구 말인가?"

두리번두리번…….

돌프가 주위를 빠르게 돌아보며 목소리의 주인공을 찾았지만 그는 그 어디에도 보이지 않았다. 그러자 돌프는 자신이 꿈을 꾼 것이 아닌지 슬며시 자신의 볼을 스스로 꼬집어보았다.

"아야… 꿈은 아닌데… 대체 이분은 어디에 계셨던 것이지?"

그가 고개를 갸웃거리든 말든 함께 왔던 기사와 바우먼이라는 동료는 그를 이끌고 무적 돌격 기사단장인 와일드 팩에게 갔다. 그의 공을 보고하기 위해서였다.

그렇게 본의 아니게 끌려가면서도 돌프는 계속해서 고개를 갸웃거렸다. 그러다가 갑자기 목소리의 주인공이 누구인지 뇌리 속에 떠올라 허공을 향해 탄성을 질렀다.

"로드! 로드 맞으시죠? 이제야 그 목소리가 누구의 목소리인지 기억했습니다. 감사합니다, 로드!"

그러자 그를 끌고 가던 기사와 바우먼은 혀까지 차며 고개를 절레절레 흔들고 말았다. 아무래도 돌프가 스켈레톤 워리어와 싸우다가 머리를 다친 것이라고 판단한 모양이다.

CHAPTER 06
신위

1

아무리 전장의 한쪽 구석에서 일반 병사 한 명이 신종 스켈레톤 워리어를 박살 냈다지만 실제 전투에서는 아무런 도움도 되지 못했다. 그걸로 전세를 뒤바꾸기는 어림도 없었기 때문이다.

그만큼 지금 상황은 듀란달 군이나 대성국 사람들에게는 불리했다. 도무지 어떻게 저 지독한 신종 언데드 몬스터를 처리할 수 있는지 답이 보이지 않았던 것이다. 이것은 직급이 높은 사람일수록 압박감이 더했다.

특히 사람들이 대마법사라고 떠받드는 델리슨의 경우는

머리가 빠질 정도로 지독한 책임의식에 시달리고 있었다.

'이미 각종 공격 마법을 시도해 보았지만 저놈들에게는 통하지 않는다. 그렇다고 여기서 이제 겨우 깨우친 파이어 스톰을 사용할 수도 없고…….'

그는 지금까지 마법을 사용하면서 이렇게 답답한 적은 처음이었다. 방법을 찾는다면 능력이 상승하여 깨달은 파이어 스톰뿐이지만, 사용할 수 있는 것은 단 한 번에 불과했다. 그걸로 적을 모두 없애기는 만무할 터. 그렇다고 낮은 서클의 마법을 쓰기엔 무리가 많았다. 도무지 어떻게 해야 할지 떠오르지를 않았다. 그런데 바로 그때, 갑자기 그의 뇌리로 기이한 목소리가 들려왔다.

[발상의 전환이 필요하다니까요. 왜 그걸 자꾸 잊으시오?]

퍼뜩…….

'이, 이건 로드의 음성 같은데… 그럴 리가 없지. 그분은 지금 이곳에 없는데 어찌… 내가 너무 깊이 생각하다 보니 환청이 다 들리는 건가? 하지만 내용은 의미심장한데……. 발상의 전환이라… 로드께서 새로운 연구를 시작할 때마다 하신 말씀인데……. 가만! 내가 왜 그 생각을 하지 못했지? 마법과 성스러운 힘이 결합한다면? 맞아. 충분히 해볼 만한 일이야. 그거다!'

그는 환청 덕분에 지금 상황을 타결할 수도 있는 실마리를 발견한 것이다. 그리고 그의 이런 생각은 그대로 적중했다. 자신의 공격 마법에 샤베리온의 축복을 부여하여 위력과 성스러움을 가미한다. 자신이 생각해 냈지만 스스로도 놀랄 정도로 이 방법은 그야말로 획기적이었다.

'아… 역시 발상의 전환이란 정말 중요한 요소야. 로드 아니고서는 생각해 내지 못… 가만, 그런데 어째서 그 순간에 갑자기 로드의 음성이 들린 거지? 아무리 환청이라지만 뭔가 이상한데…….'

한창 신나게 샤베리온과 함께 신종 언데드 몬스터를 사냥하던 델리슨은 자신이 무엇인가를 놓친 듯한 기분이 들었다. 원래 마법사는 가장 이성적인 사고를 해야 한다. 하지만 방금 일어난 일을 이성적으로 생각해 보면 앞뒤가 맞지 않았던 것이다. 대체 그 목소리는 무엇일까. 델리슨은 의문점을 캐보고 싶었지만 지금은 그럴 여유가 없었다. 그러기에는 상황이 너무 급했던 것이다.

"이보게, 델리슨. 이 중요한 시기에 갑자기 정신 줄을 놓으면 어떻게 하나. 저쪽도 위험하다네!"

"죄송합니다. 샤베리온님, 파이어볼~!"

슈와아아앙~!

콰쾅!

결국 샤베리온의 채근으로 인해 더 이상 생각을 이어갈 수는 없었다. 그의 말대로 지금은 사방에 있는 아군들이 위험해 한눈 팔 때가 아니었다.

그렇게 또다시 델리슨과 샤베리온의 무서운 공격이 점차 언데드 몬스터들을 밀어내고 아군을 구해내고 있을 때 이번에는 팅이가 갑자기 외치는 소리가 들렸다.

"모두 조심하세요! 흑마법사가 지금 무서운 주문을 시작했어요. 아무래도 더 강력한 뭔가를 소환하려는 것 같아요!"

겨우 전세를 유리하게 이끌고 가려던 그들에게 찬물을 확 끼얹는 일이 벌어지고 말았다. 대마법사인 델리슨과 또 동방의 성자 샤베리온조차도 단 한 번도 본 적 없는 괴물이 등장한 것이다.

하지만 두 사람은 지금 등장한 괴물이 곧 전설로만 회자되어 오던 데몬나이트임을 곧 직감할 수 있었다.

"저, 저건 설마……."

"저와 같은 생각을 하신 모양이군요. 저놈들은 데몬나이트가 분명한 것 같습니다."

"맙소사. 데몬나이트를 소환하는 의식을 습득하려면 인성을 버려야 한다던데 설마 그런 흑마법사가 실제로 존재할 줄이야……. 저게 정말 데몬나이트라면 우리는 어서 이곳에서 도망쳐야 한다네. 우리가 상대할 수 있는 마물이 아니거든."

"하지만… 이미 늦었습니다. 저놈들이 벌써 퇴로마저 차단

했습니다. 뒤를 보십시오."

 데스나이트를 제거한 것만 해도 두 사람은 탈진할 지경이었는데 데몬나이트라니. 데몬나이트는 데스나이트와는 비교조차 할 수 없을 정도로 강력한 언데드 몬스터였다. 어떤 의미로 데스 드래곤보다 더 두려운 존재로 알려졌으니 이들이 이토록 절망하는 것은 당연했다. 그것도 한 놈만 등장한 것이 아니라 전면에 두 기, 후방에 세 기가 나타났으니 어찌 태연한 척할 수 있겠는가.

 "어허… 이거 아무래도 무사히 이곳을 벗어나기는 힘들겠군. 그렇다면 우선적으로 공주님부터 보호해야겠네. 만에 하나 그분에게 일이 생기게 되면 로드께서 어떻게 변하실지 모르니."

 "그건 제 생각도 같습니다. 아마 세상에는 또 하나의 악마가 등장할지도 모르지요. 좋습니다. 그렇다면 제가 공주님을 맡을 테니 어르신께서 그동안 데몬나이트들의 주의를 끌어주십시오."

 이때 이미 샤베리온과 델리슨은 자신들의 목숨을 포기했다. 아니 포기했다는 것보다는 올리비아 공주를 살리기 위해서 죽음을 각오했다고 해야 옳겠지만…….

 어쨌든 이곳에서 올리비아가 잘못 된다면 정말로 슈는 악마가 될 것이다. 하지만 절대 그런 일이 벌어져서는 안 되었다.

"그렇게 하지. 하지만 오래 버티긴 힘들 것 같으니 서둘러 공주님을 피신시켜야 하네."

"알겠습니다. 그럼 제가 신호를 드릴 테니 그때 저들을 공격하십시오."

"좋네."

샤베리온이 이렇게 대답하자 델리슨은 재빨리 올리비아 공주가 있는 쪽으로 움직였다. 그가 워낙 언데드 몬스터들에게 마법을 퍼부었기에 데몬나이트들도 그를 주목하고 있었지만 어쩐 일인지 그들은 곧바로 공격을 하지는 않고 있었다. 아무래도 그들을 부리고 있는 슈샤인테르가 아직 공격 명령을 내린 것은 아닌 모양이었다.

"공주님, 그리고 팅이 양. 두 사람 다 이쪽으로 오십시오. 급하니 서둘러 주시기 바랍니다."

"왜 그러시죠?"

"저도요?"

올리비아 공주와 팅이도 지금 상황의 심각함을 어렴풋 느끼고 있었지만 하필 이럴 때 아군에게 가장 큰 힘이라 할 수 있는 델리슨이 한창 마법 공격을 하다 말고 갑자기 다가와 자신들을 부르자 의아한 생각이 먼저 들었다.

"두 분 모두 이곳에서 어서 탈출해야 합니다. 시간이 없으니 자세한 설명은 나중에 하기로 하고 어서 눈을 감으십시오."

"저희들만 탈출하라고요? 그렇게는 할 수 없어요. 우린 살아도 같이 살고 죽어도 같이 죽을 것입니다."

"저 역시 공주님과 같은 생각이에요. 비록 흑마법을 노골적으로 사용할 수는 없지만 아직 언데드 몬스터 몇 마리쯤은 충분히 제거할 수 있습니다. 그러니 탈출하라는 말씀은 하지 말아주세요."

두 여인 모두 이렇게 고집을 부리니 델리슨은 난감해 지고 말았다. 지금 그는 남은 마나를 거의 다 쏟아 부어서라도 두 여인을 함께 텔레포트 시키려 했는데 그러려면 두 사람이 함께 정신 집중을 해야만 한다. 그런데 이렇게 버티고 있으니 얼마나 답답했겠는가.

"두 분 제발 고집 부리지 마십시오. 지금 나타난 언데드 몬스터는 데몬나이트라는 놈들입니다. 우리가 다 달라붙어 싸워도 이길 수 있는 녀석이 아니지요. 팅이 양은 데몬나이트가 얼마나 무서운 놈인지 알고 있지요?"

"알아요. 하지만……."

"알고 계시면 어서 공주님과 함께 가십시오. 여기서 공주님까지 죽는다면 우린 로드를 지옥에서도 뵐 면목이 없어집니다. 제 말 뜻 이해하겠지요?"

"그, 그렇지만……."

팅이는 델리슨의 심정을 이해했지만 그렇다고 멀쩡한 공

주를 기절시킬 수도 없는 노릇이라 잠깐 망설였다. 그런데 바로 그때…….

―나의 혼과 마찬가지인 위대한 전사들이여! 어서 인간들을 말살시켜라!

캬오오오우~!

캬캬캬~ 카우우~!

사방을 포위한 채 마치 거대한 지옥 사령관의 동상처럼 서 있기만 하던 데몬나이트가 마침내 움직이기 시작했다.

2

공주의 탈출은 실패했다. 그렇다면 이제 선택은 한 가지 뿐이었다. 최선을 다해서 저 괴물을 처치하거나 싸우는 동안을 이용해 다시 틈을 만들어 보는 수밖에 없었다.

델리슨과 샤베리온은 이미 서로 눈빛을 교환하면서 이런 느낌을 공유했다.

"샤베리온님 이번에는 좀 더 강력한 걸로 갈 겁니다. 준비하십시오."

"내 걱정은 말고 자네 걱정이나 하게."

"그럼 갑니다. 강력한 화염의 불꽃이여! 악의 존재들을 태워 버리라! 파이어~ 블래스트~!"

상대가 상대이니 만큼 델리슨은 4서클 파이어볼에서 두 단계나 높은 6서클 마법으로 첫 포문을 열었다. 6서클 마법은 워낙 마나 소모가 심해 함부로 쓰지 않는 편이었지만 지금은 그런 것을 가릴 때가 아니었다. 마나가 크게 소실된다 해도 첫 공격에서 뭐가 이득을 얻어야하기 때문이다.

이런 생각은 샤베리온도 마찬가지였기에 그 역시 이번 공격에는 더욱 강력한 신성력을 불어 넣었다.

"신의 권능을 부여 받은 자가 명하노니 성스러운 힘이여, 악을 멸할 지어다! 이래디케이트 언데드~!"

콰아아아아아~!

그렇게 만들어진 거대한 불의 창이 전방에서 다가오던 데몬나이트를 향해 날아갔다. 어찌나 크기가 큰 불의 창이던지 오 미터가 넘는 데몬나이트조차 그 창 앞에서는 왜소해 보일 정도였다.

그리고…….

콰콰콰콰쾅~! 콰쾅! 콰콰쾅!

크아아아악~!

마침내 불의 창이 데몬나이트와 충돌했다. 그와 동시에 어마어마한 굉음과 괴성이 울려 퍼졌으며 일시 데몬나이트가 서 있던 주변은 거대한 불길과 연기로 가득 찼다.

꼴깍…….

잠시라고 하기에는 너무도 긴 것 같은 시간이 흐르는 동안 그 어떤 소리도 들리지 않았다. 폭풍 뒤의 고요함 같은 그런 고요 속에서 누군가의 침 삼키는 소리가 들려왔다. 그러더니 마치 그 소리에 화답이라도 하는 양 갑자기 귀청이 찢어질 것 같은 괴물의 울부짖음이 들판을 가득 채웠다.

　캬오오오…….

　드드드드… 쿠웅!

　"저, 저런… 그런 불길 속에서 어떻게 저리 멀쩡할 수가 있는 거지?"

　"이젠… 틀렸다. 우리는 결국 모두 죽고 말거야."

　데몬나이트는 약간 그을리기만 했을 뿐 더욱 흉측해진 몰골로 서서히 일어섰다. 어째서 그런 무서운 공격을 당하고 있는데도 슈샤인테르가 비릿한 미소만 지은 채 가만히 있었던 것인지 이해가 가는 광경이었다. 차라리 공격을 당하지 않았을 때는 약간이나마 희망이라도 있었는데 지금은 모두 완전히 절망하고 말았다. 대마법사 델리슨의 그 무서운 마법으로도 아무런 타격을 주지 못한다는 것을 확인했으니 어찌 희망을 가질 수가 있겠는가. 그것도 그런 괴물이 네 기나 더 있으니…….

　"트, 틀렸습니다. 생각보다 더 무서운 녀석들이로군요. 이제 남은 마나도 별로 없는데 어떻게 대응을 해야 할지……."

"허어… 아무리 그렇다 해도 자네가 그렇게 이야기하면 다른 사람들이 어찌 버티겠는가. 목숨이 남아 있는 한 끝까지 최선을 다해보세."

델리슨마저 힘이 빠진 목소리로 이렇게 중얼거리자 샤베리온은 애가 탔다. 그나마 여기까지 올 수 있었던 것도 알고 보면 델리슨이 있기에 가능했는데 그마저 자포자기해 버리면 남은 사람들은 그야말로 꼼짝없이 죽음만 기다려야 하는 것이다.

"샤베리온 사제님! 저와 보나프 경에게 축복을 걸어주십시오. 저 괴물 몸에는 검도 소용없는지 확인해 봐야겠습니다."

"자, 자네들이?"

이런 사태를 눈치챘는지 이번에는 와일드 팩과 보나프가 나섰다. 다른 때 같으면 샤베리온이 먼저 말리겠지만 그는 만감이 교차하는 눈빛으로 두 사람을 천천히 살펴보기만 할 뿐 만류하지 않았다. 승산이 없다 해도 누군가가 나서서 모든 사람에게 싸워야 한다는 신념을 심어줘야 할 때 아닌가.

지금 이들이 검을 들고 나가게 되면 아마도 다시 살아서 돌아오지 못하리라. 그러나 지금 이 들판에 있는 사람들은 약간의 시간 차이만 날 뿐 결국은 다 죽고 말 터였다.

"어서 걸어주십시오! 시간이 없습니다. 저놈이 지금 발작을 시작했습니다!"

크와아앙~!

"끄악!"

"켁!"

겨우 구조가 되었던 성기사 몇 명이 신성한 힘을 극한으로 끌어올려서 데몬나이트에게 덤볐다가 단 한 방으로 모조리 피떡이 되서 날아가 버렸다. 도무지 이 괴물에게는 통하는 것이 없는 듯했다. 그 모습을 지켜보던 와일드 팩과 보나프는 더욱 초조해져 재촉했다.

"알겠소. 이쪽으로 오시오. 전능하신 아서시스님의 이름으로 축복하노니······."

샤베리온의 이번 축복은 꽤나 길었다. 한 가지 권능만 올려주는 것이 아니라 공방 양쪽에 그가 걸어줄 수 있는 최고의 축복을 모두 부여했기 때문이다. 그렇지 않아도 평소에도 늘 투지로 넘치던 두 사람은 축복까지 받고 나자 의기가 충천한 모습으로 데몬나이트들을 향해 빠르게 날아가기 시작했다.

"죽은 놈들은 어서 지옥이나 가지, 왜 설치고 다니느냐! 이야압~!"

슈욱~!

"박살을 내주마! 타하앗!"

한 사람은 일반 바스타드 소드보다 훨씬 큰 바스타드 검을, 또 한 사람은 투핸드 소드를 들고 날아가니 그 위용이 볼만했다. 거기에다가 지금 두 사람의 검에서는 신성한 힘이 빛을 발하고 있어서 더욱 멋져 보였다. 그야말로 기사란 이런 모습이다라고 보여주는 것 같았다.

하지만 그들의 이런 투지도 오래가지는 못했다.

크르르…….

부웅~!

콰직!

"끄억!"

퍼억!

"꺽!"

댕강~ 챙그랑~!

그 크고 단단해 보이던 검이 데몬나이트가 가볍게 휘두른 팔과 부딪치자 마치 수수깡이 부러지듯 그렇게 간단히 부러져 버렸으며 남은 힘은 그대로 두 사람을 때렸다. 그러자 그들은 동시에 피를 뿌리며 허공으로 떠올라 그대로 즉사한 것처럼 보였다.

"와일드 팩~!"

"보나프님!"

지금껏 전선을 누비고 다니며 단 한 번도 패하지 않았던 불패의 기사들이었다. 그 어떤 어려움 앞에서도 싫은 내색 한 번 없이 늘 앞장서온 두 사람이 이렇게 허무하게 끝장이 난 것처럼 보이자 사람들은 목청껏 그들의 이름을 부르며 안타까워 했다. 하지만 그 누구도 두 사람을 받아줄 수조차 없었다. 워낙 거리가 많이 떨어져 있었던 것이다. 거의 죽었을 가능성이 높아 보이는데다가 만에 하나 저대로 땅에 처박힌다면 아예 살아날 가망이 1퍼센트도 없을 게 분명했다.

그것을 볼 수가 없었는지 올리비아 공주와 팅이는 양손으로 얼굴을 가리며 그 장면을 외면했다. 곧 끔찍한 일이 벌어질 게 뻔했기 때문이다.

그런데…….

"끙차… 이거 너무들한 거 아니야? 이런 거구들을 나 혼자 받게 하다니 말이야. 하하하!"

"……."

모두의 입이 딱 벌어지게 만드는 누군가가 그 자리에 나타났다. 그것도 환하게 웃는 모습으로…….

3

오른팔에는 와일드 팩이 그리고 왼팔에는 보나프가 축 늘어져 있었지만 두 사람은 곧 눈을 뜰 수 있었다. 막상 데몬나이트의 팔이 그들을 가격하던 그 순간, 뭔가 알 수 없는 기운이 그 팔을 밀어냈던 것이다.

검이 부러지는 순간 워낙 놀라서 둘 다 눈을 질끈 감았지만 이후 아무런 고통도 느껴지지 않자 슬며시 눈을 뜰 수밖에 없었다. 그런데 그런 그들의 눈앞에는 어디선가 많이 보던 잘생긴 청년이 싱긋 웃으며 자신들을 바라보는 게 아닌가.

"로, 로드!"

"로드!"

극적인 순간에 등장해 그들을 구한 사람은 바로 슈였던 것이다. 슈는 얼마 전까지만 해도 분명 '쉬'와 '엘'을 만나서 아버지 레비안또 공작의 저택으로 가지 않았던가. 그가 아무리 대단한 경공을 익히고 있다고 해도 시간상으로 볼 때 지금 슈가 이곳에 나타나는 것은 절대 불가능했다.

하지만 그는 분명 슈가 맞았다.

"어떻게 이곳에……."

"평소에 검술 연마를 좀 더 열심히 했으면 이런 꼴을 당하지는 않았을 텐데… 쯧쯧……."

"죄, 죄송합니다!"

슈가 이곳 상황과 전혀 맞지 않는 듯한 태도로 이렇게 혀까지 차가며 말하자 두 사람은 이상할 정도로 마음이 편안해졌다.

"됐다, 이제부터 내가 해결할 테니 두 사람 다 뒤로 물러나 있어라."

"하지만 저 놈들은 그야말로 엄청난 괴물들입니다. 로드 혼자 상대하기에는 위험합니다. 저희도 함께 싸우게 해주십시오!"

"맞습니다. 방금 전에도 대마법사이신 델리슨 군단장님과 샤베리온님께서 합작으로 공격한 것도 간단하게 막은 놈입니다. 로드의 실력은 믿지만 저놈들은 그 이상인 것 같습니다. 차라리 저희 두 사람이 저놈을 혼란하게 만들 테니 그 틈을 이용해 공격하십시오!"

그들의 입장에서는 이게 최선이었다. 사실 두 사람은 이 자리에 슈가 나타난 것이 기쁘기보다는 오히려 괴로웠다. 차라리 슈가 없었다면 그가 남아서 복수라도 해줄 수 있을 텐데 이제는 모두 함께 죽을 것이라고 판단한 것이다. 그러나 그렇다 해도 이대로 포기할 수는 없었기에 이처럼 함께 싸울 것을 주장했다.

"내 말을 따르지 않겠다는 것이냐?"

"그, 그게 아니라……."

"다시 말한다. 물러서라."

"네……."

슈의 목소리는 작고 낮았지만 두 사람은 더 이상 자신들의 뜻을 주장할 수 없었다. 그러기에는 슈의 분위기가 워낙 무서웠다. 평상시와 똑같이 이야기하지만 뭔가가 달랐다, 설명할 수 없는 뭔가가.

"데몬나이트라… 거참 재미있군. 데몬나이트는 과거 육천 년 전 쯤 희대의 마룡이자 흑마법의 조종으로 불리는 가이토레인이라는 마룡이 처음 부린 것으로 알고 있지. 맞나?"

누구에게 묻는 것일까. 슈는 그 누구도 모르던 비사를 읊조리며 이렇게 물었다. 그러자 슈의 등장부터 기분이 나빠진 슈샤인테르가 신경질적으로 대답했다.

"네놈이 그것을 어떻게 알고 있느냐? 그건 우리 흑마법사들 가운데서도 상위 몇 분만 알고 있는 극비 중의 극비이거늘! 감히 마신 가이토레인님의 이름을 함부로 떠든 것만으로도 너는 오늘 살아날 수 없다."

슈는 분명 마룡이라 했지만 슈샤인테르는 그를 마신이라 떠받들었다.

"어르신… 혹시 저 이름을 들어본 적이 있습니까?"

"금시초문일세. 그러는 자네는?"

"저 역시 처음 듣는 이야기입니다. 마룡에 관한 신화는 어렴풋이 들어보았지만 그가 마신도 된다는 것은 더욱 모르겠군요."

누가 옳은지는 몰라도 확실히 현세의 사람이 모르는 이야기임에는 틀림없었다. 그나마 가장 박식한 사람들로 알려진 델리슨과 샤베리온이 모르는데 다른 이들이 알 리 만무했다.

델리슨은 그래도 혹시나 하는 마음에 팅이를 바라보았지만 팅이 역시 고개를 살래살래 흔들었다.

"'그'의 가디언이라지? 너는 설마 가디언 주제에 나를 이길 수 있으리라 생각하는가?"

"뭣이? 필라리엔 이 계집애가 배신한 것이 확실하군. 내 이년을 오늘 기필코 찢어 죽이리라. 감히 나의 정체마저 폭로할 줄이야……. 그리고 애송이……."

슈샤인테르는 슈가 자신을 아는 것처럼 이야기하자 그 원인을 팅이에게 돌렸다. 그녀 외에는 자신의 정체를 알 수 있는 사람이 없었기 때문이다. 하지만 슈는 팅이에게 들어서 알고 있는 것이 아닌 듯했다. 그녀가 한 말보다 훨씬 자세히 알고 있는 것 같은 뉘앙스가 풍겼기 때문이다.

"말하라."

"너는 죽지도 살지도 못하게 만들어서 그 버릇없는 주둥이부터 고쳐 놓은 다음 뼈를 하나씩 발라내가며 죽여주마. 크흐흐흐……."

슈샤인테르의 이 소름끼치는 말에 약간 떨어져 있던 올리비아의 고운 아미가 살짝 찌푸려졌다. 그녀는 슈의 등장이 너무 기뻐 진작부터 뛰쳐나가고 싶었지만 간신히 참고 있는 상황인데 저 소름끼치는 자가 저런 이야기를 하니 괜한 걱정이 든 것이었다.

"이것 봐, 남의 가디언이나 하는 친구. 내 한마디 충고하겠는데……."

"이놈이 여전히 주둥이를 함부로 놀리는군. 그래, 무슨 충고를 하고 싶은 게냐. 마지막 유언이라 생각하고 들어나 볼까?"

슈샤인테르 역시 슈의 다음 말이 궁금했던 것일까. 다른 때 같으면 단숨에 말하는 자의 목을 따버리고 말았겠지만 지금은 초인적인 인내심을 발휘하고 있었다. 그 역시 슈가 듀란달 최고의 기사임을 눈치챈 탓이었다.

"허우대가 크다고 다 쓸모가 있는 것은 아니지. 데몬나이트가 비록 언데드 최강의 전사인 것은 맞지만 그건 상식선에서나 그런 거지, 모두에게 적용되는 사실은 아니라는 소리다. 그러니 너야말로 그 입을 조심해라. 나는 첫 만남부터 버릇없는 인간을 보면 그냥 용서가 안 되는 나쁜 습관이 있거든."

"뭣이! 어서 저놈을 잡아라!"

캬오우우~!

샤샤샤샥~!

방금 전 보나프와 와일드 팩을 상대할 때의 몸놀림이 아니었다. 슈샤인테르가 흥분해서 명령을 내리자 데몬나이트들의 몸놀림이 빛살처럼 빨라진 것이다. 어떻게 오 미터가 넘는 거구의 움직임이 눈에 보이지도 않을 정도란 말인가.

"으으… 아까 저런 몸놀림으로 우릴 공격했다면 벌써 죽었겠군."

"쉿! 조용히! 지금 로드께서 저놈들 덩치에 가려져서 안 보인다고. 그러니 입은 다물어. 그래야 기척이라도 찾지."

눈알이 뱅뱅 돌 정도로 빠르게 데몬나이트들이 움직이자 와일드 팩이 심각한 표정으로 이렇게 한마디 하였다. 그러자 세비앙이 나서서 그런 그에게 대뜸 핀잔을 주는 것이 아닌가. 다른 때 같았으면 이걸 빌미로 또 두 사람이 티격태격했겠지만 어찌된 일인지 와일드 팩은 침묵했다. 그 역시 지금은 슈의 기척을 찾는 게 더 급했던 것이다.

슈는 지금 무려 다섯 기나 되는 데몬나이트들 사이에 가로막혀 전혀 보이지가 않고 있었다.

4

통상 덩치가 크면 세밀함은 떨어진다고 생각한다. 특히 그 덩치가 스스로의 의지로 움직이는 사람이 아니라 누군가의 조종을 받는 언데드 몬스터라면 더욱 그렇게 생각하기 쉽다.

하지만 데몬나이트는 이런 약점이 전혀 없는 언데드 몬스터였다. 덩치는 오우거를 능가하지만 그 움직임은 재빠른 코

볼트보다 빨랐으며 심지어 교활하기까지 했다.

"어떻게 하지요? 이미 로드께서 저 괴물들에게 포위를 당하셨으니 이런 낭패가 어디 있겠습니까?"

초조해진 델리슨이 샤베리온에게 말하자 샤베리온이 조금은 차분한 목소리로 대꾸했다.

"이보게, 델리슨."

"네, 어르신."

"우리 로드께서는 신께서 예언하신 구원자이시네. 지금까지 저분이 우리를 실망시킨 적이 있던가? 아니, 저분이 행하신 일 가운데 기적이 아닌 일이 있었는가 생각해 보게. 우린 늘 안 된다고 생각했지만 로드께서는 결국 그 모든 일을 되게끔 만드셨지."

"그, 그건 그렇지요."

지금 슈의 일행들은 이미 속수무책이었다. 너무 놀란 올리비아와 팅이의 얼굴은 하얗게 질려 있었고 기사들은 일제히 검을 빼 든 채 굳어 버린 채 기회만 엿보고 있었다. 그런 가운데 델리슨과 샤베리온의 대화를 자신들도 모르게 듣고 있었다. 모두는 샤베리온의 말에 의식하지 못하는 가운데 고개를 끄덕였다.

"지금도 마찬가질세. 방금 등장하신 로드의 표정은 무척 밝았다네. 그건 이번 일에도 그만큼 자신이 있다는 뜻 아니었을까? 그런 자신감은 적을 모르는 상태에서 보여줄 수 있는 것은 아니라고 생각하네. 즉, 어쩌면 로드께서는 적을 충분히 알고 나타나신 게 아닐까?"

"충분히 일리있는 말씀이십니다. 하지만 어르신도 잘 모르고 있는 데몬나이트를 로드께서 어떻게 아시겠습니까. 설혹 들어본 적이 있다 해도 저들의 가공함까지 알 수는 없지 않을까요?"

샤베리온의 말에 수긍하면서도 델리슨은 이런 걱정을 했다. 그의 이런 생각은 모두의 공통된 생각이었는지 또다시 다들 고개를 주억거렸다.

그런데 그때, 포위한 채 다음 명령을 기다리듯 가만히 있던 데몬나이트들이 갑자기 괴성을 지르기 시작했다. 마침내 슈샤인테르가 뭔가를 지시한 모양이었다.

캬오오우~!

크르르릉~!

움찔…….

"이런… 입 냄새가 고약하구나. 하긴 네놈들이 청결이 뭔지나 알겠느냐? 네놈들 주인도 마찬가지일 테고…….."

그 소리에 모두는 자신들도 모르게 온몸을 경직시켰다. 그러나 정작 그 무서운 괴물들 틈에 갇혀 있던 슈의 목소리에는 전혀 긴장감이 느껴지지 않았다. 긴장감은커녕 오히려 괴물들과 슈샤인테르를 놀리고 있는 것이 아닌가.

퍼억! 퍽! 퍼퍽!

끄아아아~!

쿵쿵쿵!

밖에서는 도대체 무슨 일이 일어나고 있는 것인지 전혀 알 수 없었다. 그만큼 데몬나이트들의 덩치가 컸기 때문에 그들이 둘러싸고 있는 안쪽에서 벌어지는 일은 파악할 수 없는 것이다. 단지 들리는 소리로 볼 때 슈는 지금 데몬나이트들과 드잡이질을 하고 있지 않나 하는 추측이 전부였다.

그렇게 약 십 분여 정도의 시간이 흘러갔다. 짧다면 짧은 시간이지만 무지막지한 데몬나이트 다섯 기를 상대로 버티고 있는 슈의 입장으로 본다면 실로 긴 시간인지도 몰랐다.

"이거 듣던 것보다 더한 괴물들이로군. 검기를 잔뜩 실은 검마저 통하지 않다니. 은근히 자존심 상하지만 더 이상 놀아줄 수 없는 게 안타깝군. 이제 놀이는 끝났다. 모두 원래 있던 곳으로 돌아가라!"

번쩍!

돌연 들판에 있던 모두의 눈이 순간적으로 멀어버릴 것만 같은 엄청난 빛의 폭발이 일어나던 바로 그 순간,

카타리안 왕국 내에 있는 자신의 은신처에서 눈을 감은 채 어둠의 마나를 한없이 들이마시고 있던 절망의 눈이 갑자기

뜨여졌다.

"이 힘은… 설마……."

그가 과거 하이타리온에 의해 크게 당한 이후 이날까지 침묵한 것은 오로지 힘을 되찾기 위함이었다. 원래가 선하고 자비심이 많은 하이타리온은 당시 그를 소멸시킬 수도 있었지만 그의 힘만 제거한 채 추방했었다. 그럼에도 그는 추방지에서 그런 하이타리온에게 복수를 하기 위해 이를 갈았으며 운이 따랐는지 추방지의 결계 일부가 느슨해지는 틈을 이용해 그곳을 탈출할 수 있었다.

그 이후로부터 근 천 년 동안은 그야말로 힘을 되찾기 위한 고통과 인내의 시간이었지만 그는 결국 과거보다 더 강력한 힘을 되찾는데 성공했다. 이후 카타리안 왕국의 초대 국왕과 피의 계약을 맺으면서 다시 인간 세상에 나올 수 있게 된 것이다.

하지만 아무리 그가 더 강력한 힘을 되찾았다 해도 위대한 종족인 하이타리온을 이길 수는 없었다. 그렇기에 지금까지 때를 기다려 왔다. 그리고 복수의 대상을 인간들에 돌렸다. 하이타리온이 그렇게 아끼던 인간들을 멸망시키면 그가 저승에서도 억울해할 것이라 생각했기 때문이다.

"그는 이미 소멸되었다. 당시 나와 싸울 때도 생명의 불씨가 거의 꺼져갈 때였거늘 이후 천 년이 더 지났는데도 살아 있

을 리 없다! 그렇다면 방금 느낀 그의 힘은 그의 후예이거나 제자가 펼친 힘인가? 아니, 어쩌면 내가 너무 어둠의 마나를 흡입하다 보니 착각이 일어난 것인지도 모르겠군. 으음……."

그가 길고 긴 시간 동안 침묵했다 해도 그의 추종자들은 대륙 곳곳에 많이 있었다. 비록 어둠 속에 숨어서 활동한다 해도 어느 왕국 혹은 제국 안에도 흑마법사들은 암암리에 움직였던 것이다. 그런 그들을 이용해 조사해 본 결과 대륙 그 어디에도 드래곤이 움직이는 흔적은 없었다. 즉, 하이타리온을 제외한 드래곤들은 인간 세상에 관심이 없다는 것을 충분히 확인했으며 하이타리온만 죽게 되면 세상은 자신의 지배하에 놓이게 되리라는 것이 그의 판단이었다. 아니, 이미 자신이 새롭게 보금자리를 만든 카타리안 왕국의 인간들을 이용해 이미 세상을 지배하려는 움직임을 시작했다.

그런데 이럴 때 갑자기 그렇게도 치가 떨리는 존재의 기운이 느껴졌으니 얼마나 놀랐겠는가. 하지만 이성이 다시 돌아오자 그는 곧 자신이 착각한 것으로 치부해 버렸다.

"그런데 이 기운의 파장이 느껴진 곳은 슈샤인테르가 있는 방향 같기도 한데… 그럴 리가 없지. 만에 하나 하이타리온의 후예가 나타난다 해도 아무런 징후도 없이 갑자기 이곳에 나타난다는 것이 말이 안 되지. 설사 나타난다 해도 몰랐을리가……."

위대한 종족 하이타리온를 제외한다면 인간계에서 자신이 가장 강하고 잘났다고 여기는 절망인지라 이처럼 자신이 납득 안 되는 일은 일어날 리가 없다고 단정짓는 습관이 있었다. 하긴 그 정도 되는 능력자라면 어쩌면 당연한 습관인지도 모른다.

어쨌든 그의 이런 성향이 슈에게 어떤 영향을 끼칠지는 아직 몰랐지만 지금 그는 다시 두 눈을 감은 채 또다시 어둠의 마나를 흡수하기 시작했다. 아무리 자신이 강하다고 생각해도 강함을 위해 끝없이 노력하는 그가 바로 절망이었다.

5

마치 꿈속에 빠져든 것처럼 모두는 몽롱한 표정을 짓고 있었다. 방금 전 일어났던 엄청난 섬광 이후로 잠깐 눈을 질끈 감았던 것과는 다른 나른함이 지금 이들에게는 나타났다.

"이, 이건 꿈일 거야. 어떻게… 어떻게 그 괴물들이……."

"이것 보시게, 보나프 경. 날 한 대만 쳐 보쇼!"

"그 말 진심이요?"

끄덕끄덕…….

성질 급한 와일드 팩이 나서서 이렇게 말했다. 그는 지금 자신이 선 채로 잠이 든 게 아닌가 헷갈릴 정도였다. 그래서 이처럼 자신의 면상을 겁도 없이 보나프에게 들이민 것이다. 다른 사람이 치면 간지러울 것 같았기 때문이다.

"그럼 괜히 맞고 나서 날 원망하지 마쇼."

"어서 치라니까요!"

퍼억~!

"꾸엑~!"

우당탕 쿵당~!

그리고 역시 기대대로 보나프는 인정사정이 없었다. 딱 한 방으로 와일드 팩의 거구를 근 오 미터 이상 날려 버렸으니 말이다.

"으으… 분명 꿈은 아니구나. 제기랄~!"

"쉿! 지금 저기 오시는 분은 로드 같은데……."

와일드 팩이 아픈 볼을 만지작거리며 이렇게 투덜거릴 때 갑자기 보나프가 그런 그를 제지하며 어딘가를 뚫어지게 쳐다보았다. 바로 방금 전 섬광이 터진 곳이자 그 무섭던 데몬나이트가 산산조각이 나 버린 그곳이었다.

그랬다. 번쩍 하는 엄청난 섬광이 터진 이후 벌어진 사건은 바로 데몬나이트들의 폭발이었다. 그들 다섯 기는 그야말로 비명 한마디 질러보지도 못한 채 갈기갈기 찢겨 먼지로 화해 허공으로 흩어져 버렸다. 이런 현상을 눈앞에서 목격했으니 와일드 팩이 착각하는 것은 당연했다.

와일드 팩의 행동은 모두의 심정을 대변한 것이라 할만했다.

그리고 지금 그곳에서 뭉게뭉게 피어오른 먼지 구름이 걷히자 흐릿한 그림자 하나가 듀란달 측으로 걸어오고 있었던 것이다.

"정, 정말 로드십니까?"

"훗… 마법 군단장님. 설마 며칠 보지 못했다고 그새 제 얼굴을 잊으신 것은 아니겠지요?"

"그, 그럴 리가요……."

천하의 대마법사도 너무 놀라면 말을 더듬는 모양이었다. 델리슨은 마치 귀신을 본 것 같은 얼굴로 슈를 불렀다가 너무도 태연한 대꾸에 심하게 더듬었다.

"가누비엔 백작님… 괜찮으신 거죠? 다치신 것은 아니겠죠?"

"물론입니다. 공주님. 이제는 언데드 몬스터 따위가 절 어쩔 수는 없습니다. 그러니 안심하십시오."

"네… 믿겠어요. 그리고 이렇게 와주셔서 너무 감사해요."

원래부터 믿음이 가는 사람이었지만 오늘따라 슈가 너무도 반갑고 고마운 올리비아였다. 그녀 역시 그가 등장하기 직전까지는 이미 죽음을 각오했던 터라 더욱 그랬다. 슈가 싱긋 웃으며 델리슨을 바라보았다.

"감사하기는요. 사실은 진작부터 와서 델리슨 마법 군단장님께 슬쩍 말을 걸었습니다만, 절 외면하시더군요. 그래서 등장이 조금 늦었습니다. 미안합니다."

"헉! 그럼 아까 제 귀에 환청이 들렸던 것이 아니라 로드께서 직접 말을 하셨던 것입니까? 이런······."

슈의 말처럼 그는 진작부터 이곳에 와 있었던 모양이다. 그렇지만 그 누구도 그가 어떻게 이 시간대에 나타날 수 있었는지는 짐작조차 할 수가 없었다. 그리고 지금은 당장 그런 것이 급한 문제는 아니었다. 아직 사방에서 노려보고 있는 언데드 몬스터들이 많았기 때문이다. 그리고······.

"너는 누구냐? 대체 나의 데몬나이트들에게 무슨 짓을 한 것이냐? 마법폭탄을 쓴 것이냐?"

얼굴이 벌게질 정도로 화가 난 슈샤인테르가 무시무시한 포스를 풍기며 허공에 둥둥 뜬 채 날아오며 이렇게 따졌다. 그야말로 어처구니없는 노릇이었지만 슈는 화를 내기는커녕 친근한 미소까지 지으며 대꾸했다.

"내가 무슨 짓을 하든 자네가 신경 쓸 일은 아닌 것 같은데? 어쨌든 그놈들은 나의 지인과 군사를 공격했고, 나도 죽이려 했으니 그대로 둘 수는 없는 것 아니겠나? 나를 죽이겠다고 설치는 놈을 고이 보내줄 정도로 자비심이 많은 사람이 아니라네."

"뭣이! 이런 시건방진 놈 같으니라고. 어디 나도 한 번 죽여보시지. 헬 스톰~!"

신위 191

콰우우우…….

악당들은 기사나 흑마법사나 어쩌면 이렇게 비슷하게 야비한지……. 슈샤인테르는 사실 슈에게 은근히 겁을 집어먹고 있었다.

방금 전 자신의 야심작인 데몬나이트를 한순간에 사라지게 만든 사람이다. 그 이야기는 그만큼이 젊은 놈의 능력이 상상을 초월한다는 뜻도 되었기에 그로서는 조심하지 않을 수가 없었다. 때문에 말을 걸어서 슈의 주의를 분산시킨 다음 미리 캐스팅해 놓은 흑마법으로 선제공격을 가했던 것이다.

헬 스톰은 흑마법 가운데 공격 마법으로는 다섯 손가락 안에 들어가는 무서운 마법일 뿐더러 그 속도가 빛의 빠르기에 버금갈 정도였기 때문에 이 마법으로 기습할 경우 피하거나 막았던 사람은 전무했다. 최소한 이 마법이 창안된 이래 지금까지는 단 한 명도 없었고 그걸 증명이라도 하듯 지금도 슈의 몸통을 정통으로 맞혔다.

파지지직~!

"아악! 백작님!"

"위험합니다, 공주마마! 참으십시오!"

희망으로 등장한 슈가 흑마법사의 기습 공격에 당하는 것을 보자 올리비아 공주가 미친 듯이 뛰어들려 했다. 그녀는 극심한 충격을 받았다. 만일 그녀의 호위대들이 잡고 말리지 않았다면 곧바로 슈에게 달려가고도 남았을 터였다.

"크하하하! 애송이 녀석! 맛이 어떠냐?"

"비겁한 수를 쓰고 뭐가 그리 잘했다고 웃느냐. 네가 그러고도 마법사란 말이냐?"

델리슨이 기가 막힌 상황을 보고 이렇게 따졌다. 그가 보기에 이번 흑마법의 위력은 엄청났다. 백마법으로 따져 본다면 7서클 이상의 무서운 마법을 정통으로 맞았으니 슈가 살아날 확률은 거의 없어 보였다. 그래서인지 그는 지금 화가 머리 꼭대기까지 나 있는 상태였다.

"나는 병법을 사용한 것뿐이다. 마법사라고 해서 기습의 묘를 살리지 말라는 법이 있는가? 당한 놈이 멍청한 것이지. 안 그런… 커헉! 이… 이건……."

델리슨이 화가 나서 따지는 말에도 슈샤인테르는 유들유들하게 대답하다가 갑자기 켁켁 거리기 시작했다. 다들 이게 무슨 일인지 깜짝 놀라서 가만히 바라보니 황당하게도 그의 바로 등 뒤에서 슈가 천천히 걸어나오며 이렇게 말하는 게 아닌가.

"네 말대로 기습의 묘를 버리기에는 아깝지. 네 입으로 말한 것이니 당해도 할 말은 없을 거야. 안 그런가?"

"로드!"

"백작님!"

그가 대체 무슨 수로 헬 스톰을 맞은 장소에서 순식간에 슈샤인테르의 등 뒤로 옮긴 것인지는 전장에 있는 그 어떤 누구도 알 수 없었다. 또한 무슨 수로 살아남은 것인지도……

이곳에는 거의 일만이 넘는 눈동자가 주시하고 있지만 단 한 사람도 그의 움직임을 보지 못했다. 하지만 그는 기적처럼 슈샤인테르의 등 뒤에 있었으며 어느새 그의 오른팔 하나를 잘라낸 상태였다. 이제 슈샤인테르는 마법을 시전하기도 힘든 지경이 되어 버렸다.

"이 자를 묶어라. 나는 지금부터 쓰레기 청소를 할 것이다."

"쓰레기 청소요?"

"바로 저 놈들을 다시 돌려보내야 하지 않겠는가."

"아… 그, 그렇습니다."

슈가 손을 들어 언데드 몬스터들을 가리키자 다들 고개를 끄덕였다. 이제 그 누구도 그의 말에 토를 달지 않았다. 어찌된 영문인지는 몰라도 자신들의 로드는 지금 훨씬 더 강해져서 등장한 것이다. 아예 어느 정도 인지 상상이나 추측도 불가능할 정도로 막강하게 말이다.

1

테세인 성안 성주 집무실에는 슈와 샤베리온, 그리고 델리슨이 마주 앉아 대화를 나누고 있었다.
"그게 정말입니까? 오오… 그럴 수가……."
"물론 나는 아직 그분의 모든 것을 다 익힌 것은 아닙니다. 워낙 방대하고 깊은 지식인지라 하루 이틀로 익힐 수 있는 양이 아니거든요."
"그야 당연하겠지요. 어쨌든 신에 근접한 분 아닙니까. 그런 분의 진전을 이었다는 사실 하나 만으로도 로드께서는 이미 지금까지 태어나고 살아갔던 모든 인류 가운데서 가장 위대한 인간이십니다."

지금 슈는 샤베리온과 델리슨에게 자신이 위대한 드래곤 하이타리온의 진전을 이었다는 사실을 말해주고 있었다. 우선 마나와 마법에 정통해 있는 두 사람에게 상황 설명을 해주어야 다른 사람들도 이해시킬 수 있다고 생각했기 때문이다. 지금 그의 수하들은 모두 슈를 정상으로 보지 않고 있었다.

"그런데 한 가지 질문이 있습니다."

"말하시오. 델리슨 군단장."

"혹시 로드께서는 어제 텔레포트로 이곳에 오신 것입니까?"

델리슨이 가장 궁금한 부분이 이것이었다. 워낙 괴물 같은 슈이다 보니 전투 능력이 일취월장하는 것은 대충 넘어갈 수도 있었지만 그가 마법과 관련된 능력을 보이는 것은 그냥 넘어갈 일이 아니었다. 그것은 마법사의 호기심을 너무도 강력하게 자극하기 때문이다.

"맞소. 텔레포트로 온 것이오."

"그럼 위대하신 분께서 텔레포트를 해주신 것입니까? 그곳에서 여기까지 거리가 워낙 멀어서 일반 마법사로는 어림도 없으니까요."

순간이동 마법인 텔레포트를 하기 위해서는 최소한 6서클 유저 급 이상의 실력이 있어야 한다. 하지만 거리가 멀면 멀어질수록 그 수준은 훨씬 높아야 하기 때문에 델리슨은 하이타리온이 슈를 텔레포트시켜 준 것이 아닌가 싶었던 것이다.

"그분은 이미 조용한 곳으로 가셨소. 날 만날 때에도 이미 인간계에서 직접 물리적인 행위는 할 수 없는 상태였소."

"그, 그렇다면 설마……."

델리슨은 한 가지 추측을 떠올리며 경악했다.

"맞소. 내가 직접 텔레포트했소. 하지만 그렇게 놀랄 일은 아니오. 나는 그분의 진전을 이었지만 그 가운데 고작 텔레포트를 비롯한 몇 개의 마법만 할 수 있을 뿐이라오. 그것도 그분의 최후 안배에 의해서 편법으로 배울 수 있었지요."

"이런 맙소사. 로드께서는 결국 진정한 괴물이 되셨군요. 아무리 편법이니 어쩌니 변명하시지만 6서클 이상의 마법을 사용하려면 다른 것은 몰라도 심장에 여섯 개 이상의 서클이 형성되어 있어야 하는 것은 불변의 진리입니다. 휴우… 정말 믿기지 않습니다. 상식을 완전히 벗어났으니……. 혹시 그렇다면 어제 데몬나이트를 순식간에 해치운 것도 마법과 연관된 일 아닙니까?"

이야기를 나눌수록 델리슨과 샤베리온의 놀람은 도가 넘어서고 있었다. 그렇지 않아도 검술의 경지가 이미 대륙 최강이라 할 수 있을 정도로 늘어난 슈가 이제는 마법의 영역까지 들어섰으니 놀라지 않으면 그게 더 이상할 터였다. 그것도 기초 수준이 아닌 대마법사 수준에 근접한 것 같지 않은가.

"과연 마법 군단장답소. 맞소. 그 수법은 나의 검술과 마법이 결합되어 완성된 수법이오. 아까 말했듯이 편법으로 배워서 쓸 수 있는 마법 중에 하나라 할 수 있습니다."

"휴우… 이제 더 이상 놀랄 기력도 없군요. 우리 괴물 로드님 앞에서 상식이 무슨 소용이 있겠습니까?"

델리슨이 한숨까지 쉬며 말하자 슈는 약간 미안했는지 겸연쩍은 미소를 지으며 대꾸했다.

"너무 그러지 마시오. 나 역시 머리가 아프다오. 하지만 이 모든 게 개인을 위한 일은 아니지 않소. 이번에 잡은 자는 겨우 하수인에 불과하오. 그 뒤에 숨어 있는 자가 정녕 무서운 자이지요. 무려 천 년을 넘게 살아온 진정한 괴물이 바로 그 자요. 그를 막게 하기 위해 아서시스님과 그분께서 나를 이용하려는 것뿐이라오."

"그걸 누가 모르겠습니까. 단지 한 인간에게 너무 많은 능력이 부여되는 것을 보고 있자니 은근히 질투가 나서 그런 거지요. 안 그렇습니까, 어르신?"

"나는 잘 모르겠네. 오히려 나는 로드께서 이 모든 짐을 지고가야 한다는 사실이 그저 안타깝기만 하네그려. 허허……."

"아무튼 저 양반은 늘 저렇다니까. 이럴 때는 맞장구를 쳐

주셔야지요! 그렇게 고상한 척 말씀하시면 저만 나쁜 사람이 되지 않습니까?"

"그런가? 허허……."

델리슨이 뭐라 하든 샤베리온은 그저 너그러운 얼굴로 허허 웃기만 했다. 사제다운 소탈함이 아닐 수 없었다.

"아무튼 이제 절망이라 불리는 그자를 잡아야 합니다. 그가 살아 있는 한 흑마법사는 얼마든지 양성이 가능할 테니까요."

"그건 그렇겠지요. 그런데 한 가지 더 궁금한 게 있습니다."

샤베리온이 다시 물었다.

"말씀하세요."

"대체 어떤 인간이 천 년을 넘게 산다는 말씀이십니까. 그것부터 설명해 주십시오."

그냥 스쳐 듣는 듯해도 확실히 델리슨은 마법사답게 중요한 내용은 꼼꼼히 체크를 했다.

"그는 놀랍게도 라이프 베슬이 필요없는 리치라 합니다. 스스로 살아 있는 리치라 해야겠지요."

"라이프 베슬이 없는 리치도 있습니까? 전 금시초문입니다만……."

델리슨도 리치에 관해서 알고 있었지만 라이프 베슬이 없는 리치에 대해서는 들은 적이 없었다. 당연한 것이 리치도 어차피 언데드 몬스터이기 때문에 소환자가 기본적으로 라이프 베슬을 이용해 부리는 것이기 때문에 그게 없다면 활동 자체가 불가능하다. 그러니 이처럼 고개를 갸웃거릴 수밖에……

"그는 스스로 자신의 육체를 썩게 만들어서 리치가 된 자라 애초부터 라이프 베슬이 없다더군요. 그래서 더 무서운 것이지요."

"그럴 수가… 대체 무엇이 있어 살아 있는 몸을 스스로 죽여 가며 해골로 화할 수가 있다는 말인가. 정녕 두려운 일이로고. 알 샤오레……."

슈의 말에 이번에는 샤베리온이 이렇게 탄식을 하며 놀란 감정을 드러냈다.

"그는 흑마법 뿐만이 아니라 프리스트 마법에도 정통해 있습니다. 비록 성스러운 마나가 필요한 프리스트 마법을 사용하지는 못해도 특성과 원리는 너무 잘 알 수 있다는 뜻이지요. 더 놀라운 것은… 그가 바로 구백여 년 전 성도시대를 여는 시초가 되었던 성자 율리세스라는 사실입니다."

"그, 그럴 수가! 말도 안 될 일이구려! 아무리 성자 율리세스가 당시 권력에 눈이 멀었던 교황 기시레스의 음모에 빠져 가족을 잃었다고는 하나 어떻게… 악마의 자식이 되어 나타날 수가 있단 말입니까! 정녕 믿기 어려운 일이로고!"

샤베리온은 성자 율리세스를 알 뿐만 아니라 그가 당시에 당했던 불행까지 알고 있었다. 이 내용은 기록으로 남아 있는 사실이 아니라 오로지 그 당시 미쳐버린 교황을 배척하고 신앙의 중심을 지켰던 '성스러운 집행자'들의 입을 통해 구전으로만 전해진 내용이었다. 그렇다면 샤베리온은 결국 대성국의 교황이나 사제들보다 훨씬 더 정통성을 가진 사람이 분명했다.

"하이타리온, 그분께서 하신 말씀이니 믿지 않을 수가 없지요. 그 당시에는 그분께서 아직 활동하실 때라 그자를 막을 수가 있었지만 지금은 우리가 저지해야 합니다. 그렇지 않으면 인류는… 끝장납니다."

"그, 그렇겠군."

"휴우… 설마 그 정도로 무서운 작자였다니… 그런데 그를 어떻게 찾으실 겁니까?"

샤베리온의 한탄에 이어 델리슨도 한소리 하더니 곧 이렇게 물었다. 어쨌든 지금은 절망을 찾아내는 것이 급선무였다. 찾아야 싸우든지 도망치든지 할 것이기 때문이다.

"그를 찾는 것은 간단합니다. 그로 하여금 우리를 찾아오게 만들면 되는 것이지요."

"찾아오게 만든다? 그게 가능합니까?"

"충분히 가능하지요. 왜냐하면 우리에게는 어쨌든 그의 중요한 하수인 한 명이 있지 않습니까."

"아… 가디언인가 하는 자를 말씀하시는 겁니까?"

끄덕끄덕…….

슈가 가만히 고개를 끄덕이자 델리슨 역시 같이 머리를 주억거려 동의를 표했다. 슈샤인테르가 잡혀 있는 이상 자존심 때문에라도 찾아올 가능성이 높다는 생각이 들었던 것이다.

2

오늘밤은 유별나게 잠이 잘 오지 않았다. 여러 가지 상념이 팅이를 괴롭혔던 것이다. 그래서일까. 그녀는 살며시 자리에서 일어나 밖으로 나갔다. 그동안 이야기도 제대로 못했던 통이와 이야기나 나눌까 싶어서였다.

똑똑…….

"오빠, 저 팅이에요."

"아, 이런… 팅이야 잠시만……."

통이는 잠이 들었었는지 잠시 부산을 떨다가 문을 열어주었다.

딸각…….

"내가 괜히 오빠 잠을 깨운 모양이네."

"아니야, 괜찮으니 어서 들어와라."

슈샤인테르를 사로잡은 이후 슈는 언데드 몬스터들을 모조리 사라지게 만들었으며 그 기세를 몰아 카타리안 군대까지 사로잡는 기염을 토한바 있었다. 사실 아무리 그들이 대단한 군대라지만 더 이상 슈의 부대를 막을 수 없었다.

그리고 그렇게 모든 정리가 끝나고 나자 마침내 아우웬스키는 통이가 될 수 있었다.

"진작 오빠랑 대화를 하고 싶었지만 이상하게 바빠서……."

"그건 나도 마찬가지였는걸 뭐. 휴우… 그나저나 네가 무사한 모습을 보게 되서 얼마나 기뻤는지……."

"치이… 나야 위험할 일이 있었겠어? 어차피 다들 좋은 분들만 계시는걸. 오빠가 더 걱정이었지. 오빠는 욱하는 성격도 있는 데다가 그 아우웬스키라는 사람은 육체적인 능력이 엄청나던 사람이라 매일 같이 마음 졸였다니까."

비록 원래의 모습으로 만나서 이야기하는 것은 아니었지만 남매는 감회가 새로웠다. 어쨌든 이렇게 살아서 만날 수 있다는 것만으로도 마냥 좋았다.

"하하하… 이 육체의 나이가 많다는 것만 빼면 그리 어려운 일은 없어. 그리고 우리 생각보다 일이 훨씬 쉽게 풀려나가고 있잖아. 나는 너와 그곳을 탈출한 그때부터 지금까지 복수를 꿈꾸었지만 그것이 성공하리라고 생각해 본 적은 없었다. 하지만 지금은 충분히 가능할 거라는 예감이 들어."

"그야 우리가 워낙 좋은 분을 만났으니 그렇지. 내가 그동안 이곳에 있으면서 들은 이야기인데 가누비엔 백작님이야말로 구원자라 하더라고."

팅이가 자랑스럽다는 표정으로 이렇게 말하자 아우웬스키는 고개를 갸우뚱했다. 무슨 말인지 순간 이해를 못했던 것이다.

"구원자라고? 무슨 구원자를 말하는 것이지?"

"그야 당연히 흑마법사들의 괴수로부터 세상을 구원할 구원자라는 말이지. 알고 보니 우리를 이 지경으로 만든 자는 거의 천 년을 살아온 괴물이래."

"천, 천 년을? 아니 우리와 같은 고스트도 아닐 텐데 어떻게 그리 오래 살 수가 있지?"

"나도 자세한 것은 모르겠고 아무튼 오빠와 내 힘만으로 복수 할 수 있는 대상이 아니라는 것은 분명해. 만일 가누비엔 백작님을 만나지 못했다면 우린 어쩌면 둘 다 벌써 소멸했을 지도 몰라."

팅이가 또다시 슈를 거론하면서 이렇게 말을 하자 퉁이의 표정이 살짝 찌푸려졌다.

"너 혹시……."

"응?"

"솔직히 말해봐. 너 그분을 좋아하지?"

팅이에 비하면 부족했지만 통이 역시 그렇게 눈치가 없는 사람은 아니었다. 그는 자신의 여동생이 슈의 이야기할 때마다 표정이 약간 몽롱해 지는 것을 발견하고는 이런 추측을 했던 것이다.

"무, 무슨 소리야. 지금 내 나이가 몇인데… 아무리 영혼 상태였다고는 하지만 오빠와 나는 벌써 사십 년을 넘게 살아왔다고. 그분보다 배는 더 살았다니까!"

"역시 맞군. 네가 이렇게 흥분하는 모습은 처음 보는 것 같구나. 그리고 지금 우리에게는 살아온 날이 중요한 것이 아니야. 영혼이 되었을 당시의 나이가 더 중요한 거지. 사실 넌 이제야 이성에 눈을 뜰 나이잖아? 그렇게 멋진 분을 좋아하게 되는 것이 이상한 일은 아니다. 그리고 내가 보고 느낀 가누비엔 백작님은 그런 것에 연연하시지는 않을 듯하구나. 문제는 네가 얼마만큼 진심을 그분께 잘 전하느냐 아닐까?"

역시 오빠라서 그런지 통이는 말 몇 마디로 팅이의 마음을 헤아리고 있었다. 사실 그의 입장에서는 이성이라고는 전혀 모른 채 죽었던 동생이 무척이나 안쓰러웠다. 그래서인지 넘보기 힘든 상대임을 느끼면서도 그녀의 입장에서 이렇게 말한 것이다. 그러나 팅이의 반응은 그다지 좋지 않았다.

"그분에게는 너무도 아름다운 분이 계셔. 내가 넘볼 수 없을 정도로 아름답고 현명하며 강인한 분이시지. 하아… 그리고 더 큰 문제는 나 역시 그 아름다운 분을 좋아하게 되었다는 거야. 그런 분에게 슬픔을 줄 리 없잖아."

"이런……."

팅이가 괴로워하는 이유가 바로 이것이었다. 그녀 역시 슈를 너무도 사랑하게 되었지만 어느새 올리비아 공주도 좋아하게 된 것이다. 올리비아 공주는 언제나 주변인처럼 서성이는 그녀를 언제나 살갑게 대해주었으며 언니, 언니 하면서 마치 친언니인양 편안하게 여겼다. 솔직히 정신 연령은 팅이가 훨씬 어리지만 살아온 세월로 보나 또 현재 팅이가 차지한 필라리엔의 나이로 보나 확실히 올리비아에게 팅이는 언니였다.

"그런데 오빠… 그럼에도 난 그분이 너무 좋아. 하루라도 안 보면 보고 싶어서 미칠 것 같아. 어떻게 해야 하지? 응? 나 어떻게 해?"

"팅, 팅아……."

퉁이에게 소원이 있다면 그건 복수가 아니었다. 그는 복수도 팅이가 원하기에 바랄 뿐 스스로는 별로 관심이 없었다. 그만큼 그는 자신의 여동생 팅이를 사랑했다. 부모님이 돌아가신 이후부터 그는 팅이를 반드시 행복하게 해주겠노라고 맹세를 한 바 있었다. 그것 때문인지 아니면 원래 천성이 밝고 착한 여동생인지라 그런 마음이 저절로 든 것인지는 기억나지 않으나 퉁이는 꼭 팅이가 행복해지기만을 바라왔다.

그것은 고스트가 된 이후에도 마찬가지였다. 그런 동생이 지금 한 남자 때문에 이처럼 울어버리자 그는 아무 말도 하지 못한 채 그런 동생을 안아주기만 했다. 자신 역시 연애 경험이 전무한지라 뭐라고 조언해주어야 할지 막막했던 것이다.

"흑… 흑흑… 나 이렇게 욕심을 부리다가는 벌 받을 지도 몰라. 올리비아 공주님은 너무나 착하시거든. 하루에도 몇 번씩 그분 생각을 지워야 한다고 결심해 보지만 그게 잘 안 돼. 차라리 어디론가 사라져 버릴까? 보이지 않으면 더 나을 것 같아."

"네가 진심으로 원한다면 당연히 나는 너와 함께 멀리 갈 것이다. 하지만 솔직히 그게 네 본심은 아니잖아? 언젠가 들은 이야기이지만 사랑도 쟁취해야 한다더라. 올리비아 공주님이 착한 것은 나도 충분히 알겠다만 그렇다고 바보처럼 무조건 물러선다면 넌 평생 후회하게 될지도 몰라. 그래도 좋겠어? 그런 결정은 부딪혀 본 다음에 해도 되지 않을까 싶다. 그러지 말고 차라리 올리비아 공주님께 네 마음을 털어 놓는 것이 어떻겠니? 그분이라면 네 마음을 이미 알고 있을 지도 모른다는 생각이 드는구나."

팅이는 오늘따라 퉁이가 참 오빠답다는 느낌을 받았다. 같은 핏줄이라 그런지 오빠 품에 이렇게 안겨서 원없이 울고 나자 조금은 마음이 후련해졌다.

"그래, 오빠 말이 맞는 것 같아. 이미 공주님은 내 마음을 어느 정도 알고 있을지도 몰라. 그 착한 분이 그런데도 날 미워하지 않으셨어. 오빠 말대로 시간이 허락하면 꼭 이야기해 봐야겠어. 고마워, 오빠. 오빠가 있어서 얼마나 감사한지 몰라."

"네가 그렇게 말을 해주지 나도 고맙구나. 그리고 힘내라! 넌 지금까지 단 한 번도 좌절한 적이 없는 씩씩한 동생이었잖아. 그대로 밀고 나가 보라구!"

"네~!"

이 밤 팅이는 새로운 희망을 보았다. 비록 실현될 가능성은 거의 없었지만 자신에게는 오빠 이외에도 좋은 사람들이 많이 생겼다는 것을 깨달을 수 있었다. 그리고 그 가운데 한 사람은 바로 올리비아 공주였다.

3

포로들에 대한 정리가 끝나고 어느 정도 성의 정비가 이루어지고 나자 슈는 이제 레알 요새로 눈을 돌리기 시작했다. 이제 레알 요새까지 되찾게 되면 원래 듀란달의 영토는 모두

수복하게 된다. 그는 아군의 피해 없이 레알 요새를 함락시키기 위해서 측근들과 벌써 이틀째 긴밀한 회의를 하고 있었다. 늘 그렇듯이 이번 작전 역시 가장 적은 희생으로 승리하기를 원했기에 세밀한 작전이 필요했다.

그렇게 한창 회의를 진행하고 있을 때 갑자기 회의실 밖에서 경비를 서던 기사의 목소리가 들려왔다.

"각하! 대성국의 추기경님과 마커스 군단장님께서 오셨습니다!"

"들어오시라 해라."

"네!"

딸깍……

마커스 군단장은 상당히 위험한 상태였지만 샤베리온 사제의 신성력 덕분으로 되살아날 수 있었다. 그러나 그 후유증 때문에 며칠을 쥐 죽은 듯이 누워 있다가 이제야 나타난 것이다. 반면 매스치아레는 육체적으로는 다친 곳이 없었지만 정신적인 충격이 컸던 모양이다. 그는 그동안 자신이 우물 안 개구리였음을 깨닫고 마커스가 부상에서 완전히 깨어날 때까지 정신 수양을 해왔다. 어쩌면 지난 며칠이 그의 성직자 인생 가운데 가장 의미가 컸던 시간이었는지도.

"늦어서 죄송합니다. 마커스 군단장과 함께 오느라 늦었습니다. 그가 오늘 마지막 진료를 받았거든요."

"하하. 괜찮습니다. 어서 앉으시지요. 지금 그렇지 않아도 레알 요새로 진격하기 위한 회의를 진행 중인데 대성국 분들의 거처에 대한 의견이 필요했던 참입니다."

이번 전투에서 대성국 신의 병사들과 성기사들의 피해는 상당히 컸다. 병사들만 근 삼천여 명이 죽었으며 중경상자가 이천 명 정도나 되었고 성기사들 역시 절반 가까이 죽거나 다친 상태였다. 물론 이곳에는 워낙 뛰어난 사제들과 샤베리온까지 있어서 심한 중상자만 아니면 다시 싸울 수 있었지만 그럼에도 대성국의 전력은 절반 이상이 되지 못하고 있는 상태였다.

"저와 마커스 경이 논의한 내용을 말씀 드려도 될까요?"

"물론입니다."

매스치아레는 확실히 전과는 확연히 달라졌다. 전에는 슈를 은근히 깔아보는 말투를 쓰는 데다가 자기중심적으로 이야기를 했었는데 이제는 상당히 겸손한 태도를 보여주고 있었다. 당연한 것이 그 역시 슈의 놀라운 능력을 본 데다가 그의 수하들 역시 엄청난 수준임을 직접 겪어보지 않았는가. 게다가 그들이 아니었으면 대성국 사람들은 그나마 이 정도도 유지하지 못했을 터였다.

"우선 며칠 전 사태에 대해 가누비엔 백작님께 공식적으로 사과 말씀부터 드립니다. 죄송합니다. 이곳 사령관님이신 백작님의 명을 따랐어야 했는데 저희 임의대로 출전한 것은 큰 실수였습니다. 용서해 주십시오."

"무슨 말씀을요. 아마 저 같았어도 같은 판단을 했었을 것입니다. 대성국 분들은 소문대로 대단한 전력을 가지고 있더군요. 그 정도 전력이라면 충분히 싸울 수 있었을 텐데 문제는 흑마법사들의 능력이 워낙 엄청났다는 것입니다. 그러니 너무 그렇게 자책하지 마십시오."

"말씀이라도 정말 감사합니다. 어쨌든 이번 사태는 분명 저희 잘못이었으니 앞으로는 백작님의 명에 따라 끝까지 싸울 수 있게 해주십시오. 이건 저희 모두의 뜻입니다."

애초에 대성국이 개입한 이유는 흑마법사 때문이다. 그런 흑마법사가 완전히 사라진 것이 아닌 이상 어차피 남아서 싸울 명분은 충분했지만 그는 이제 모든 것을 슈의 뜻에 따르기로 결심한 것 같았다. 뿐만 아니라 대성국 모든 기사와 병사는 이미 슈에게 반해버려 그와 싸울 수 있다는 것만으로도 큰 영광으로 생각할 정도였다.

"그렇게 해주신다면 저희야 너무 감사할 따름이지요. 좋습니다. 그럼 대성국 분들은 방어에 더욱 특화된 것 같으니 공성시에 전면에 나서 주셨으면 좋겠군요."

"바라던 바입니다. 제가 선두에 서서 반드시 요새의 문을 열게 하겠습니다!"

이번에는 매스치아레보다 마커스가 앞장서서 이렇게 큰소리를 쳤다. 그는 이미 슈의 말이라면 불속에라도 뛰어들 준비가 된 상태였다.

"고맙소. 마커스 군단장을 믿겠소."

"감사합니다, 각하!"

처척!

비록 여러 가지 실수를 했다 하나 슈는 마커스를 나쁘게 보지 않았다. 이런 사람이야말로 오히려 순수함을 알기 때문이다. 그렇기에 그는 마커스에게 기회를 주고 싶었고 그런 마음을 안 것인지 마커스는 한쪽 무릎을 꿇으며 최고의 예를 다해 이렇게 대답했다.

"그러면 저와 사제들은 샤베리온님과 함께하겠습니다. 그분의 지시대로 움직일 테니 허락해 주십시오."

"오… 그거 듣던 중 반가운 소리입니다. 아무래도 전투할 때 사제들이 많으면 병사들의 심리가 훨씬 안정이 되지요. 샤베리온님 괜찮으시겠지요?"

"허허… 추기경님 같이 훌륭하신 분이 함께한다는데 이 늙은이가 반대할 이유가 있겠소? 나 역시 대환영입니다."

"감사합니다, 샤베리온님."

이미 매스치아레는 샤베리온의 능력을 감지하고 있었다. 아니, 감지 정도가 아니라 샤베리온이 어쩌면 현 교황보다 대단한 사람일지도 모른다는 판단까지 내린 상태였다. 그렇게 대단한 사람과 함께 할 수 있으니 그가 이처럼 감격스러워 하는 것도 무리는 아니었다.

"자, 그럼 이제 정리를 해보겠소. 우선 이번 선봉은 돌격대와 신의 병사들이 함께하기로 한다. 이의있는 사람?"

"없습니다!"

서로 공을 다투기는 해도 슈의 명령에 이의를 내세울 리는 없었다. 오히려 돌격대원들은 대성국 사람들과 선의의 경쟁을 하게 된 것을 더 기꺼워하는 것 같았다.

"그리고 팅이 양은 이번 전투부터 정식으로 마법 군단의 부군단장을 맡으시오."

"최선을 다하겠습니다."

미리 이야기된 사항인지 슈의 말에 팅이는 이렇게 대답했다. 그 외에도 슈는 이번 전투를 위한 군 편성을 새롭게 하고 각자의 역할을 주지시켰다. 어찌되었든 이번 전투만 승리하면 일단 듀란달에 침입했던 카라리안 병사들은 모두 몰아낼 수가 있는 만큼 다른 전투보다 비중이 클 수밖에 없는 것이다. 거기에 아직까지는 그가 남아 있지 않은가. 십만의 대군보다 더 두렵고 무서운 존재… 바로 절망이 말이다.

4

콘웰 마르시앙 후작의 반역으로 인해 듀란달 왕국의 귀족들은 한차례 몸살을 앓고 있었다. 다른 것은 몰라도 반역을 저지른 자들을 그냥 둘 수는 없는 노릇. 일단 확실하게 반역에 가담한 귀족들은 모두 그 작위를 박탈하고 영지와 기타 재산을 몰수했으며 전부 잡아서 왕실 감옥에 일단 수감했다.

아직 전쟁 중인지라 마지막 재판을 남겨 둔 것이다.

"충성! 어서 오십시오, 각하!"

"문을 열어라. 콘웰 마르시앙 후작을 보러 왔다."

"네!"

철커덩!

왕궁이 있는 곳에서 약 오 킬로미터 정도 떨어진 곳에 만들어진 이 지하 감옥은 절대 탈출이 불가능한 곳으로 유명하다. 건물 구조 자체가 미로처럼 복잡한 데다가 각 구역마다 별도로 관리가 되고 있어서 이곳에서 매일 근무를 서고 있는 간수들도 헷갈릴 정도이니 오죽하겠는가.

게다가 어쩌다 미로를 통과해서 간신히 출구 쪽에 도착한다 해도 그곳에서 또다시 지독한 절망감에 빠지게 된다. 왜냐하면 지하에서부터 지상으로 올라가는 유일한 방법이 마법진을 이용해야 하는 것이기 때문이다. 물론 이 마법진은 그날그날 암호가 달라져서 근무자 아니면 작동을 시킬 수가 없었다.

이렇게 지독한 곳에 레비안또 공작이 나타났다. 바로 콘웰 마르시앙 후작이 이 안에 수감되어 있었기에 그를 만나기 위함이다.

"이쪽입니다, 각하."

"그래, 고맙군."

지금 레비안또 공작이 경비병을 따라 가는 곳은 제23구역 안에 있는 특별 독방. 이곳은 대대로 거물급 죄인들만 가두었던 곳인데 워낙 안쪽에 있어서 가는 길도 만만치가 않았다.

"여기입니다. 안전장치는 다 되어 있지만 그래도 각별히 조심하십시오. 워낙 심하게 날뛰던 죄수인지라······."

"알겠다."

기이이잉~! 철컥 철컥······.

이곳 문은 손으로 열고 닫는 것이 아니라 마법의 기계로 움직이게 되어 있었다. 참으로 철저한 보안이 아닐 수 없었다.

"날 알아보겠소?"

스으윽······.

"레비안또로군. 왜 날 찾아왔느냐? 이런 꼴을 보고 웃어주고 싶었던 게냐?"

콘웰 마르시앙의 몰골은 그야말로 지독했다. 양팔은 쇠사슬로 묶여 벽으로 이어져 있었고 두 다리는 거대한 쇠구슬에 연결되어 있었다. 거기에다가 머리에는 투구와 비슷한 쇠로 만든 모자를 씌워서 그것 역시 뒤쪽에 있는 벽과 연결시켜 놓았다. 그야말로 조금도 움직이기 힘든 상태로 가둬 둔 것이다. 이는 그가 그만큼 이 안에서 난동을 심하게 부렸기 때문이다. 원래 소드 마스터로 명성이 자자했던 사람답게 그는 마나가 제어된 상태에서도 감방을 지키는 간수들을 무려 열세 명이나 박살 내 버렸었다. 그러니 아무리 고위급 귀족 출신이라 하나 이 지경을 만들어 놓을 수밖에……

"그렇게도 권력이 탐이 났소? 어차피 욕심을 부리지 않아도 남부러울 것이 없었던 형님 아니오?"

"시끄럽다! 그따위 소리를 지껄이려거든 어서 꺼져라. 난 하고 싶은 말이 없다."

콘웰 마르시앙이 이렇게 신경질적으로 말하자 레비안또 공작은 마음이 아팠다. 어쨌든 과거 한때는 형 동생 하며 지냈던 사이이다. 비록 젊었을 때 공작부인인 앙리에트 때문에 사이가 멀어지긴 했지만 그렇다 해도 두 사람이 이 지경까지 올 줄은 상상도 하지 못했었다.

"나는 형님과 말다툼을 하려고 온 게 아니오. 나는 거래를 하고 싶어서 왔소."

"거래? 네가 지금 날 놀리는 게냐? 곧 죽을 나와 거래할 것이 어디 있겠느냐. 어서 죽이기나 해라!"

역적은 삼족을 멸하는 것이 국법이다. 그렇게 따지자면 콘웰 마르시앙 후작은 물론 그의 아들인 크루빈도 죽여야 한다. 하지만 이미 슈와 레비안또 공작은 크루빈 만큼은 면죄를 해주기로 한 바 있었다. 그는 아버지와는 전혀 다르게 왕국에 진심으로 충성을 바쳤으며 이번 전쟁에서도 그 공이 워낙 컸기 때문이다. 만에 하나 이번 거래에서 콘웰 마르시앙 후작이 협조만 해준다면 어쩌면 그의 목숨을 구할 수 있을 지도 몰랐지만 후작은 그런 것은 전혀 모르고 있었다. 그는 아직 크루빈이 슈의 가장 중요한 기사 가운데 한 명인지조차 알지 못했다.

"어떻게 흑마법사들과 접촉을 했는지만 알려주시오. 그리하면 내 형님의 목숨만큼은 보장해 주리다."

"네가 아무리 이 나라의 두 번째 권력자라지만 무슨 수로 역적을 살려 준다는 말이냐? 그런 짓을 하면 너 역시 같은 역적이 될 수 있음을 모르는 것이냐?"

"물론 알고 있소. 하지만 이 문제는 우리 왕국뿐만이 아니라 대륙 전체의 안위와도 관련된 일이기 때문에 협조만 하신다면 살릴 방법이 있소. 그러니 그런 문제는 저에게 맡기고서 말씀해 주시오."

"싫다. 그냥 죽여라!"

자존심 하나로 살아온 콘웰 마르시앙이 이런 유혹에 넘어갈 리가 없었다. 그는 죽으면 죽었지 레비안또 공작에게 목숨을 구걸하고 싶지 않았던 것이다.

 하지만 그의 그런 태도를 이미 짐작했는지 레비안또 공작의 표정은 변함이 없었다. 아니, 오히려 살짝 미소까지 띠운 채 조금 더 목소리를 낮추더니 이렇게 말을 했다.

"슈가 그러더군요. 형님은 절대 협조하지 않을 것이라고……"

"그놈이 역시 똑똑하긴 하군. 흥!"

"하지만 이렇게도 이야기합디다."

"…뭘?"

언제나 그놈의 호기심이 문제였다. 레비안또 공작이 이런 식으로 이야기하자 콘웰 마르시앙은 잠시 침묵하다가 공작도 같이 말이 없자 이렇게 되물었다. 대체 슈가 또 무슨 이야기를 한 것인지가 궁금했던 것이다.

"그들에게 버림받은 것을 복수해 줄 테니 협조하라고 말입니다. 그때 만에 하나 그들이 형님을 버리지만 않았다면 패자는 오히려 자신들이었을 거라고 합디다."

"으드득… 빌어먹을. 끄응… 좋다. 대신 정말로 그놈들에게 복수를 해줄 수 있다더냐?"

결정적인 순간에 자신을 버리고 도망갔던 마법사 갈렙스를 떠올리자 그야말로 이가 갈리는 그였다. 그때 만일 흑마법사들이 약속대로 와주었다면 아무리 슈가 대단한 지략에 초인적인 능력을 보여주었다 해도 승자는 자신이 되었을 것이다. 하지만 그럴 때 그가 뜬 이유가 애초부터 함정이었음을 깨닫는 데는 얼마 걸리지도 않았다. 여기저기서 그들이 감언이설만 늘어놓았던 흔적을 발견했던 것이다. 결국 처음부터 그들이 자신에게 접근한 것은 미끼가 필요했기 때문이었다.

그처럼 자존심 강한 사람이 겨우 미끼였음을 알았을 때 느낀 분노는 상상을 초월할 정도였지만 이미 끝나버린 일인지라 그저 속으로 이만 가는 것이 전부였었다.

하지만 그의 마음속을 들여다보는 것인지 슈는 레비안또 공작을 보내 그의 이런 분노를 활용하려는 것이다.

"형님도 보셨지요? 그 아이는 보통 아이가 아닙니다. 이미 형님의 심리 상태까지 자세히도 알더군요. 그러면서 또 이런 말을 했습니다."

"…뭔 말을?"

"마법사 갈렙스는 흑마법사들 가운데 가장 하급이었다고. 그런 놈에게 당하셨으니 조카된 입장에서 도저히 참을 수 없다고도 하더군요."

"조카… 라고? 그 아이가 정말 자신이 조카라고 표현하던가?"

"당연한 것 아닙니까? 제가 형님이라 부르는 이상 그 아이에게 형님은 백부님이십니다."

레비안또 공작의 어르고 뺨치는 실력이 보통 아니었다. 하긴 그의 언변을 믿었기에 슈는 아버지에게 이런 부탁을 한 것이다. 그리고 결국 후작은 마음을 돌렸다.

"그랬단 말이지. 그 아이가 내 복수를 해준다고 했다는 말이지. 허허허… 그래, 내게 원하는 게 대체 무엇인가?"

"잘 생각하셨습니다. 지금 그 아이가 마지막으로 원하는 것은 겨우 카타리안을 우리 왕국에서 몰아내는 것이 아닙니다. 흑마법사들을 일망타진하는 일도 아니고요."

"그럼 또 원하는 것이 있다는 말인가?"

"그게… 잠시만요… 이봐, 간수장!"

"네, 각하!"

"이제 이분을 이렇게 심하게 대할 필요없네. 어서 풀어 드리고 편한 의자를 하나 가져오게."

"네! 각하!"

왕의 다음으로 막강한 권력자가 하는 말이다. 게다가 간수장은 이미 왕의 칙령을 통해 모든 죄수에 대한 통제권은 레비안또 공작에게 있음을 선포한바 있었다. 그런 만큼 간수장은 재빨리 콘웰 마르시앙의 지독했던 포박을 풀어주고 곧 그를 부축해서 의자에 앉혔다.

"자네는 나가 있게."

"네! 또 필요한 일이 있으시면 불러주십시오."

"알겠네."

그렇게 간수장이 나가자 레비안또 공작은 콘웰 마르시앙에게 바짝 다가가더니 그의 귓전에 대고 뭔가를 속삭이기 시작했다.

"뭣이? 그, 그게 정말인가?"

"물론입니다. 그 아이가 섣부른 소릴 하지 않는다는 것은 이제 형님도 느끼실 것 아닙니까?"

"그렇지……. 허허허… 나는 정말로 무섭고 소름끼치는 놈을 적으로 만들었던 것이로구나. 그런 생각을 다 해내다니……. 허허… 좋다! 그런 뜻이라면 내 기필코 협조하겠다. 이보게, 레비안또……."

"네, 형님."

도대체 레비안또 공작이 무슨 말을 한 것이기에 콘웰 마르시앙의 태도가 이처럼 고분고분해 졌을까? 분명 슈하고 관련된 이야기였을 것 같은데 아직은 알 수가 없었다. 어쨌든 그는 아까와는 전혀 다른 모습으로 레비안또 공작을 불렀다.

"자네가 승자일세. 나는 결국 자네에게 이대에 걸쳐서 패한 것을 인정하네. 자네 아들이 최고일세."

"우리 사이에 승자면 어떻고 패자면 어떻습니까? 이제 우리 나이도 적은 나이가 아닙니다. 앞으로 후손들을 위해서라도 좋은 어른이 되어야 하겠지요."

"휴우… 자네 말이 맞아. 생각해 보니 다 부질없는 짓이었어. 자, 그럼 지금부터 그들에 관한 정보를 알려주겠네. 아까 자네 말대로 결정적일 때 증인으로도 나서 주지."

결국 두 사람의 회담은 뭔가 성공적으로 끝난 것 같았다. 이 만남이 무엇을 뜻하는지 알 수는 없었지만 한 가지 분명한 것은 이 만남을 반드시 기억해야 한다는 것이다. 반드시…….

CHAPTER 08
요새 전투

1

삐… 삐삐… 삐삐삐…….
 "앗 제2정찰조의 연락이다. 이런… 결국… 끄응… 어서 이 사실을 각하께 직접 알려라!"
 "네, 대장님!"
 레알 요새를 차지하고 있는 카타리안 군대의 정찰대는 이미 사방에 정찰병들을 깔아놓고 있었다. 그 가운데 가장 전방으로 나가 있던 제3정찰조가 보내온 마법 신호기의 내용으로 인해 정찰대 전체는 초비상이 걸렸다. 급한 내용이었는지 정찰 대장은 대원들 가운데서도 조장 급에 해당하는 기사 한 명을 서둘러 사령관에게 보냈다.

"각하를 뵙기 원합니다. 급한 일입니다."

"잠시 이곳에서 기다리시오. 각하께 말씀드리겠소."

아무리 급해도 이곳의 사령관은 나는 새도 떨어뜨린다는 카타리안 최고의 권력자인 가우린스 공작. 그런 만큼 그를 만나는 절차가 그리 쉬울 리 없었다. 단지, 지금은 전시이고 이곳은 전쟁터임을 감안해 그나마 정찰대는 통과 절차가 쉬운 편이었다.

"각하께서 허락하셨소. 들어가 보시오."

"고맙습니다."

정찰 대 기사는 경비를 서던 기사에게 가볍게 목례를 하고는 안으로 들어갔다.

"충! 정찰대 제7조 조장 할루겐이 위대하시고 영명하신 가우린스 공작 각하를 뵈옵니다!"

"쉬어. 그래 무슨 일인가?"

할루겐은 가우린스 공작의 무서운 압박감에 눌려 긴장감에 바짝 얼어 있다가 그의 질문을 듣자 허둥지둥 입을 열었다.

"그, 그게 방금 정찰조 제3조의 급전이 들어 왔는데 지금 적들이 쳐들어온다고 합니다. 현재 정찰조 제3조는 루미안 평야에서 근무 중입니다. 그곳에서 요새까지는 말로 달려 사흘이 걸립니다!"

"그래? 끄응… 그렇다면 지난번 보고가 사실인 모양이로군. 설마 아우웬스키와 그 무서운 자가 함께 갔는데 실패할 줄이야……. 알겠으니 넌 물러가고 어서 가서 체르빌 백작을 오라고 해라."

"네, 각하!"

척!

할루겐이 물러나자 가우린스 공작은 천천히 걸어서 장식장 안에 있는 샤르몽주를 꺼내 들더니 그것을 따라 마시며 중얼거렸다.

쪼르륵… 벌컥벌컥…….

"캬아~ 그래도 똑똑한 놈을 보냈군, 묻지 않아도 적이 발견된 지점까지 보고하는 것을 보면. 하긴 왕국 최고의 정보부를 맡고 있는 체르빌 백작이 와 있으니 정찰대가 나아지는 것은 당연한 일이겠지. 그나저나 며칠 전 그 무서운 인간과 함께 떠났던 우리 군대가 전멸했다는 말을 듣고 전혀 믿지 않았는데 그게 사실이었을 줄이야."

가우린스 공작은 잔에 비친 자신의 모습을 바라보았다.

"이건 뭔가 잘못됐어. 아우웬스키만 가서 당했다고 하면 그래도 납득이 되지만 어떻게 그자가 함께 갔는데 당했을까. 혹시? 설마… 아니겠지. 자신의 주인이 우리 국왕과 동맹을 체결했는데 배신을 할 리가……. 그자는 자신의 주인에게는 꼼짝도 하지 못할 뿐더러 언제라도 목숨까지 바칠 충정이라던데. 그게 아니라면…… …정말로 이상하군."

　가우린스 공작은 아직 자신의 국왕이 절망의 하수인에 불과하다는 것을 모르고 있었다. 때문에 두 사람 간에 단단한 동맹을 맺고 있을 뿐이라 착각하고 있었다. 하지만 최소한 자신들과 동맹을 맺은 흑마법사들에 관해서는 꽤 많은 것을 알고 있기에 더욱 그의 패배가 믿기지 않았다. 그렇기에 지난번 정찰병들의 보고를 일소에 붙인바 있었다.

　"부르셨습니까, 각하!"

　"어서 오게, 체르빌 백작. 거기 앉지."

　"감사합니다!"

　"우선 한잔. 내 한 잔 주지. 자, 받게……."

　쪼로록…….

　"감사합니다!"

　최근 수많은 귀족들 가운데 공작에게 가장 큰 신임을 얻는 사람은 바로 체르빌 백작이었다. 그는 그만큼 머리가 비상한 데다가 정보에 관해서는 타의 추종을 불허한 지라 공작에게도 여러 가지로 도움을 주고 있었다.

　"얼마 전 자네가 나에게 했던 충고가 생각나는군. 그때 그들을 너무 믿지 말라고 했지?"

　"아, 네. 그랬지요."

"자네 말대로인 것 같아. 그들 가운데 최고의 실력자로 알려진 '그자'가 아우웬스키를 대동해서 갔는데도 진짜로 당했을 줄이야……. 뭔가 석연치 않아."

"그의 배신을 의심하는 것입니까?"

역시 체르빌 백작의 눈치는 빨랐다.

"그렇다네. 그게 아니라면 그리 쉽게 우리 군이 당할 리가 있겠나? 그것도 성안에는 그 가누비엔인가 뭔가 하는 듀란달의 영웅 나부랭이조차도 없었다던데. 안 그런가?"

"그렇지만 그가 배신을 할 리는 없습니다. 그러기에는 그의 주인이라는 자가 너무 무섭습니다."

"어허… 자네도 그자의 주인에 관해 아는 게 있는가?"

그가 왕국 최고의 정보통인줄은 알고 있었지만 설마 국왕과 자신 그리고 아우웬스키만 알고 있다고 생각했던 주인이라는 사람도 알고 있을 줄은 몰랐는지라 그의 놀람은 생각보다 컸다.

"알다마다요. 저희 정보부에서 그의 정보를 캐다가 무려 삼백여 명이나 죽었습니다. 저 역시 죽을 뻔했었지요. 휴우……."

"허어… 자네가 아직 살아 있는 게 신기할 따름이네. 그들이 죽이려고 마음먹으면 절대 살아남을 수가 없을 텐데 말이야."

"사실은 저 역시 죽을 상황이었습니다. 하지만 그분께서 살려 주시더군요. 제 고집이 마음에 든다면서……."

"헉, 사실인가? 그럼 자네는 그를 직접 본 것인가?"

가우린스조차 흑마법사들 사이에서 주인으로 통하는 그를 본 적은 없었다. 단지 국왕의 이야기를 통해서 듣기만 했을 뿐. 한때는 호기심 때문에 그를 만나 보려고 수하들을 풀었지만 그러다가 슈샤인테르에게 죽을 뻔한 이후 다신 찾지 않았던 것이다. 그를 죽이기 위해 한밤중에 등장한 슈샤인테르는 그의 기억 속에 지옥의 사신으로 각인되어 있었다.

"네, 솔직히 제대로 뵙진 못했습니다. 그저 목소리만 들은 게 전부지요. 하지만……."

"하지만?"

"그분은 신이십니다. 곧 전 대륙이 그분을 알게 될 것입니다. 자신들의 새로운 지배자로 말입니다."

"그, 그럴수가……."

"절대 반항하지 마십시오. 이건 제가 그만큼 공작 각하를 존경하고 좋아하기 때문에 감히 드리는 말씀입니다."

가우린스 공작은 왠지 소름이 끼치는 기분을 느끼며 화제를 다른 곳으로 돌리려고 하였다.

"알겠네. 휴우… 그나저나 지금은 이런 이야기보다 당장 이곳으로 오고 있는 적들을 어떻게 처리할지가 더 문제네. 뭔가 좋은 작전이 없겠는가?"

"아무래도 우선 적의 규모부터 파악한 다음 적절한 작전을 세워야겠지요. 제가 이미 정찰대는 물론 함께 왔던 정보부 요원들을 총 가동시켜서 적들에 관한 정보를 자세히 조사하라고 했으니 곧 충분한 정보가 모일 것입니다."

"과연 자네답군. 알겠네. 그럼 우선 군사들에게 전투 준비부터 시켜야겠군. 자네를 작전 총사령관으로 임명할 테니 이번 작전은 자네가 알아서 수립하게."

"영광입니다. 부족하지만 최선을 다하겠습니다!"

결국 체르빌 백작이 작전 사령관이 되면서 이야기는 일단락되었다. 사실 가우린스 공작은 전혀 모르고 있었지만 체르빌 백작은 속으로 감춰둔 야망이 있었다. 그는 그 야망을 위해서라면 무슨 짓이든지 할 수 있는 사람이었다. 그런 그가 작전 사령관이 된 것은 듀란달 입장에서는 결코 환영할 만한 일은 아니었다.

2

레알 요새 근처까지 도착하는 동안 이상할 정도로 카타리안 군대는 조용했다. 이런 경우 다른 부대였다면 뭔가 이상함을 느꼈겠지만 이상할 정도로 슈는 물론이요, 다른 일행들도 그리 걱정하는 표정이 아니었다.

"선두 제자리……."

"선두 제자리!"

히이이잉~ 히잉!

"이곳에서 일단 쉰다. 모두 군장을 풀고 편하게 휴식을 취하기 바란다."

"네! 각하!"

레알요새가 한눈에 보이는 언덕에 도착하자 슈는 곧 군의 이동을 멈추게 하였다. 일단 이쯤에서 숨을 돌리며 성내의 동정을 파악하기 위해 보냈던 '쉬'와 '엘'을 기다리는 것이다. 그는 지난번 테세인 성 인근에 나타났을 때 놀랍게도 '쉬'와 '엘'을 함께 데리고 텔레포트를 해온 바가 있었다. 무려 세 사람이나 한꺼번에 텔레포트를 한 셈이니 델리슨이 이 사실을 알면 또다시 기겁을 할 것이다.

"보나프 경."

"네! 로드!"

"공성 무기와 특수 무기 부대는 어디쯤 오고 있는가?"

"저희와 약 반나절 거리에서 따라오고 있습니다. 그나마 그 성질 급한 와일드 팩 경이 그들을 인솔하고 있어서 엄청 빠른 것이지요."

원래 공성 무기나 특수 무기들은 무겁고 이동이 용이하지 않기 때문에 통상 하루 정도 거리를 두고 따라온다.

이번 전투에서는 그들이 워낙 중요한 역할을 해야 하는 지라 슈는 일부러 와일드 팩과 돌격대들을 시켜 그 두 가지 종류의 무기를 철저하게 호위하면서 오게 한 것이 화근이었다.

이 무식한 인간이 얼마나 닦달을 했는지 겨우 반나절 거리에서 따라오고 있는 것이다. 이게 뭐 그리 문제일까 싶겠지만 그렇게 무거운 무기를 빨리 이동시키려면 그것들을 움직이는 병사들이 그만큼 지독한 고생이 필요하다. 지금 돌격대는 이미 반쯤 죽어 있을 터였다.

"쯧쯧… 미련스럽기는……. 어차피 그렇게 되면 아무리 빨리 도착해도 그만큼 더 쉬어야 전투가 가능할 것을……. 아무튼 알겠다. 우선 그들이 올 때까지는 다들 편히 쉬어라."

"알겠습니다."

슈는 아무래도 이번 인원 배치는 실수한 것이라고 생각했다. 그때는 무기들의 중요성 때문에 전투에 특화된 와일드 팩과 돌격대로 하여금 호위를 하게 한 것이지만 굳이 그럴 필요가 없었다는 판단이 든 것이다. 하지만 그의 생각과는 달리 지금 와일드 팩과 돌격대는 예상치 못했던 적들과 조우하고 있었다.

"조금 더 빨리 가란 말이다, 이 거북이들아!"

"단장님~! 조금만 쉬었다 가는 것이 어떻겠습니까? 다들 너무 지쳤습니다."

"크흥~ 그게 뭘 힘들다고……. 알았다. 잠시 쉬도록 한다."
"감사합니다! 단장님께서 휴식을 명하셨다. 모두 휴식~!"
"와! 만세~!"

비록 와일드 팩이 무식하기는 하지만 그렇다고 바보는 아니었다. 그 역시 돌격대원들이 상당히 지쳐 있음을 모를 리 없었다. 그는 겉으로는 무지막지할 뿐이지 속마음은 언제나 병사들 편이기에 병사들도 그를 미워하지 않았다. 훌륭한 지휘관은 그저 검만 잘 쓴다고 되는 것이 아니었다. 와일드 팩은 용병시절부터 수하들이 잘 따르기로 유명하지 않았던가.

어쨌든 그렇게 모두 모처럼만에 쉬고 있을 때 갑자기 사방에서 요란한 북소리와 병장기 부딪치는 소리가 들려왔다.

둥 둥 둥 둥! 챙그랑~ 까앙 깡!

"어서 쳐라!"

"와아아아~!"

"적이다! 적이 나타났다! 모두 전투 준비를 해라!"

"이런 빌어먹을… 어떻게 적이 이곳에 나타날 수가 있다는 말인가! 어서 막아라!"

바로 카타리안의 병사들이 급습을 한 것이다. 대체 어디서 갑자기 나타난 병사들인지 순간 와일드 팩은 어안이 다 벙벙해 질 정도였다. 그는 이곳으로 이동할 때 슈로부터 별일이 없을 거라는 언질을 받았기 때문이다. 슈 역시 이런 상황은 예측하지 못한 게 분명했다. 그렇지 않고서야 이처럼 철저한 포위망이 구축될 때까지 그 낌새를 전혀 눈치채지 못할 리가 없었다. 아무리 와일드 팩이 강하고 돌격대가 용맹하다 해도 이렇게 철저한 함정에 빠진 이상 빠져나가기란 쉽지 않아 보였다. 최악의 사태가 발생한 것이다.

슈는 애초부터 정보의 중요성을 잘 아는 사람인만큼 진작부터 레알 요새 인근에 관한 정보수집도 했고 또 수시로 정찰병을 보내서 주변을 철저하게 살폈다. 그런데도 적이 코앞까지 오는 것을 몰랐다니 실로 기이한 일이 아닐 수가 없었다.

하지만 알고 보면 이 모든 일은 바로 체르빌 백작의 작품이었다. 그는 첫 번째 수성 작전으로 적의 공성용 무기부터 무력화시킬 작전을 세웠으며 슈의 지난 전투를 면밀히 살피다가 그가 정보 이용의 능숙함을 깨닫고 그것을 역이용할 계책을 세웠던 것이다.

"지금쯤 그들은 아마 우리 카타리안 군대의 기습공격을 받고 우왕좌왕할 것입니다. 하하하!"

"허허⋯ 역시 자네의 계책은 놀랍군. 어떻게 적들이 그렇게 여유를 부릴 줄 알고 미리 군을 빼돌렸단 말인가. 대단하이⋯⋯."

"그거야 병법의 기초이지요. 물론 그 바탕에는 적에 관한 철저한 분석이 필요하겠지만요."

이처럼 체르빌 백작과 가우린스 공작은 레알 요새 안에 앉아서 미리 기분을 내고 있었다. 공성용 무기만 쓸모없게 만든다면 그야말로 레알 요새는 철옹성이 될 터였다. 그렇게 되면 십만 군대인들 두렵겠는가.

"그런데 정말 전투에서는 별일없겠지? 듣자 하니 특수 무기 부대를 이끄는 자는 그 유명한 와일드 팩이라는 기사라던데……. 그는 마스터 급 검사에 가깝다고 하지 않았나?"

"물론 그의 무력이 무섭기는 합니다만 그는 치명적인 약점을 가지고 있습니다."

"치명적인 약점?"

두 가지 정도로 볼 수 있는데 그중 하나는 바로 급한 성격입니다. 그는 듀란달의 요주 지휘관 가운데 최고의 실력을 지닌 지휘관 중 한 명이지만 안타깝게도 성격이 워낙 급해서 작전의 묘리를 모릅니다. 어찌 보면 다루기가 가장 쉬운 유형이라 할 만하지요."

"그렇지. 군을 지휘하려면 절대 급하게 몰면 안 되지. 그리고 또 하나는?"

가우린스 공작은 어느새 체르빌 백작의 말에 푹 빠지고 말았다. 그만큼 그의 언변은 훌륭했다. 듣다 보면 다음 이야기가 너무도 궁금해지는 것이다.

"그는 지금 앞서간 듀란달 군대를 무리하게 따라 가느라 수하들을 개잡듯이 잡고 있다는 것이지요. 공명심에 너무 사로잡히다 보니 수하들의 고통은 아예 안중에도 없습니다. 그런 군대를 잡는 것은 그야말로 식은 스프 먹기 아니겠습니까?"

"허허… 허허허… 일리가 있는 분석일세. 아니, 최고 정보부의 부장답다고 해야 할까? 어떻게 적장에 대한 정보를 그리도 자세히 수집할 수가 있었나. 대단하이. 대단해… 정말 칭찬해 주고 싶군."

"이정도야 기본입니다. 그리고 아직 전투가 완전히 끝난 것은 아닙니다. 이제 겨우 적장 하나를 잡는 것에 불과하니까요. 칭찬은 적의 괴수인 가누비엔 백작을 잡고 나서 하셔도 됩니다. 하하하!"

체르빌이 자신감에 넘치는 웃음을 터뜨리자 가우린스 공작의 마음이 더욱 편해졌다. 사실은 슈가 그 무서운 슈샤인테르와 아우웬스키마저 물리쳤다는 것을 확인한 이후에는 은근히 걱정이 많았는데 체르빌 덕분에 그런 걱정이 날아가 버린 것이다. 아무리 슈가 대단하다 해도 이곳은 일반 성과는 다른 요새 아니던가. 공성용 무기 없이는 절대로 공격이 가능한 곳이 아니었다.

3

요새 근처에서 쉬지 만 하루가 다 지나갈 즈음에 듀란달 병사들 사이에서 엄청난 소요가 일어나기 시작했다.

"저길 보라고! 저 분은 와일드 팩 단장님 아니신가?"

"그게 무슨 소리야? 갑자기 와일드 팩 단장님이 거기에 왜 나타나신다는 말인가."

바로 레알 요새로 들어가는 길목에 갑자기 카타리안 병사들이 일단의 포로들을 이끌고 오는 것을 발견한 것이다.

놀라운 사실은 그 포로가 무려 오천 명에 가까웠는데 그들이 모두 새로 만들어진 돌격대라는 점이었다. 그 전 돌격대원들은 대부분 기사로 승진한 상태였기 때문에 이후 돌격대는 새로운 인원으로 충당된 바 있었다. 와일드 팩은 돌격대의 전신이었다가 기사단이 된 무적 돌격 기사단장 겸 새로운 돌격대의 총 대장이기도 했다. 이 포로군에는 그렇게도 무력으로 유명한 와일드 팩도 끼어 있어 듀란달 군의 소요는 갈수록 확대되고 있었다.

"로드! 어서 명을 내려주십시오! 단숨에 달려가서 카타리안 놈들을 박살 내고 아군을 구해 오겠습니다!"

와일드 팩 만큼이나 성질 급한 보나프가 나서서 이렇게 외쳤다.

"으음… 지금은 흥분해서 해결될 일이 아니다. 이럴 때일

수록 더욱 냉정해야 한다. 그렇지 않으면 제대로 전투를 시작하기도 전에 대패할 것이다."

"하지만……."

"어허… 기다리래도!"

"네……."

무슨 생각인지 슈는 깊이 가라앉은 눈빛으로 기가 팍 죽은 채 끌려가고 있는 와일드 팩과 돌격대를 바라보며 강력한 어조로 보나프를 진정시켰다.

너무 자신의 두뇌를 믿은 것일까, 아니면 정보력을 과신한 것일까. 무엇이든 지나치면 안 되는 것일 텐데 어디서 잘못된 것인지 결과가 너무도 비참해 보였다. 보아하니 공성 무기와 특수 무기들은 아예 부숴버렸는지 보이지도 않았다. 공성 무기도 없는 지금 이대로 물러나야 할 것인지 아니면 대마법사 델리슨과 자신의 힘을 이용해 억지로라도 요새 문을 부수고 싸워야 할지 고민이 될 수밖에 없는 상황이었다.

"보나프 경의 말이 억지스러운 것은 아닙니다. 저들이 모두 요새 안으로 끌려 들어가기 전에 구출을 하는 것이 맞지 않을까요?"

"당연히 구해내야겠지요. 하지만 저들은 처음부터 모두 계산된 행동이었을 것입니다. 우리의 이목을 혼란시키고 저들을 잡을 정도로 준비를 했다면 당연히 우리가 구원하기 위해 움직일 것도 충분히 대비하고 있을 것입니다. 지금은 그 어느 때보다 냉정해야 합니다. 흥분해서 급하게 서두르면… 돌이키기 힘들지도 모릅니다."

"그건 그렇지요. 휴우… 그나저나 와일드 팩 경이 무사해야 할 텐데……."

성질 급하고 욱하는 성격이 강했지만 슈의 측근들 가운데 그를 좋아하지 않는 사람은 없었다. 그만큼 인간적이고 정이 많은 사람도 드물었다. 델리슨 역시 슈의 말에 수긍하면서도 이처럼 그에 대한 아쉬움을 은근슬쩍 표현하는 것도 그에 대한 애정 때문이었다. 한마디로 아무리 그래도 와일드 팩을 어떻게 해서든 구해야 하는 것 아니냐는 일종의 작은 시위였다.

"나 역시 와일드 팩이 걱정됩니다. 좋습니다. 그러면 일단 그를 구해내는 쪽으로 생각해 보도록 하지요. 보나프 경은 막사 안으로 들어오게. 내 비책을 알려주겠네. 다른 사람들은 모두 여기서 기다리도록."

"네, 로드!"

그 큰 덩치의 보나프가 허둥지둥 슈의 뒤를 따라서 막사 안으로 들어가는 모습은 꽤나 웃겼지만 아무도 웃지 않았다. 그만큼 다들 경직되어 있었던 것이다.

그런데 안에서는 두 사람이 어떤 작전을 세우고 있는 것인지 곧 보나프의 커다란 웃음소리가 들려왔다.

"와하하하! 물론입니다. 로드! 분부대로 틀림없이 명을 이행하겠습니다!"

펄럭~!

"보나프 경. 대체 무슨 작전을 들었기에 그렇게 웃는 거요? 궁금하니 어서 말씀해 보시오."

가누비엔 영지 출신의 기사들이 그에게 모여들어 급하게 물었다. 그들에게 와일드 팩은 형제 이상 아니던가. 특히 그 가운데 세비앙은 숨이 넘어갈듯 가장 먼저 질문을 하였다. 그가 평소에 와일드 팩과 가장 많이 티격태격하였지만 든 정이 더 깊었던 모양이다.

"미안하지만 지금은 말할 수 없소. 보안이 우선인지라… 하지만 이건 장담할 수 있소."

"뭔데요?"

다들 숨넘어가는 표정인데도 보나프는 아까와는 전혀 다른 표정으로 여유있게 이렇게 말했다. 이것이 모두를 더욱 궁금하게 만들었고 그들은 급히 또 물었다.

"아무 걱정하지 않아도 된다는 것이오. 크허허허! 그럼 난 작전을 수행하러 가오. 모두 빨리 움직여라!"

"네, 단장님!"

결국 그는 시원한 답을 하지도 않은 채 자신의 직속 병사들을 이끌고 바람처럼 움직이기 시작했다. 이대로 늦어지면 결

요새 전투

국 와일드 팩 일행은 모두 요새 안으로 끌려 들어갈 상황이기 때문이다.

"로드… 저희도 보내주십시오. 아군을 끌고 들어가는 적들의 숫자가 결코 적지 않습니다. 보나프 경의 부대만 가지고는 무리가 많으니 동참하게 해주십시오!"

"모두 잘 들어라. 다시 말하지만 지금은 자중할 때다. 이미 보나프 경을 보냈으니 나머지는 공성 준비나 철저히 하도록. 다시 말한다. 당장에라도 공격이 가능할 수 있게 준비하라!"

"네……."

답답했지만 신처럼 믿는 주군의 명이 떨어진 이상 더 버틸 수는 없었다. 결국 모든 기사는 자신들의 자리로 돌아가서 전투 준비를 하기 시작했다. 슈의 말 속에서 뭔가 심상치 않은 상황이 벌어질 지도 모른다는 느낌을 받았던 것이다.

그렇게 얼마나 지났을까. 모두의 예상을 깨고 보나프는 소리만 요란했지, 아무런 성과도 거두지 못한 채 요새 문 앞에서 결국 와일드 팩 일행을 놓치고 말았다. 즉, 와일드 팩과 돌격대는 모두 성안으로 끌려 들어갔다는 말이니 다들 얼마나 낙심했겠는가.

"저, 저럴 수가……."

"이런 맙소사. 결국… 으으……."

다들 마치 자신들이 끌려 들어간 것처럼 어쩔 줄을 몰라 했다. 도대체 저 지경이 될 걸 알면서도 어째서 슈는 강 건너 불 구경 하듯 그렇게 여유를 부린다는 말인가. 통상 이런 경우 슈가 평범한 지휘관 같았으면 원망을 들었을 것이다. 하지만 안타까워할지언정 그의 수하들은 그 누구도 슈를 원망하지 않았다. 그도 인간이니 실수할 때도 있다고 이해하는 것이다. 다만 자신들의 형제와 같은 와일드 팩 걱정으로 발을 동동 구를 수밖에는 없었지만…….

"이렇게 되면 마법으로 요새 문을 치는 것도 위험합니다, 로드."

델리슨이 걱정스럽다는 듯 이렇게 말했다. 그는 곧 자신에게 요새 문을 부수라는 명령이 내려질 것이라고 예상했던 모양이다.

"후후… 내가 언제 그대에게 마법 공격을 하라고 했소? 싸움은 이제부터요. 다들 공격 준비!"

"공, 공격 준비를 하랍신다! 모두 무기를 들어라!"

기왕 이렇게 바로 공격할 요량이었으면 진작하지 어째서 이제야 명령을 내리는 것일까? 모두 이 박자가 어긋난 명령에 의아해했지만 의문은 일단 집어넣고 재빨리 공격 준비를 서둘렀다.

그리고 곧 모두의 눈이 찢어질 듯 커지는 황당한 일이 벌어지기 시작했다.

4

 슈의 일행들이 황당해하던 바로 그 무렵, 요새 안에서는 신나게 자축하던 가우린스 공작과 체르빌 백작의 웃음소리가 더 커질 만한 보고가 들어왔다.
 "각하! 마침내 우리 용맹한 카타리안 특공대가 듀란달 놈들을 사로잡아 이곳으로 오고 있습니다."
 "그래? 역시 체르빌 경의 계책은 신묘해! 어서 그들을 마중 나갈 준비를 해라! 아마 애가 탄 듀란달 놈들이 자신들의 동료를 구한답시고 발광을 할 게다."
 "네! 명을 받듭니다!"
 척!
 보고를 했던 기사가 크게 대답하고 나가자 가우린스 공작은 또다시 샤르몽주를 한잔 따랐다. 시중을 드는 하녀들도 있었지만 그는 워낙 술을 즐기기 때문에 굳이 격식을 따지지 않는 자리에서는 이처럼 스스로 술을 따라 마시는 습관이 있었다. 특히 기분이 한껏 고조되었을 때는 더더욱 그랬다. 지금도 하녀가 어찌할 바를 몰라 하고 술을 따르려 했지만 그 손을 거절하고 홀로 따라 마시는 것이다.
 "축하드립니다, 각하. 이제 곧 남은 놈들도 일망타진할 수 있을 것입니다."

"아무렴… 자네가 있는데 당연하겠지. 그나저나 버리고 온 무기들은 조금 아깝군."

"하지만 무기까지 챙겨 오는 것은 너무 과욕입니다. 괜히 그것 때문에 병력을 분산하면 요새 안에 들어오기 전에 다시 당할 가능성이 높거든요. 그렇게 되면 결국 그 무기가 다시 듀란달 손으로 들어갈 것 아니겠습니까? 지금처럼 아예 부숴 버리면 그 어떤 변수가 발생해도 우리가 유리해 집니다."

"그렇겠지. 나는 단지 그 비싼 공성 무기가 아까워서 그런 거지, 그걸 끌고 와야 한다는 것을 말하는 것은 아닐세. 신경 쓰지 말게. 꿀꺽꿀꺽… 캬아… 자 이제 뭘 해야 하지?"

가우린스 공작은 단숨에 샤르몽주 한 잔을 털어 넣더니 기분 좋은 얼굴로 이렇게 물었다. 그는 지금 체르빌의 이야기라면 뭐든 그대로 할 생각을 하고 있었다. 그만큼 이번 작전의 성공은 최근 늘 패배만 하던 그와 카타리안 군사들에게 큰 위로가 되었던 것이다. 말이 그렇지, 처음 진격을 시작하고 단숨에 듀란달 영토의 삼분의 일 가까이를 점령했던 자신들이 데포그인 성에서부터 패배하기 시작해 오늘까지 단 한 번도 이긴 적이 없었으니 얼마나 사기가 저하되었겠는가. 그랬던 것이 오늘은 진정 통쾌한 승리를 만끽할 수 있었다.

"간단합니다. 일단 포로들을 이용해 협상하는 척을 하면서

뒤통수를 치는 겁니다."

"뒤통수를? 그것도 포로를 이용해? 그건 국제 협약에 위배되는 행동 아닌가? 거 왜 포로 협정 조약인가 뭔가가 있었던 것 같은데……."

"정확히 포로에 관한 최소한의 인격적 조치에 관한 협약입니다. 그 내용이 아무리 전쟁 중이라 해도 일단 포로로 잡으면 어느 정도 기본적인 대우는 해주자는 것이지요. 그들을 작전에 이용하는 것과는 아무 상관이 없습니다. 실제로 포로를 이용했던 작전은 대륙 곳곳에서 많이 있었지만 그들이 비난받은 적은 없습니다. 그게 전쟁이니까요. 단지, 포로들을 먹이고 재우는 것만 잘해주면 그만인 협약입니다."

과연 체르빌은 영악했다. 그의 나이 이제 서른네 살. 그가 어째서 이렇게 젊은 나이에 카타리안의 특수 부대장과 정보부의 부장이라는 거물이 된 것인지 납득이 되는 부분이었다. 하지만 아직 젊어서 그런지 냉정함은 조금 부족했다. 지금 그가 더 냉정했더라면 이후의 일은 그의 말대로 카타리안의 승리로 끝났을 지도 모른다. 물론 그것도 카타리안 측의 희망사항일 뿐이겠지만…….

"자네는 모르는 게 없군. 그런 협약이었다니… 허허허… 좋아좋아. 그럼 이제 어서 다음 작전을 준비하자고. 최근 국왕폐하께 보고 드릴 것이 없어서 민망했는데 모처럼 대승의 소식을 전할 수 있겠어. 모두 자네 덕분이지만… 껄껄……."

"별말씀을……. 이런 긍정적인 결과가 발생한 것은 모두 각하의 포용력 덕분입니다. 이곳에는 쟁쟁한 지휘관들도 많은데도 불구하고 저같이 미숙한 사람에게 작전 지휘권을 주시지 않았습니까? 그러니 제가 어찌 최선을 다하지 않겠습니까? 하하하."

"그런가? 그럼 모든 게 다 내가 잘해서란 말이로군. 그거 마음에 드는 말이야. 역시 자네는 믿음직하이. 으하하하!"

두 사람은 신이 날대로 났다. 그들 생각에 이미 전투는 자신들의 승리인 것이다. 물론 가누비엔에 관한 소문이나 또 뜬소문이긴 해도 듀란달 측 진영에 대마법사가 있다는 이야기도 있지만 어디까지나 소문은 소문 아니겠는가. 소문이 사실이었다면 무적의 기사라는 사람들 중 한 명인 와일드 팩이 자신들 수중에 들어 올 리가 없었다. 최소한 두 사람은 그렇게 단정 짓고 있었다.

어쨌든 두 사람은 대낮부터 그 귀한 샤르몽주를 주거니 받거니 하면서 신이 나 있었다. 통상 전쟁터에서 술을 마시는 것은 금기였지만 이곳은 자신들이 점령한 요새 안이었기에 굳이 그런 것을 따질 필요도 없었다. 게다가 지금은 훨씬 유리한 입장 아닌가. 심하게 취하지만 않으면 될 일이었다. 거기다가 두 사람 다 최고의 검술을 익힌 마나지체. 겨우 알코

올 때문에 일을 망칠 사람들은 아니었다.

"각하! 마침내 포로들을 모두 성안으로 끌고 들어오는데 성공했습니다!"

"그래? 그럼 어디 나가 볼까?"

"각하. 한잔 더 하고 나가도 됩니다. 각하께서 너무 빨리 등장하면 포로들에게 권위가 떨어집니다. 그놈들이 어떻게 될지 몰라 전전긍긍하면서 애가 탈 때쯤 나타나시는 게 좋습니다. 그래야 더욱 각하의 무게감이 커집니다."

체르빌은 머리도 좋았지만 천성적으로 타고난 아부꾼인 것 같았다. 하긴 이처럼 혀가 매끄러우니 쉽게 승진도 했겠지만…….

그의 그럴싸한 말에 가우린스 공작이 넘어갔음은 물론이었다.

"자네 말이 맞아. 내가 조금 취했나? 정신이 없군."

그는 이렇게 한마디 하더니 곧 보고를 하기 위해 들어온 기사 쪽으로 걸어가더니 다시 입을 열었다.

"가서 포로들을 너무 심하게 핍박하지 말라고 이르라. 우리 왕국은 최소한 포로… 포로……."

"포로에 관한 최소한의 인격적 조치에 관한 협약입니다. 각하."

그가 더듬거리자 잽싸게 체르빌 백작이 이처럼 보충해 주었다.

"그렇지. 포로에 관한 최소한의 인격적 조치를 아는 왕국이라고. 그러니 포로들을 학대하면 안 되느니라. 알겠느냐?"

"네? 아, 네… 포, 포로에……."

"포로에 관한 최소한의 인격적 조치에 관한 협약!"

또다시 체르빌이 한마디 했다. 이번에는 약간 억양이 높아진 톤이었다. 당연한 것이 기사는 자신보다 아래인 만큼 그처럼 도도한 인간이 친절하게 말할 리가 없었다.

"포로에 관한 최소한의 인격적 조치에 관한 협약에 따라 포로들을 대우하겠습니다!"

"그래… 알았으면 가서 모두에게 내 뜻을 전해라."

"네, 각하!"

그가 그렇게 힘차게 대답을 하고 다시 나가려던 바로 그 찰나, 갑자기 밖에서 엄청난 굉음과 함성이 울려 퍼졌다.

콰콰쾅!

"모두 밟아라!"

"와아아아~!"

대체 무슨 일이 일어난 것일까?

CHAPTER 09
요새 전투… 그가 나타났다

1

　카타리안과 듀란달의 전쟁… 처음에는 그저 일반적인 국지전으로 생각했기 때문에 그다지 대수로울 것이 없었다. 워낙 두 왕국은 과거로부터 몇 차례나 전쟁을 치른 왕국인데다가 둘 다 강력한 군사력이 있는 곳이어서 어부지리를 노리고 싶은 마음은 있었지만 위험부담 때문에 그저 지켜보기만 했던 것이다.
　그러던 것이 전쟁이 심화될수록 사람들의 이목이 쏠리기 시작했다. 워낙 엄청난 소문들이 꼬리를 이었기 때문이다.
　우선 첫 번째 소문은 슈에 관한 것이었다. 이제 겨우 막 스무 살이 된 청년이 왕국 전체를 책임져야 하는 총사령관에 취임했다는 소식은 인근 왕국 사람들에게 의아함을 느끼게 하였다. 왜냐하면 듀란달 왕국은 기사의 왕국인 만큼 출중한 기사들이 수두룩했기 때문이다. 그 많은 기사를 제치고 겨우 스무 살의 어린 청년이 어떻게 총사령관이 될 수가 있었을까?

이에 대한 해답은 간단했다. 그 청년은 국왕을 제외하고는 최고의 권력을 가진 레비안또 공작의 아들이라는 것이 알려지자 그럴 수도 있겠다 싶었다. 보나 마나 공작이 아들의 위상을 높이기 위해서 전쟁터에 내보낸 것이라는 추측이 가능했다. 귀족들 사회에서는 이런 경우가 허다했기 때문이다.

하지만 막상 그가 사령관이 된 이후부터 그가 참여한 전투의 내용이 밝혀지자 그야말로 사람들은 경악에 빠져들고 말았다. 싸울 때마다 승리하는 것 뿐 아니라 누가 봐도 기적과 같은 승리를 일구어 냈던 것이다.

그중 그의 첫 번째 공식 전투인 데포그인 성의 전투는 그야말로 압권이었다. 이백여 명으로 일만 명의 대적과 싸웠다는 사실도 놀랍지만 그들을 상대로 승리를 쟁취했다는 것은 그 누구도 상상치 못했던 결과였다. 나중에 오천 명의 기마대가 합류했다는 이야기도 있지만 정확한 소식통에 의하면 실제 싸움의 결말은 이미 난 상태였다 한다. 이것이 알려지면서 슈는 단숨에 영웅으로 부각하기 시작했다. 그것도 듀란달 뿐만 아니라 인근 왕국의 청년들에게 말이다.

 게다가 이후 그는 연이어서 승승장구했으며 놀랍게도 그가 참여한 전투는 단 한 번도 패배가 없었다. 이제 그가 가는 행보는 모든 사람들의 관심의 대상이 되어버렸다.

 그리고 두 번째 소문은 바로 대마법사와 무명의 성자의 등장이다. 통상 대마법사라는 칭호는 인간의 한계를 벗어난 단계인 7서클 비기너부터 들을 수 있는 칭호이다. 즉, 현재 대륙에 단 한 사람밖에 없다는 7서클의 마법사가 또 한 명 등장했다는 소문이 퍼졌다.

 그는 새로운 영웅 가누비엔 백작과 함께 수많은 전투를 승리로 이끌었으며 그야말로 꿈에서나 볼 수 있는 마법을 자유자재로 구사한다고 했다. 이는 마법에 대해 조금이라도 관심이 있는 사람이라면 모두 열광할 수밖에 없는 빅뉴스였다.

 그리고 현 교황보다 더 대단한 신성력을 가진 성자의 등장 또한 빼놓을 수 없는 중요한 소문이었다. 그가 손을 한번 슬쩍 흔들면 그 어떤 부상자도 그 자리에서 멀쩡해진다는 믿기 힘든 소문이 떠돌았다. 뿐만 아니라 그의 인상이 어찌나 평온하고 부드러운지 병든 자는 그의 얼굴만 봐도 나을 수 있다는 황당한 이야기가 퍼져나갔다.

 그 덕분에 온 대륙의 불치병 환자들이 그를 만나야 한다며 듀란달을 찾아올 정도였다. 그야말로 소문 하나로 샤베리온이 신이 되어 버릴 판이었다. 어째서 샤베리온과 델리슨이 자신들에 관한 이야기는 비밀에 부치려 했는지 이해가 가는 대목이다.

마지막으로 가장 충격적이자 온 대륙을 벌컥 뒤집힌 소문은 바로 흑마법사의 출현이다. 절대 나와서는 안 되는 어둠의 자식들이 이번 전쟁에서 등장했고 그 소문이 돌자마자 대륙이 들끓었다. 어쨌든 흑마법사들은 온 대륙의 공적 아니던가. 그랬기에 그 도도하고 콧대 높은 대성국이 움직였고 각 제국에서도 조사단을 파견할 정도였다. 하지만 속속 들어난 일들로 인해 이 이야기는 소문이 아닌 진실임이 밝혀졌다. 대성국은 공식적으로 신의 병사들을 파견했으며 몇몇 왕국에서도 실질적으로 군대를 파병했다.

하지만 그 무서운 흑마법사들조차 슈의 군대에 대패하고 도망갔다는 소식들이 전해지자 대륙의 모든 사람들은 감동의 도가니에 빠져들었다. 과거 근 천 년 동안 인류가 이루지 못했던 일을 슈와 그의 측근들이 해낸 것이다. 이제 그는 왕국의 영웅이 아닌 대륙의 영웅으로 부상했다. 그리고 그가 부상할수록 그의 곁에서 철저하게 그에게 충성을 바치고 있는 훌륭한 기사들의 이야기도 만연해졌다.

사람들은 그들에 관한 이야기를 들으려고 혈안이 되었고 연극인들은 그와 그의 측근들에 관한 이야기를 연극으로 만들어 사방에서 공연을 펼쳤다.

이런 상황이 대륙 곳곳에서 일어나고 있는 가운데 슈와 그의 측근들은 레알 요새로 움직였던 것이다.

그리고 지금 그는 또 하나의 승리를 위해 신중한 표정으로 전투에 임하고 있었다. 문제는 어떻게 보면 마지막 전투가 될지도 모르는 이곳에서의 전투가 서전에서부터 크게 대패를 했다는 데 있었다.

수하들 가운데서도 특급에 해당하는 수하 와일드 팩이 사로잡혔으며 전통처럼 무적을 외치는 돌격대 전원이 함께 잡혀 들어가는 말도 안 되는 엄청난 패배를 당한 것이다.

엄청난 소리가 터지기 직전까지도 모두 이렇게 생각했다. 그 누구도 레알 요새의 점령이 쉬울 것이라고는 상상조차 할 수 없었다. 오히려 이대로 무너지는 것이 아닐까 싶은 절망감이 더 커지고 있었다.

그만큼 와일드 팩과 돌격대가 차지하는 비중은 컸던 것이다.

그렇게 모두가 절망감에 빠져들 때 슈가 공격 준비 명령을 내렸고 곧 요새 안에서 엄청난 굉음과 함께 함성이 들려왔다.

콰콰쾅!
"모두 밟아라!"

"와아아아~!"

그러자 동시에 슈의 입에서도 커다란 외침이 터져 나왔다.

"전군 공격하라! 모두 요새 문을 향해 돌격 앞으로!"

"돌격 앞으로!"

"와아아아~!"

총사령관의 입에서 떨어진 명령이다. 설혹 문 앞에서 맞아 죽는 한이 있더라도 불복종은 있을 수 없다. 그렇게 듀란달의 병사들과 대성국 신의 병사들은 무턱대고 달려 나가기 시작했다. 그런 그들의 모습을 한마디로 표현한다면 그야말로 미친 코뿔소들이라 할 수 있었다.

2

기가 막힌 반전이었다. 분명 전부 굴비 엮이듯 포로로 엮여서 들어왔는데 그런 그들이 갑자기 포박을 풀고 마차에 실려 있던 병장기를 들더니 요새 문을 지키던 병사들부터 도륙을 내는 것이 아닌가. 게다가 더 황당한 것은 이 포로들을 잡아서 이끌고 왔던 카타리안 특공대의 대장이 요새 문을 지키던 경비 대장의 목을 순식간에 따버린 일이었다.

"커헉!"

"호호호… 내가 바로 듀란달의 차가운 죽음의 꽃 엘이란다."

"이봐, 동생! 뒤를 조심해!"

"알고 있어요. 호호… 차핫!"

푸욱!

"끄륵… 커커… 컥!"

특공 대장의 정체는 바로 특급 살수에서 슈의 그림자 인간으로 변신해 버린 '엘'이었다. 그녀는 눈 깜짝할 사이에 벌써 요주 인물을 둘이나 제거해 버린 것이다. 그리고 그와 동시에 요새가 떠나가라 고함을 지르는 인간이 있었다.

"크하하하! 이 몸이 바로 헤르크루소(전설 속에서 힘이 최강이었던 인물)의 아들로 불리는 와일드 팩님이시다. 어서 모두 항복해라! 카오우~!"

부우웅~ 위잉~!

퍼퍽! 퍽!

"끄악!"

"케엑!"

그야말로 불쌍한 양 떼 속에 뛰어든 늑대가 따로 없었다. 그의 무식한 바스타드 소드가 지나가는 자리에는 남아 있는 인간이 전혀 없었다. 모조리 반 토막이 되어 사라지든지 아니면 미친 듯이 도주를 해버린 것이다. 워낙 급작스러운 반전이었기에 카타리안 병사들은 아예 정신이 나가버린 공황의 상태가 되어 버리고 말았다. 그들이 어어 하는 사이에 요새 경비대가 박살 났으며 곧 요새 문이 힘없이 열리기 시작했다.

그러자 이번에는 이곳까지 콧바람을 씩씩거리며 달려왔던 슈의 기사들이 놀라고 말았다.

"엇! 요새 문이 열린다. 모두 어서 안으로 들어가라!"

"전군 요새 안으로~!"

"와아아아아~!"

대륙 전사에 이처럼 황당무계한 공성전은 또 없을 터였다. 전투를 알리는 뿔피리 소리가 울려 퍼지고 난 이후 슈의 공격 명령이 떨어지자마자 달려들었는데 쉬지도 않고 요새 안까지 들어갈 줄이야……

이 어처구니없는 상황 속에서도 슈의 수하들은 그럼 그렇지 하는 기꺼운 표정을 짓고 있었다. 자신들의 로드가 누구던가. 바로 불가능을 가능케 만드는 기적의 사나이 아니던가. 그런 사람이 아까처럼 맥없이 자신의 최고 수하를 사로잡히게 둘리가 없었다. 물론 지금까지는 속으로 약간의 불안감이 없었던 것은 아니다. 그렇기에 지금 느끼는 희열은 몇 배로 더 큰 것이지만…….

"대체 이게 무슨 소동이냐!"

"큰일 났습니다, 각하! 지금 듀란달의 병사들이 물밀듯이 요새 안으로 들어오고 있습니다!"

"뭣이! 이런 미친놈을 보았나! 네가 지금 낮부터 술을 처먹은 것이냐? 무슨 헛소리를 하는 것이냐? 그놈들이 어떻게 요새 안으로 들어온단 말이냐!"

가우린스 공작은 술은 자신이 마셔 놓고 애꿎은 기사에게만 욕을 했다. 그만큼 지금 그의 말은 믿을 수 있는 이야기가 아니었던 것이다.

"사실입니다, 각하. 어서 이곳을 피하십시오. 워낙 파죽지세로 밀려 들어와서 막을 방법이 없습니다. 이대로 계신다면 곧 이곳도 점령당할 것입니다."

"으으… 이건 꿈이야. 말도 안 돼! 어떻게 그들이 여기까지……."

하지만 기사의 정신은 멀쩡해 보였고 무엇보다 점차 커지고 있는 밖의 소리를 통해 지금의 사태가 사실임을 본능 적으로 느낄 수가 있었다. 그랬기에 지금 체르빌이 이처럼 앓는 소리를 내는 것이다.

"체르빌 백작. 이 사태에 대해 설명해 보라. 방금 전까지만 해도 그렇게 자신만만하지 않았느냐?"

"아무래도… 당한 것 같습니다. 적들은 거짓 항복을 하고 잡힌 채 이곳까지 들어왔겠지요. 단지 제가 지금 이해가 가지 않는 건 도대체 우리 특공대는 안에서 뭘 했느냐 하는 것입니다. 그들이 배신할 리는 없거늘……."

"시끄럽다! 지금 그런 것이 무슨 소용인가. 어서 이 사태를 타개할 계책을 내 놓으라는 말이다!"

조금 전까지만 해도 그렇게 희희낙락하며 좋아 했던 가우린스는 어디가고 잔뜩 인상을 쓰며 신경질을 부리는 그만 남았다. 그는 이 모든 사태의 책임을 체르빌 백작에게 뒤집어씌우고 있는 것이다.

국가의 정상에 있는 귀족으로서 치사한 짓이 아닐 수 없었다. 하지만 계급이 깡패인 것을 어쩌겠는가. 체르빌은 속으로 욕이 치밀어 올랐지만 간신히 화를 누르며 대답했다.

"지금은 우선 이곳을 벗어나고 볼 일입니다. 아까 그 기사의 말대로 피하십시오. 제가 뒤에 남아서 시간을 끌어 보겠습니다."

"끄응… 그래도 양심은 있구나. 하지만 나는 가우린스 공작이다. 겨우 듀란달의 애송이 때문에 꼬리를 말고 도망갈 수는 없다. 그와… 직접 검을 겨루겠노라."

야비한 듯 보이던 그의 태도가 갑자기 돌변했다. 하긴 이 자리에서 도망을 친다고 해서 좋을 것은 없을 터였다. 그리고 무엇보다 세상은 잘 몰랐지만 가우린스 공작의 검술 솜씨는 소문 이상이었다. 그는 적절한 때를 위해 자신의 검술 실력은 감추었던 사람이었다.

이 사실을 알고 있는 사람은 지금 슈와 함께 움직이고 있는 사람뿐이었다.

"그러니까 가우린스 공작의 검술 실력이 소드 마스터 중급 수준이란 말인가? 정말 놀랍군."

"그는 원래부터 음흉한 성격인지라 감추어 놓은 것이 많습니다. 겉으로 보기에는 소심하고 약간 모자란 듯싶지만 알고 보면 그만큼 무서운 사람도 드물지요. 진정한 효웅이라고 할 수 있는 사람입니다."

바로 아우웬스키가 가우린스 공작에 대해서는 가장 많은 것을 알고 있었던 것이다, 물론 그는 지금 통이였지만. 어쨌든 통이는 슈에게 가우린스 공작에 관한 정보를 풀어놓고 있었고 곧 두 사람은 앞장서서 공작의 집무실로 향했다. 슈의 능력이 워낙 엄청났기에 그의 수하들은 주변 수습에 더 열중했다. 요새는 어느새 듀란달 수중으로 떨어진 것이다.

"그런 자는 철저하게 꺾어 놔야 하지. 그래야 잔머리를 못 굴리거든. 어쨌든 어서 그 여우를 잡으러 가보자고."

"네, 각하."

겉으로 볼 때는 아우웬스키가 한참 어른이었지만 일단 슈가 정신 연령도 더 높고 또한 계급도 훨씬 높았기에 자연스럽게 하대를 했다. 물론 통이도 이 점을 이상하게 여기거나 하지 않고 그 역시 슈를 자신의 로드처럼 대했다. 이제 어차피 전쟁이 막바지였고 또 더 이상 아우웬스키의 역할이 필요치 않았기에 슈는 아예 그를 자신의 수하로 받아들였던 터였다. 그 과정에서 팅이가 개입한 것은 당연했다.

"아, 아우웬스키님 아니십니까?"

"비켜라. 나는 더 이상 아우웬스키가 아니니 물러서는 것이 좋을 것이다."

"이, 이런……."

그의 존재감은 이미 카타리안 군부 내에서는 절대적이다. 그가 비록 슈에게 한 번 패했다는 소문이 돌기는 했지만 무려 이십 년 이상을 카타리안 최고의 검사로 추앙받았던 만큼 군대 밥을 먹는 자 치고 그를 두려워하지 않는 사람은 없었다. 그래서인지 슈의 앞을 가로막았던 기사들은 아우웬스키가 나서서 조용히 한마디 하자 움찔했다. 본능이었으리라.

"그는 네 상대가 아니니 그의 말대로 비켜라."

"각하!"

그리고 곧 가우린스 공작과 체르빌 백작이 나타났다. 드디어 양국 최고 사령관들이 한 자리에서 만난 것이다.

3

마침내 만난 두 사람은 잠시 동안 탐색하듯 서로를 바라보았다. 가우린스 공작의 눈빛은 너무도 강렬해 그가 과연 실력을 감춘 검사임을 느끼게 하였다. 하지만 그에 반해 슈의 눈빛은 그저 부드럽고 담담하기만 했다.

"반갑습니다, 가우린스 공작님."

"자네가 바로 가누비엔 백작인가?"

"그렇습니다. 하지만 카타리안 왕국의 백작은 아니지요. 전 지금 이 자리에 듀란달의 총사령관 자격으로 온 것이니 예의를 지켜 주시기 바랍니다."

가우린스 공작이 아무리 나이가 많고 작위가 높다 하나 슈의 입장에서 볼 때 그는 자신의 왕국을 짓밟은 적국의 괴수일 뿐이다. 그런 사람에게 반말을 들으면서까지 예의를 지킬 만큼 슈는 관대하지 않았다. 또한 공작 역시 이것은 분명 자신의 실수인지라 끝까지 뻗댈 수도 없었다. 더욱이 지금은 자신이 아쉬운 소리를 해야 하는 입장인 만큼 고집을 부릴 때가 아니었다.

"허허… 이거 미안하오. 내 그대의 아버지와 안면이 있다 보니 실수를 했소."

"저희 아버지와 친구시라면 당연히 제가 예의를 깍듯이 갖추는 게 옳겠지요. 하지만 저는 아버지께 공작님 같은 친구 분이 있다는 말씀은 들은 적이 없습니다. 적이라면 모르지만요."

 슈는 처음부터 내내 부드럽게 이야기하고 있었지만 대화의 주도권은 이미 간단하게 그에게 넘어온 상태가 되어 버렸다. 하긴 이미 중원에서부터 최고의 책략가였던 그와 말로 이길 사람이 누가 있겠는가.

 "젊은 사람이 무척이나 날카롭군. 하긴 그 정도가 되니 여기까지 올 수 있었겠지. 내가 한 가지 제안을 하고 싶은데 어떻게 생각하시오, 백작."

 "어떤 제안인지 우선 들어봐야겠지요."

 가우린스는 이야기를 하면 할 수록 이 어린 녀석이 무척이나 까다롭다는 생각을 했다. 만에 하나 지금 전황이 불리하지만 않았다면 그는 벌써 발작했을 만큼 화가 났지만 우선은 꾹꾹 참을 수밖에 없었다.

 "그대의 말대로 그대는 듀란달의 총사령관이고 나는 카타리안의 총사령관이오. 우리 각국의 명예를 걸고 한판 승부를 해보는 것이 어떻겠소? 그대가 승리를 한다면 나는 물론 우리 카타리안 군대는 이 자리에서 깨끗하게 본국으로 돌아가겠소. 하지만 내가 승리한다면… 그대들이 물러나는 것이오. 어떻소? 비록 그대가 지금 유리하다 하나 우리가 끝까지 저항을 하면 그대의 군대 역시 적지 않은 피해를 입게 될 것이오."

 "하하하! 정말 웃기는 군. 이건 마치 도둑이 남의 집에 들어와 주인 행세를 하는 격이로군요. 거기다가 지금 공작님은 아직 사태 파악을 정확히 하지 못하시는 것 같은데 이미 싸움은 끝난 거나 마찬가지입니다. 우리가 승리할 것이 뻔한데 무엇때문에 이런 어쭙잖은 영웅 놀이를 해야 한다는 말입니까? 정 그렇게 저와 힘겨루기를 하시고 싶으시면 제가 조건을 걸겠습니다. 그래도 응하시겠습니까?"

"끄응… 그래 어떤 조건이오?"

가우린스 공작은 슈의 나이가 아직 한참 젊은 것을 보고 그의 영웅심을 자극해서 이 위기를 벗어나 보려다가 오히려 망신만 샀다. 그렇기에 슈의 말에 결국 이상한 신음 소리까지 흘리며 간신히 대꾸했다. 그야말로 자존심이 팍팍 구겨지는 순간이었다.

"제가 이기면 공작님과 카타리안 군대는 모두 항복하고 순순히 제 포로가 되십시오. 대신 제가 지면 아까 조건대로 이곳에서 조용히 물러나 앞으로 한 달간은 이곳을 넘보지 않겠습니다. 어떻습니까?"

"저건 뭔가 함정이 숨어 있는 조건 같으니 신중히 대답하십시오. 각하."

슈가 의외로 이처럼 파격적인 조건을 내걸자 내내 옆에서 조용히 있던 체르빌 백작이 가우린스 공작의 귓전에 이렇게 속삭였다. 너무 파격적인지라 오히려 당황한 것이다. 그리고 그의 예감처럼 이것은 겉으로 보기에는 슈가 손해인 것 같았지만 사실은 그의 함정이 맞았다. 그는 카타리안 군대를 이겨서 요새를 되찾는 것이 목표가 아니었다. 그에게는 카타리안 군인을 단 한 명도 돌아가지 못하게 해야 하는 절대적인 이유가 있었다. 그랬기에 충분히 유리한 입장인데도 굳이 이런 대결을 하려는 것이다. 당연히 이길 수 있는 자신이 백 퍼센트였기에 가능한 일이었지만…….

"정말 내가 이기면 물러나서 한 달간 이곳에 쳐들어오지 않을 것이오?"

"기사라면 한 입으로 두말을 하지 않지요. 카타리안은 그런 사람들도 흔해 보이긴 합니다만……."

"좋소. 그대의 조건에 따르겠소."

"그럼 양측 모두가 서로의 조건을 알 수 있게 우리 나가서 넓은 연병장에서 겨루는 것이 어떻겠습니까? 그래도 명색이 각국 사령관들의 대결인데 이런 좁은 실내에서 싸울 수는 없지 않습니까?"

"나 역시 바라던 바요."

비록 지금 수모를 당하고 있지만 실력이 마스터 급인 공작인지라 속으로는 회심의 미소를 짓고 있었다. 비록 슈 역시 마스터로 소문이 자자하지만 애초부터 아우웬스키가 슈의 실력을 낮게 이야기해 줬기 때문에 그는 슈를 은연중에 깔아 보고 있었다. 하긴 이제 겨우 갓 스물이 넘은 슈의 실력이 좋아 봤자 얼마나 좋겠는가. 엄마 뱃속에서부터 검을 들고 살아 왔어도 자신의 실력을 넘어설 수 없는 게 세상의 상식이자 그의 판단이었다. 그런데도 아직 어린 이 듀란달의 사령관은 고맙게도 모든 사람 앞에서 공식적으로 싸우자고 하니 조금 전의 수모쯤은 이제 아무렇지도 않은 가우린스 공작이었다.

이미 요새 안 곳곳의 전투는 거의 마무리 단계였다. 당연히 기습의 묘를 최대한 살린 듀란달의 승리였다. 그런 가운데 슈와 가우린스 공작의 외침이 울려 퍼졌다.

"모두 싸움을 멈추고 연병장으로 모여라!"

"카타리안 군대 역시 연병장에 집합하라!"

사령관들이 이렇게 명령을 하자 양국의 병사들은 의아해 하면서도 곧 싸움을 멈추고 부산스럽게 연병장으로 집결했다. 그만큼 양쪽 다 훈련이 잘되어 있는 군대답게 철저히 명령에 복종하는 것이다.

레알 요새의 연병장은 워낙 넓었기 때문에 그 많은 병사들이 모였는데도 여유가 있었다.

"모두 잘 들어라! 나와 가우린스 공작님은 양국의 운명을 놓고 일대일 대결을 하게 되었다. 이 대결에서 어느 쪽이 승리를 하든 패자는 승자의 조건에 따라야 한다. 이에 불만이 있거나 이의가 있는 사람은 지금 말하도록."

"없습니다!"

카타리안 쪽에서는 다 진 전투를 뒤집을 수 있는 기회이니 당연히 불만이 있을 리가 없었고 듀란달 쪽에서는 워낙 자신들의 로드를 신처럼 여기는 상황이니 역시 불만을 가질 이유가 없었다. 결국 이 대결은 양측의 열렬한 호응 속에서 치르게 된 것이다.

4

아직 그의 측근들은 그가 궁극적으로 노리는 것이 무엇인지 알지 못했다. 때문에 그의 이런 행동이 쉽게 이해가 되지 않았다. 단지 그를 워낙 믿기에 그저 따를 뿐이었다.

"다 이긴 싸움인데 어째서 이런 대결을 벌이는 것일까요?"

"난들 아나. 워낙 무슨 생각을 하시는지 알 수가 없는 분 아니던가."

원래부터 워낙 호기심이 강한 델리슨이 이렇게 말을 꺼내자 샤베리온이 담담한 어조로 이렇게 대꾸했다.

"어라… 이거 내가 착각을 하고 있는 것일까? 어째서 이런 수치가 나오는 것이지?"

"무슨 소린가? 수치라니?"

"그게 지금 제가 방금 저 음흉해 보이는 가우린스 공작의 마나를 스캔해 보았는데요…….”

"그런데?"

델리슨이 가끔 엉뚱한 구석은 있었지만 상당히 신중한 사람이었기에 그가 뭔가 당황한 듯 보이자 샤베리온은 좋지 않은 예감을 느끼며 이렇게 급히 물었다.

"마나의 양이… 상상을 초월합니다. 아무래도 제가 착각을 한 모양입니다. 다시 스캔을 해봐야 할 듯싶네요."

"허허… 명색이 대마법사라는 사람이 그런 실수를 하면 쓰겠는가. 어서 다시 체크해 보게."

샤베리온의 이런 농담에 살짝 미소를 지으면서도 델리슨의 표정은 결코 밝아 보이지 않았다. 그는 그런 불안한 모습으로 다시 마나스캔을 시작했는데…….

"맙소사. 이건 실수가 아니었어. 하지만 어떻게 이럴 수가… 이, 이건 인간이 지닐 수 있는 마나가 아니야. 로드를… 로드를 말려야 해!"

"대체 얼마나 많은 마나를 가졌기에 그러시는 거죠?"

어느새 다가온 것인지 이번에는 올리비아가 불쑥 끼어들어 이렇게 물었다. 그녀는 슈에 관한 이야기라면 아무리 사소한 것이라도 신경을 곤두세우는 입장인 만큼 델리슨의 심상치 않은 반응이 몹시 신경 쓰인 모양이었다.

"우리가 흔히 알고 있는 소드 마스터의 족히 열 배는 되는 마나입니다."

"네에? 그, 그게 무슨 말도 안 되는 말씀이세요? 열 배라니요? 뭔가 착오가 생긴 것 아닌가요?"

소드 마스터의 열 배에 해당하는 마나라면 상상조차 불가능한 수치 아니겠는가. 슈가 아무리 강해졌다고는 해도 그런 말도 안 되는 괴물과 싸울 수는 없는 노릇일 터였다.

"아무래도 제 마법의 수식이 꼬인 모양입니다. 가끔 그럴 때가 있긴 하거든요. 오늘 싸움이 끝나고 나면 당장 깊은 수양에 들어가야겠습니다. 휴우……."

"그렇겠죠. 인간이 어찌 그런 두지막지한 마나를 가지고 있을 수가 있겠어요. 말이 안 되죠."

결국 두 사람은 이렇게 결론을 내리고 말았다. 하긴 인간의 육체는 어쨌든 그 한계가 있는 법. 작은 물병에 들어갈 수 있는 물이 한정되어 있듯이 인간의 몸에 담을 수 있는 마나량도 어느 정도는 정해져 있는 것이다. 어쨌든 그런 가운데 마침내 가우린스 공작과 슈의 싸움은 시작되었고 아무도 어느 순간부터 가우리스 공작의 그림자가 붉게 웃고 있다는 사실을 알지 못했다.

"간다!"

슈슉~!

"좋은 수법. 하지만……."

까앙~ 챙! 챙! 챙!

처음에는 가볍게 검과 검이 부딪치더니 곧 두 사람의 검에서는 눈부시게 아름다운 오러 블레이드가 형성되기 시작했다. 어차피 길게 끌고 갈 싸움이 아니라고 판단한 모양이다.

비비빙~!

비비빙~!

"오러 블레이드다!"

"저것 봐라. 우리 로드의 오러 블레이드가 훨씬 더 길고 아름답다!"

하지만 누가 보더라도 슈의 오러 블레이드가 더욱 강력해 보였다. 그의 검에서는 무려 이미터에 가까운 오러 블레이드가 치솟아 오른 것이다. 물론 그의 오러 블레이드는 대륙의 그것과는 많이 달랐지만 그 누구도 그런 차이를 알지는 못했다.

"정녕 그 나이가 믿기지 않는 놀라운 성취로구나. 하지만 오늘 그 결과가 변하지는 않을 것이다. 조심해라. 차핫!"

쎄에에엑~!

"어림없는 짓! 타핫!"

콰콰콰쾅~!

조금 전까지만 해도 검끼리 부딪치면 평소 익숙한 검음이 울렸는데 이제는 섬뜩한 폭음이 들려왔다. 그만큼 싸움의 양상이 살벌해졌다.

 콰쾅! 콰앙!

 슈슉~!

 두 사람은 잠시도 쉬지 않고 검을 맞부딪혔다가 떨어졌다가를 반복하면서 계속해서 엄청난 굉음과 불꽃을 일으켰다. 그렇게 약 삼십 분 정도가 흘렀을까? 갑자기 맹렬하게 공격하던 가우린스 공작의 움직임이 멈추었다. 그런 상태에서 그는 서서히 검의 손잡이를 돌려 잡더니 갑자기 소리를 지르며 곧장 슈를 향해 날아갔다. 그 속도가 어찌나 빠른지 장내의 그 누구도 그가 어느새 슈의 코앞에 다다른 것을 보지도 못했을 정도였다. 그리고…….

 "애송이! 이제 그만 가거라! 이야압~!"

 콰쾅~! 슈슈슈슉~!

 "꺄아악~!"

 "저런……."

 정녕 놀랍게도 슈의 바로 앞에서 그의 검이 화려한 폭발을 일으키며 터지는 것이 아닌가. 그 뿐이 아니었다. 그렇게 터진 검의 파편들은 각각이 하나의 작은 검으로 화해서 동시에 슈를 덮쳤다. 그 어느 곳으로도 피할 길이 없는 완벽한 암습이 펼쳐진 것이다. 오죽했으면 올리비아 공주는 자신도 모르게 비명을 질렀고 슈의 수하들은 안타까움의 탄성을 내뱉을 정도였다.

하지만…….

"태극 호신 강기!"

번쩍!

까까까깡! 후두두두둑…….

슈는 이 대륙에서 유일하게 마나로 온몸을 보호할 수 있는 호신강기를 익히고 있지 않은가. 그것도 워낙 빠른 내공 증진으로 인해 거의 완벽에 가까운 호신강기를 펼칠 수 있었던 것이다. 그로인해 가우린스 공작의 완벽하고 무서운 암습은 모조리 호신강기에 가로막히고 말았다.

"이런 비겁한 수법을 쓰다니… 용서할 수 없다. 가랏!"

기이이잉~ 위잉~!

"으아악~!"

오히려 암습으로 인해 화가 난 슈의 응징이 거꾸로 공작의 한쪽 다리를 잘라버렸다. 결국 그는 처절한 비명과 함께 근 오 미터 정도를 날아가 모질게 나뒹구는 꼴사나운 모습을 보이고 말았다.

털썩!

"……."

"이, 이겼다. 가누비엔 백작님께서 이기셨다!"

"만세~!"

"와아아아~!"

그렇게 싸움은 끝나는 듯했다. 하지만 왜 그런 것인지 슈는 여전히 긴장을 풀지 않은 상태로 엎어져 있는 가우린스 공작을 노려보다가 이윽고 입을 열었다.

"너는 절대 가우린스 공작이 아니다. 너는 누구냐!"

움찔… 꿈틀 꿈틀…….

슈가 말도 안 되는 소리를 지껄이자 사람들은 고개를 갸웃거렸는데 바로 그 순간, 죽은 것처럼 엎어져 있던 가우린스의 몸이 꿈틀거리며 움직이더니 모두가 보고 있는 가운데 잘라져서 한쪽에 떨어져 있는 그의 다리마저 같이 움직이는 것이 아닌가.

"저, 저게 뭐지?"

"다리가… 다리가 움직인다!"

후다다닥~!

더 놀라운 일은 그 이후에 일어났다. 힘겹게 움직이던 다리가 어느 순간 미친 듯이 빠르게 벌떡거리며 움직이더니 곧바로 가우린스 공작의 몸뚱이에 가서 척하니 달라붙는 게 아닌가. 하지만 그게 끝이 아니었다.

"크크크… 제법이로군. 완벽했던 암습을 그렇게 간단하게 막을 줄이야……. 역시 그의 후예라 이건가?"

스윽…….

"너는… 바로 '그'로군."

가우린스는 스스로 달려와서 달라붙은 다리를 이리저리 움직여 보더니 곧 다시 입을 열었다.

 "그래… 이 세상에서 나의 정체를 한눈에 알아 볼 수 있는 자는 '그'의 후예뿐이겠지. 놀라워… 그가 겨우 인간 나부랭이를 후예로 삼을 줄이야… 물론 내게는 크나큰 행운의 선택이었지만… 크흐흐……."

투둑… 투두둑…….

사람들은 모두 영문을 알 수가 없었다. 대체 가우린스 공작의 정체가 무엇인지 전혀 감이 오지 않았던 것이다. 그런데 그런 가운데 가우린스 공작의 몸에 변화가 일어났다. 그의 살가죽이 점점 갈라지면서 터져 나가고 있었다.

"쉽게 찾지 못할까봐 걱정했는데 이렇게 나타나줘서 오히려 고맙군."

"크흐흐흐… 과연 그럴까, 애송이? 나는 너 같은 꼬마랑 놀아줄 만큼 한가한 사람이 아니라서 말이지… 우웃차!"

후두두두둑~!

"저, 저럴수가… 우리 총사령관님께서 괴물이었다니… 으으……."

슈가 여전히 여유있게 말을 하는 동안에도 가우린스 공작의 몸에서는 끊임없이 변화가 일어나더니 어느 순간 동시에 그의 온몸이 터져 버리는 게 아닌가. 그리고 나타난 그의 모습은 그야말로 흉측 그 자체였다. 양쪽 어깨에서는 검은 날개가 솟아올랐으며 온몸은 뼈다귀로 화했으며 그 위에 살들이 녹아내린 것처럼 덕지덕지 달라붙어 있었다. 게다가 그 덩치 역시 아까보다 열 배 이상은 커졌으니 보는 것만으로도 심장이 멈출 것 같은 두려움이 모두를 엄습했다.

"나와 싸우지 않겠다는 것이냐?"

"*물론 너 같은 애송이는 살려둘 필요가 없겠지. 크크… 하지만 이곳은 네 무덤이 아니다. 나는 카타리안 국왕 녀석에게 한 약속을 먼저 지켜야 하거든. 나와 싸우고 싶다면 어디 듀란달의 왕궁으로 따라와 보거라. 크하하하하!*"

퍼덕~ 퍼덕~!

번쩍! 파앗!

슈가 뭐라고 말할 사이도 없이 절망은 그 큰 날개를 내저으며 날아오르더니 어느 순간 그 자리에서 사라져 버리고 말았다. 정녕 어이없게도 말이다.

CHAPTER 10
대단원

1

 그날 아침, 듀란달 왕궁의 분위기는 그리 나쁘지 않았다. 어쨌든 역모는 슈의 놀라운 작전과 행동력으로 무사히 막아 냈으며 전쟁도 점점 더 유리한 쪽으로 흘러가고 있으니 나쁠 게 전혀 없었던 것이다. 그런 와중에 유학에서 돌아온 왕자들은 드웨인 3세를 대신해서 국정을 처리하기 시작했다. 어차피 후계자 수업의 일환으로 왕이 직접 그렇게 지시를 한 터였다.
 "아바마마… 한 가지 이상한 것이 있사옵니다."
 "뭐가 이상하다는 말이냐, 태자야?"

일루엔 태자가 급히 드웨인 3세를 찾아 와서 이렇게 말을 꺼냈다. 그는 올해 스물두 살로 진작 결혼했어야 하는 나이였지만 공부를 핑계로 아직까지 총각이었다. 물론 전쟁이 끝나면 바로 결혼할 예정이다.

"천하의 역적 콘웰 마르시앙에 대한 처우가 너무 좋습니다. 왕국을 배신한 자를 그렇게 편히 두면 다른 자들이 어떻게 생각하겠습니까?"

"그 문제는 레비안또 공작께서 직접 짐에게 부탁했던 부분이니라. 그러니 너는 그자의 문제만큼은 손을 떼어라."

"레비안또 공작님께서요? 그렇다면 뭔가 사연이 있겠군요. 휴우… 알겠습니다. 그건 그분의 판단에 맡기기로 하겠습니다."

레비안또 공작은 그에게 사적으로는 이모부이자 멀게는 숙부인 사람이었다. 게다가 현재 왕국에서 가장 지대한 영향력을 가진 사람인지라 아무리 왕자라 해도 그에게는 한 수 양보하는 것이 편할 터였다.

"어떠냐? 국정이 그리 만만치는 않지?"

"그러게 말입니다. 저는 그동안 왕의 자리가 참으로 좋은 자리라고 생각했는데 정말 그게 아니더군요. 비록 일을 처리하는 사람들은 따로 있지만 신경 써야 하는 문제가 한두 가지가 아닌 것 같습니다. 이제야 아바마마께서 얼마나 힘이 드셨는지 알게 된 기분입니다. 존경합니다, 아바마마."

"허허허… 녀석… 요즘 고생이 심하긴 심한 모양이로구나."

아들이 장성해서 자신의 심정을 알아주자 드웨인 3세는 그렇게 기쁠 수가 없었다. 아들을 키운 보람이 크다는 생각이 든 것이다.

그런데 바로 그때…….

콰콰콰쾅~!

챙그랑~!

"꺄아아아악~!"

"으악~!"

평소 같으면 왕궁 안에서는 상상조차 할 수 없는 비명성과 함께 온 천지가 무너지는 것 같은 무서운 소음이 들리는 게 아닌가.

"이게 대체 무슨 소리냐! 밖에 아무도 없느냐!"

"네! 폐하. 지금 저희도 무슨 일인지 알아보고 있나이다. 곧 보고 올릴 테니 잠시만 기다려 주소서!"

"시끄럽다. 당장 왕궁이 무너져 내리는 것 같은데 언제 한가하게 보고만 기다린단 말이냐. 내 친히 가보겠다."

"소자가 모시겠습니다."

건물이 무너져 내리는 소리와 비명 소리가 함께 들리고 있으니 왕의 입장에서 그냥 있을 수는 없었다. 그런데다가 어릴 때부터 검술 익히는 것을 즐겨 했던 일루엔 태자가 함께 나서자 왕은 호위 기사들을 기다리지도 않고 곧장 밖으로 나갔다. 그만큼 태자의 검술 실력을 믿은 것이다.

"아바마마… 괜찮으십니까?"

"그래… 왕자도 별탈없느냐?"

"전 이상없습니다. 그런데 대체 무슨 일인지 영문을 모르겠습니다."

소리가 들려오는 곳으로 급히 나가던 그들을 가로막은 사람은 바로 이 왕자 밀리온이었다. 그 역시 형과 함께 유학을 갔다가 돌아와서는 주로 군사적인 일을 배우는 중이었다.

"어서 가보자. 아무래도 심상치가 않구나."

"네, 아바마마."

그렇게 가는 동안에 여기저기서 기사들과 귀족들도 속속 등장했다. 그들은 모두 소동이 벌어지자 왕의 안위가 걱정되어 그가 있는 곳으로 먼저 달려온 것이다.

그렇게 모두 하나가 되어 움직이던 바로 그때, 두 귀를 틀어막고 싶을 정도로 끔찍한 목소리가 들려왔다.

"크하하하! 가소로운 것들! 감히 내게 대항을 하려하다니… 어서 듀란달의 왕은 나서라. 숨거나 피하면 그 순간 왕궁은 물론 듀란달 천지를 모두 불태워 버릴 것이다!"

화아아악~!

화르르륵~

왕의 일행이 소리가 난 곳에 도착하고 나서 발견한 장면은 실로 충격적이었다. 허공에 거대한 날개를 펼친 채 떠 있는 괴상한 존재 하나가 갑자기 불을 내 뿜었는데 그 불길이 닿자마자 벽 하나가 통째로 녹아서 사라져 버렸으니 어찌 놀라지 않겠는가. 그는 인간의 언어를 구사했지만 절대 인간은 아니었다.

"내가 듀란달의 왕이다. 너는 누구냐!"

스윽…….

"흐흐… 그래도 아주 겁쟁이는 아닌 모양이로군. 나는 카타리안 국왕과의 약속을 이행하기 위해서 온 저승사자다. 한 번 정도는 기회를 줄 테니 어서 항복하고 왕국을 바쳐라."

"뭣이! 그게 무슨 헛소리냐! 왕국이 무슨 장난감인 줄 아는가!"

평소 드웨인 3세는 소극적이고 약간은 우유부단한 면도 있었지만 이처럼 중요한 순간에는 왕으로서의 위엄을 드러낼 줄 아는 왕다운 왕이었다. 그의 이런 용기에 절망은 약간 의외라는 생각을 하며 다시 입을 열었다.

"지금부터 셋을 세겠다. 그동안 대답해라. 왕국을 바치겠느냐? 아니면 죽겠느냐?"

"셋도 필요없다! 우리 왕국은 우리가 지킨다! 모두 쳐라!"

이미 이런 소동에 모여든 왕실 기사단과 수도 방위군들의 전투 준비가 끝난 상황이다. 그들은 원거리 무기는 물론 촘촘한 그물까지 준비한 상태라 충분히 싸워볼 만했다. 게다가 왕궁 마법사 후시리안을 비롯하여 마법 군단까지 출동했기 때문에 설혹 이 괴물이 날개가 달려 있다 해도 두려울 것은 없었다. 그런 만큼 드웨인 3세는 곧바로 이 괴물을 응징하기로 결심했던 것이다.

"발리스터 공격!"

"쏴라!"

"궁수대도 사격개시!"

"발사!"

쌔에에엑~! 콰지직~!

피피피핑~!

무시무시한 발리스터의 살이 번개가 무색할 것 같은 속도로 날아갔다. 또한 거의 동시에 천여 발이 넘는 화살도 쏘아져 갔다. 하지만 허공을 빽빽이 메운 이런 공격이 너무도 허무하게 무위로 돌아가고 말았다. 허공에 떠 있던 자가 눈 깜짝할 사이에 자리를 이동해 버렸기 때문이다.

"피, 피했다. 모두 조심해서 다시 쏴라!"

"네! 쏴라!"

푸슝~ 푸슝~!

처음보다 훨씬 많은 발리스터 살과 화살이 날아갔음에도 또다시 허공의 존재는 간단하게 피해 버렸다. 그러나 이것은 미리 준비하고 있던 마법사들에게는 호기였다.

"공격 개시!"

"파이어볼~!"

"아이스 스톰~!"

"썬더 브레이크~!"

화르륵~!

콰쾅~ 콰르릉~!

그들은 기다렸다는 듯이 허공에서 사라졌다가 다시 나타난 존재의 위치를 정확히 예측하고 그곳에 무지막지한 각종 마법을 퍼부었다. 어느 누구라도 살아 있는 생명체라면 절대 이번 공격을 피할 수가 없을 정도였다. 그러나…….

"디스펠 매직~!"

피시시식…….

푸슈…….

마치 천지를 박살 낼 것 같은 기세로 날아가던 마법들이 그야말로 맥 빠질 정도로 간단하게 소멸되고 말았다. 이는 허공의 존재가 이곳에 있는 그 어떤 마법사보다도 실력이 월등함을 보여주는 단면이었다. 지금 공격했던 사람들 가운데는 현재 6서클 마스터인 왕궁 마법사 후시리안도 있었기에 마법사들의 충격은 실로 대단했다.

"말, 말도 안 돼……. 아무리 마법 수준이 높다 하나 지금 우리가 몇 명인데 그 모든 마법을 모두 무효화할 수가 있다는 말인가!"

"흐흐흐… 이 벌레 같은 놈들이 감히 날 공격해? 내가 제대로 본때를 보여주마. 지옥의 겁화여, 나의 적들을 불태워라. 헬 플레어~!"

순간, 기사들이 모여 있는 곳도 또한 마법사가 모여 있는 곳도 순식간에 타오르기 시작했다.

"끄아아악~! 뜨, 뜨거워~!"

"케엑!"

"으아아악~!"

불지옥이 따로 없었다. 허공의 존재는 잔인하게도 불의 강도를 조절해서 한 번에 타죽게 하지 않고 있었다. 그는 불길 안에 갇힌 사람들이 고통에 미쳐버릴 것 같은 지경까지 이르도록 만들어 두고 그 모습을 보며 진심으로 즐거워하고 있었다.

"으으… 이 악마야! 차라리… 차라리 나를 죽이거라. 이노옴~!"

스윽…….

"죽여 달라면 죽여줘야겠지. 대신 넌 그 용기가 가상해서 단숨에 죽여주마. 어둠의 차가운 검이여~! 그대가 원하는 영혼을 가져오라. 다크 아이스 소드~!"

패엥~!

검은 빛이 일렁이는 소름끼치는 칼날 하나가 허공에서 튀어 나와 곧장 드웨인 3세가 있는 곳으로 날아갔다. 그러자 그것을 발견한 태자와 왕자는 동시에 몸을 날려 그것을 막고자 검을 휘둘렀는데…….

"위험해요!"

"안 돼!"

휘익~!

서걱~!

하지만 이 어둠의 마법 검은 그들의 검을 너무도 간단하게 잘라버리고 그 힘 그대로 두 사람의 허리를 베고 지나가버렸다. 워낙 창졸지간에 벌어진 일인지라 그 누구도 이 사태를 어떻게 할 수 없었다.

퍼석!

퍽!

"커헉!"

"끄윽… 제, 젠장……."

그렇게 쓰러지는 두 사람을 보며 드웨인 3세는 경악했다.
"태자야~! 왕자야~!"
"마마~!"
드웨인 3세는 피를 토하는 심정으로 태자와 왕자를 불렀지만 이미 두 사람의 생명은 꺼져가고 있었다.
"아바… 마마… 어서 이곳을… 피… 피… 끄륵……."
"오오 이럴 수가… 태자야~!"
졸지에 두 아들을 잃은 드웨인 3세는 살고 싶은 마음이 들지 않았다. 때문에 태자가 들고 있던 검을 움켜쥐더니 곧바로 허공에 떠 있는 악마를 향해 달려갔다.
"큭큭… 눈물겨운 부정이로군. 하지만 섭섭해하지 마라. 너도 금방 지옥으로 따라가게 될 테니… 다크 아이스 소드~!"
또다시 음산한 어둠의 검이 허공을 갈랐다. 결국 이렇게 듀란달 왕실의 대는 끊기는 것 같았다. 그런데 바로 그때…….

2

절망이 갑작스럽게 왕궁 운운하며 사라지자 슈의 마음이 급해졌다. 아무리 이곳을 되찾는다 해도 왕궁이 전복되어 버리면 소용이 없는 일이었다. 그리고 지금 사라진 자는 혼자로도 충분히 왕궁을 전복시킬 수 있는 능력이 있는 자였다. 그 누구보다 슈는 그것을 잘 알고 있었다.
 "와일드 팩, 그리고 보나프!"
 "네, 로드!"
 "너희 두 사람은 모든 병사들과 이곳에 남아서 카타리안 포로들을 정리하고 요새를 튼튼히 지키고 있어라."
 "그러시다면 로드께서는……."
 "나는 지금 바로 왕궁으로 가보겠다. 두 사람을 제외한 나머지 기사들은 모두 나와 델리슨 군단장이 그리는 마법진 안으로 들어갈 것이니 미리 준비하라."
 "알겠습니다."
 다들 슈의 의도를 눈치챘다. 그들 역시 지금 상황에서는 슈와 몇몇 사람들만이 텔레포트로 날아갈 수밖에 없음을 이해했던 것이다.
 문제는 이곳에서 왕궁의 거리가 워낙 멀어서 과연 그 많은 사람들이 동시에 날아갈 수 있느냐 하는 점이었다. 특히 델리슨의 심정은 더욱 답답했다.
 "하지만 로드… 이 많은 사람들을 이동시키는 것은 불가능합니다. 사실 저 혼자 날아가는 것도 벅찬 거리인데 어떻게 하시려고……."
 "내가 자네에게 마나를 실어줄 것이니 아무 걱정 말고 이동 마법진이나 그리게. 시간이 별로 없을 것 같으니 어서 서둘러야 하네."

"알, 알겠습니다."

아직까지도 슈의 생각이 무엇인지 잘 납득이 가지 않는 델리슨이었지만 워낙 괴물 같은 주군인지라 일단 그가 시키는 대로 움직였다. 지금은 의문이나 해결하기 위해 시간을 낭비할 때는 아닌 것이다.

그렇게 약 삼십 분쯤 지났을까. 마침내 슈를 비롯해 델리슨과 샤베리온 그리고 올리비아 공주와 팅이와 통이 뿐만 아니라 무적 돌격 기사단원들이 모두 들어갈 수 있는 거대한 마법진이 마침내 완성되었다. 과연 대마법사다운 솜씨가 아닐 수 없었다.

"일단 마법진은 완성되었습니다만……."

"그럼 내가 잠깐 손을 볼 테니 다들 조금만 더 기다리게."

슈는 델리슨의 말에 이렇게 대답하고는 곧 마법진 위에 몇 가지 도형을 더 그리기 시작했다. 델리슨조차도 무슨 뜻인지 잘 모르는 그 도형이 모두 그려지자 갑자기 진 안에서 기이한 진동음이 울리기 시작했다.

"자, 이제 모두 진 안으로 들어오도록!"

"네!"

우르르르…….

그렇게 다들 원형으로 그려진 진안으로 들어서자 곧 델리슨의 주문이 시작되었다.

"있으면서도 없는 듯 우리는 신께서 만드신 공간 안에서 자유로워지기를 원하나이다……. 테수세으론 파하야 다키아르! 텔레포트!"

우우웅~! 웅 웅 웅 웅…….

그렇게 그의 주문이 끝나자 진의 주변으로 안개와 같은 것이 피어오르기 시작했다. 그러자 슈는 가만히 다가가서 땀을 뻘뻘 흘리고 있는 델리슨의 손을 잡고 마나를 밀어 넣어 주었다. 동시에 곧 진 전체가 마치 터질듯 눈부시게 빛이 나더니 귀청이 찢어질 것 같은 소리를 남기고 찰나의 순간에 진안에 있던 모두를 사라지게 만들어 버렸다.

"아… 정말 신기하고 대단하구나."

남아 있던 와일드 팩과 보나프 그리고 병사들은 이 신기한 현상을 보고 감탄하면서 속으로 일이 무사히 잘되기를 기원했다.

그렇게 사상 초유의 텔레포트 진을 이용해 날아간 슈의 일행들은 마침 절망이 드웨인 3세를 공격하는 순간에 왕궁에 도착할 수가 있었다. 그렇지만 막 이동한 이후 잠시 동안은 사물을 판별할 수 없기 때문에 슈조차도 태자와 왕자의 죽음을 막을 수는 없었다.

"아악~! 오라버니들~!"

"이런… 한발 늦었구나. 공주마마! 아직 움직이면 안 됩니다."

"하지만 오라버니들께서……."

와락~!

하필 올리비아도 자신의 오빠들이 죽는 모습을 보고 말았다. 바로 움직이지는 못해도 눈은 보였던 것이다. 그로 인해 거의 이성을 잃고 뛰쳐나가려 했지만 슈가 그런 그녀를 끌어안고 차분하게 달래주었다.

"지금은… 가만히 계십시오."

"흑흑……."

슈 덕분에 올리비아는 하염없이 눈물을 흘리며 억지로도 진정을 할 수 있었다.

"아… 아바마마도 위험해욧!"

그 순간 슈의 품에 안긴 채 아버지 쪽을 무심코 보던 그녀의 입에서 또다시 뾰족한 외침이 터져 나왔다. 동시에 절망의 손에서도 다크 아이스 소드가 튀어나갔다.

팟!

"실드!"

하나의 인영이 다크 아이스 소드를 막아섰다. 방금 다크 아이스 소드를 막은 사람이 바로 슈였던 것이다.

퍼펑~!

"아니 너는… 네놈이 어떻게 이리 빨리 올 수가 있었느냐?"

자신의 회심의 일격이 너무도 간단하게 막혀 버리자 절망은 어이가 없다는 얼굴로 슈를 바라보았다.

"네 입으로 말하지 않았는가. 나는 그분의 후예이다. 이 정도는 별 게 아니지."

"으음… 별 볼일 없는 인간의 몸으로 그의 진전을 다 이을 수는 없다. 어쩌다 우연히 막은 것이겠지. 하지만 좋다. 네가 그의 후예인 이상 내 친히 너부터 죽여주마."

"나 역시 바라던 바다. 하지만 우리 둘이 마음껏 싸우기에는 이곳은 너무 좁군. 그렇지 않은가? 설마 어영부영 암습으로 이길 생각은 아니겠지?"

"크하하하! 정녕 입만 살아 있는 애송이로구나. 하지만 좋다. 네 뜻이 무엇인지는 알겠다만 어차피 네놈만 죽으면 이 세상에서 날 막을 자는 없을 테니 네가 원하는 장소에서 싸워주마. 됐느냐?"

이제부터 절망과의 싸움은 그저 싸움이 아닐 것이다. 만에 하나 이곳에서 둘이 싸우게 되면 죄없는 인간들이 거의 다 죽을 것이 뻔했기에 슈는 어떻게 해서든지 그를 다른 곳으로 유인하려 했다. 그런데 정말 다행하게도 그는 그의 의도를 알면서도 이처럼 이야기하는 것이 아닌가.

이는 그의 교만함이 슈에게 큰 다행이 되는 순간이었다.

"그거 반가운 이야기로군. 그렇다면 날 따라오라. 설마 내가 너무 빨리 가서 못 따라오는 것은 아니겠지?"

"흐흐흐… 귀엽게 노는군. 어디 마음껏 가봐라. 내 손안귀에서 벗어난다면 네 목숨만큼은 살려 주도록 하지."

무려 천 년 가까이 절대의 존재로 살아와서 그런지 절망의 자존심은 실로 대단했다. 그는 슈의 속셈을 속속들이 알면서도 그에게 당해주고 있었는데 그것 역시 자존심 때문이었던 것이다.

그 덕분에 슈는 그를 슈도 인근에서 가장 가깝고도 험한 곳인 듀풍 산으로 그를 유인해갔다. 더 멀리 가다가는 그의 마음이 변할까봐 어쩔 수 없는 선택을 한 것이다.

그리고 그때부터 르웬슨 인근에 살던 사람들은 삼일 밤낮 동안 단 한잠도 잘 수가 없었다.

콰르르르릉~! 콰콰쾅~!

번쩍!

콰지지직~!

우르르릉~! 콰쾅!

마치 천지가 무너지는 것 같은 무서운 소리가 밤낮없이 들려왔다. 그 여파로 사람들은 어찌 잘 수가 없었다. 게다가 소리만 들리는 것이 아니라 실제로 듀풍산 쪽에서는 끝도 보이지 않는 먼지구름과 바윗돌 등이 날아다녔다. 이게 과연 인간들의 전투인지 도무지 믿기지 않는 그런 일들이 장장 삼일 밤낮동안 이어진 것이다.

그러다가 정확히 삼일 째 되던 날 거짓말처럼 모든 소음과 진동이 딱 멈추었다.

듀퐁산 정산.

서로를 마주본 채 하얀 서기를 뿜어내는 슈와 검은 오오라를 풍기는 절망이 있었다. 사흘 밤낮의 싸움이 잠시 멈춘 그곳은 황폐하기 그지없어서 세계의 종말을 둔 전장으로 보였다. 심연 같은 절망이 입을 열었다.

"크으으… 심연의 핵에는 우주 만물을 뒤엎을 수 있을 정도의 강력한 힘이 있다고 해서 믿지 않았더니 모두 거짓말은 아니었던 모양이구나."

"최소한 당신을 쓰러뜨릴 정도의 힘은 있으니 걱정 마시오."

"건방진 녀석… 네가 아무리 그 힘을 얻었다 해도 나는 세상을 지배할 절망이니라. 이제 끝장을 내주겠다."

"당신이 절망이라면 난 인류와 세계를 구원할 기적이 되겠다! 오라! 어리석은 아집 덩어리여!"

쿠쿠쿠쿠— 쿠르르릉—!

대단원 *299*

무려 삼일 밤낮을 싸운 것이 겨우 전초전에 불과했는지 절망과 슈는 최후의 일격을 서로에게 휘둘렀다. 절망이 주문을 외우자 듀퐁산 전체가 놀랐는지 부르르 떨었으며 그에 맞서 슈가 마지막 힘을 끌어 올리자 눈이 멀어 버릴 것만 같은 빛이 폭발하듯 그의 온몸을 온통 감싸버렸다.

그리고 마침내 서로 공존할 수 없는 두 존재, 빛과 어둠이 충돌했다.

콰콰콰콰콰콰쾅~!

"크아아아아악~!"

두 사람의 고함이 쏟아져 온 산을 울리더니 곧 잠잠해졌다.

언제 그런 난리가 있었냐는 듯 듀퐁산은 다시 고요해졌다. 이틀… 열흘… 그리고 한 달. 그렇게 시간이 흘러갔어도 산은 침묵했다.

그리고 그렇게 두 달 정도가 더 흘렀을 즈음… 듀란달의 수도 르웬슨에는 믿기 힘든 소문이 또 한 번 사람들을 강타했다.

가누비엔 백작님께서 카타리안을 정복하셨다!

바로 얼마 전만 해도 세기의 대결을 벌였던 그가 언제 움직여서 카타리안까지 정복했단 말인가. 실로 놀라운 일이 아닐 수 없었다. 하지만 사람들은 여전히 그와 절망이 듀퐁산 안에서 어떻게 싸웠는지가 궁금했다. 너무 궁금해서 잠도 못잘 지경이었지만 그 누구도 그 일에 관해서는 말하지 못했다.

에필로그

펑펑펑! 퍼펑!
휘유유유유~ 팡!
실로 눈이 부시게 아름다운 폭죽이 밤하늘을 수놓자 사람들의 함성이 터져 나오기 시작했다.
"와아아아~! 황제 폐하 만세!"
"황후마마님들도 만세!"
오늘은 알렉시안 제국이 세워진지 정확히 십 주년이 되는 날이자 가누비엔 황제의 서른다섯 번째 생일이었다. 그렇기에 온 제국 안이 축제로 인해 들떠 있는 것이다.

역사상 가장 위대한 영웅으로 손꼽히는 가누비엔 황제의 업적은 이미 온 대륙에 널리 퍼져 이제는 하나의 전설로 회자되고 있었다. 천 년 전에는 하이타리온이라는 위대한 드래곤의 등장으로 겨우 제압했던 그 무서운 흑마법사를 완전히 제거해 버린 그의 앞에서 대륙의 모든 사람은 엎드릴 수밖에 없었다.

전쟁을 도발해 수많은 사람들을 죽게 만든 데다가 자신들의 욕심을 위해 대륙의 공적인 흑마법사들과 손을 잡았던 카타리안 왕국을 그는 철저하게 응징했다.

흑마법사와의 연합을 부정하는 그들 앞에 콘웰 마르시앙 후작을 불러 그로 하여금 모든 것을 증언하게 함으로써 카타리안 왕국을 몰락시켰다. 국제 사회에서 인정할 수밖에 없는 명분을 내세워 결국 카타리안 왕국을 흡수해 버렸던 것이다.

이 모든 일이 끝나자 곧 그와 아름다운 올리비아 공주는 온 국민들의 축복 속에서 정식으로 혼례를 올릴 수 있었다.

"짐은 나의 부마이자 우리들의 영원한 영웅 가누비엔 백작에게 이제는 우리의 속국이 된 카타리안 왕국을 맡기겠노라. 모두 새로운 왕을 경배하라!"

혼례 이후 드웨인 3세는 실로 놀라운 발표를 하게 된다. 바로 가누비엔을 카타리안 왕국의 왕으로 앉힌 것이다.
 그의 영광은 이것으로 끝난 것이 아니었다. 전쟁 중 그렇게 끔찍이 여기던 두 왕자의 죽음으로 인해 건강이 악화된 드웨인 3세는 곧 자신의 왕국마저 슈에게 물려주게 된다. 물론 그에게는 후비에게서 낳은 왕자들도 몇 명 있었지만 그들은 모두 너무 어렸고 또 결정적으로 왕의 눈에 차지 않았다.
 때문에 그는 자신이 가장 사랑하는 공주 올리비아에게 모든 것을 주기로 결심했던 것이다.
 콘웰 마르시앙이 실권을 잃어버린 지금 왕국 안의 그 누구도 왕의 이런 결정을 반박할 수는 없었다.
 그렇게 해서 슈는 강대국 두 곳을 모두 다스리게 되었고 곧 그는 이 두 왕국을 바탕으로 제국을 일으키게 된다.

 "짐은 가르텐 대륙의 질서를 새로 세우기 위해 검을 들었노라! 왕국들은 우리 제국의 법을 따르라!"

 슈는 진심으로 백성을, 나아가 인간을 위했다. 그렇기에 여전히 악법과 귀족들의 횡포에 시달리는 인근 왕국까지 손을 뻗쳤다. 이는 이미 빛의 신 아서시스를 섬기는 대성국의 절대적인 지지 속에서 이루어졌기 때문에 더욱 쉽게 이루어졌다.
 그로 인해 알렉시스 제국에 복속된 왕국이 일곱 개나 되었으며 그 외 가르텐 대륙의 다른 왕국들도 제국의 법에 따르게 되었다.

"황제 폐하! 모두가 기다리고 있습니다. 어서 테라스로 나가시지요."

"알겠다. 자, 황후. 어서 나갑시다. 백성들이야말로 우리의 상전 아니겠소. 더 기다리게 하면 실례인 게요."

문밖에서 들려온 친위 기사의 목소리에 슈는 올리비아에게 말했다.

"아이 참. 폐하, 잠시만 더 기다려 주세요. 여자들은 남자들하고 다르다고요. 안 그렇습니까, 태황후마마."

"황후의 말씀이 맞소. 조금 더 기다리시오. 황제."

슈는 마음이 급했지만 올리비아 황후를 비롯한 황비들은 사정이 달랐다. 오늘 만백성 앞에 나서는 날인만큼 그녀들로서는 예쁘게 꾸며야 했던 것이다. 게다가 황제의 어머니인 앙리에트마저 그녀들을 두둔하고 있으니 아무리 황제라 해도 그녀들의 횡포(?)에 그저 발을 동동 구른 채 방관만 할 수밖에 없었다.

가누비엔 황제는 제국의 탄생 이후 올리비아 공주를 황후에, 필라리엔 모습을 하고 있는 팅이와 차가운 어쎄신 '엘', 이제는 엘로아라는 이름을 가지게 된 그녀를 비로 삼았다. 그리고 올리비아 황후로부터 황자 둘을 얻었으며 비에게서는 황녀 셋과 황자 둘을 더 얻었으니 그야 말로 축복받은 황제가 아닐 수 없었다.

어쨌든 그렇게 정신없는 준비 시간이 지나갔다. 테라스 안쪽 건물의 어두운 그림자를 넘어 밝은 빛을 따라 밝은 밖이 모습을 드러냈다.

마침내 화려한 폭죽 속에서 아름다운 팡파르와 함께 황제 가누비엔과 황후 올리비아, 그리고 황비들이 황궁 테라스에 모습을 드러낸 것이다.

"와아아아아~! 황제 폐하 만세!"

"황후마마 만세~!"

펑! 퍼펑! 퍼엉~!

수만 명이 넘는 군중들을 바라보며 슈는 감회가 새로워졌다. 그는 절망을 물리친 후 빛의 신 아서시스를 만났을 때를 회상했다.

─그대는 나를 원망하느냐?

"아닙니다. 오히려 이처럼 건강한 육체로 살 수 있게 해주신 것에 대해 감사한 마음을 가지고 있습니다. 이 몸의 원주인에게는 미안하지만요."

─그는 이미 그 수명이 정해진 상태였기 때문에 네가 아니

었어도 어차피 망나니라는 오명을 남긴 채 죽을 운명이었다. 하지만 네 덕분에 명예는 되찾은 것이지.

"아… 그런 말씀을 들으니 마음이 한결 가벼워집니다."

제갈수가 늘 껄끄러워했던 부분이 이 부분이었는데 그것을 아서시스가 시원하게 답변해 주자 그의 마음은 정말로 홀가분해졌다. 어차피 죽을 운명이었다면 그가 죄책감을 가질 이유가 없는 것 아니겠는가.

―그대는 내 생각보다 더 훌륭히 일을 마쳤으니 원하는 바를 들어주겠다. 물론 다시 원래 있던 곳으로 보내줄 수도 있다.

"저는 이미 그곳에 대한 미련은 버렸습니다. 오히려 이곳에서 이루어진 수많은 인연이 더 소중합니다. 이곳에서 그냥 그들과 함께 살겠습니다."

―네가 그렇게 생각했다면 나 역시 더 많은 것을 줄 수 있어 마음이 편해지겠구나. 앞으로 네가 이 대륙에 살아가는 동안 내내 복락을 누릴 것이다. 물론 그 복을 계속 누리려면 너에게 주어진 책임을 다해야겠지. 바로 인간들을 행복하게 해 주어야 하는 책임을 말이다.

"명심하겠습니다. 그리고 감사합니다."

그리고 그런 아서시스의 약속은 오늘도 지켜지고 있었다. 왜냐하면 그는 지금 이 순간도 너무 행복했으며 즐거웠기 때문이다. 그리고 앞으로도 가누비엔 황제의 영광은 계속될 것이다. 그가 살아 있는 동안에는 쭈욱.

　가누비엔 황제가 백성들을 향해 두 손을 들어 올려 화답했다.

　햇살이 밝은 날이었다.

『기적』 완결

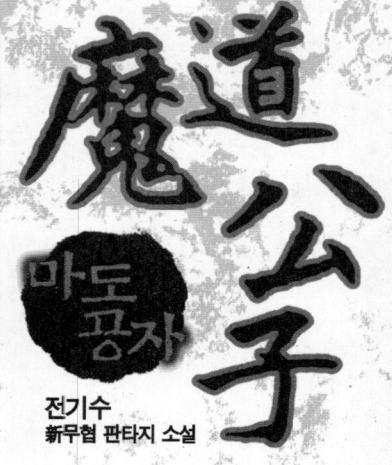

Book Publishing CHUNGEORAM

전기수
新무협 판타지 소설

2011년 새해 청어람이 자신있게 추천하는 신무협!

봉마곡에 갇힌 세 마두. 검마, 마의, 독마군.
몇십 년 동안 으르렁대며 살던 그들에게 눈 오는 아침, 하늘은 한 아이를 내려준다.

육아에는 무식한 세 마두에 의해
백호의 젖을 빨고 온갖 기를 주입당하면서 무럭무럭 성장한 마설천!

세 마두의 손에서 자라난 한 아이로 인해 이변이 일어나고,
파란이 생기고, 이윽고 강호에 새로운 바람이 불어온다!

**마도를 뛰어넘어 천하를 호령할
마설천의 유쾌한 무림 소요기!**

유행이 아닌 자유추구 -
WWW.chungeoram.com

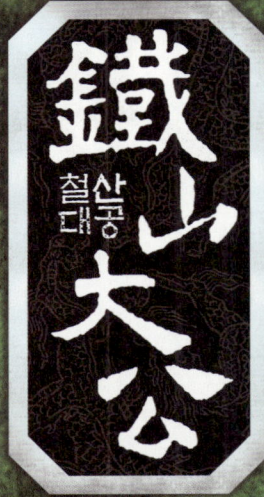

임준후 新무협 판타지 소설

「철혈무정로」, 「천애검엽전」의 작가 임준후!
그가 태산처럼 거대한 남자의 이야기로 돌아왔다!

"네가 좋아하는 방식대로 살 거라.
지금까지처럼 마음이 가고 몸이 가는 대로!"

스승이 남긴 말을 가슴에 새기고 중원으로 나온 강산하.
고향으로 향하는 귀로에 하나둘씩 인연이 모여들고
어느새 그의 걸음마다 무림의 판도가 바뀌기 시작한다.

태산처럼 굳세게
산들바람처럼 유유자적하게
흔들리지 않고 올곧게 자신의 길을 걸어간
괴협 철산대공 강산하의 가슴 묵직한 일대기!

Book Publishing CHUNGEORAM

유행이 아닌 자유추구 -
WWW.chungeoram.com

용호객잔
龍虎客棧

설경구 新무협 판타지 소설

낙양 변두리에 위치한 허름한 용호객잔.
폐업 직전까지 몰렸던 용호객잔에 복덩이,
천유강이 저절로 굴러 들어왔다.
그런데… 이 객잔 좀 수상하다?

독문병기는 낡은 주판, 중원상왕을 꿈꾸는 객잔주인, 용사등.
독문병기는 마른 걸레, 끔찍이 못생긴 점소이, 용팔.
독문병기는 식칼, 긴 독수공방 끝에 요리와 혼인한 숙수, 장유걸.
독문병기는 이 빠진 도끼, 사연 많은 남장여인, 문우령.
독문병기는 얼굴, 기억을 잃어버린 절세미남 신입 점소이, 천유강.

"중원의 상왕이 되리라!"

현실감각이라고는 찾아보기 힘든
용사등의 허황된 선언이 천하를 혼란에 빠뜨린다.
바람 잘 날 없는 용호객잔의 평범한(?) 일상에
중원의 이목이 집중된다.

Book Publishing CHUNGEORAM

- 유행이 아닌 자유추구 -
WWW.chungeoram.com

Unterbaum
GOD BREAKER

운터바움
신들의 파괴자

이상혁 판타지 장편 소설

**나를 제거할 자, 그를 다스리는 한 권의 책.
찾아 읽으라. 그리하지 않으면 나는 불타리.**

세계의 근거, 그 자체인 거대한 나무, 바움.
그 아래에서 살아가는 생명들의 세상, 운터바움.
윈델은 신탁에 따라 바움을 파괴할 책을 찾아 떠나고
맨 처음 그의 손이 책에 닿는 순간 운명이 격변한다.

십 년을 모신 주인이자 친구, 세베리아를 비롯
세상 모든 것이 자신의 존재를 잊어버린 상황에서
윈델은 존재의 증명을 위하여 운명과 싸우기 시작한다!

나무의 파괴자 '엠베르크' 란 무엇인가?
모두가 잊어버린 '나' 는 대체 누구인가?

「데로드 앤드 데블랑」, 「카르마 마스터」의 뒤를 잇는
이상혁 작가의 정통 판타지 대작!

「운터바움-신들의 파괴자」!

Book Publishing CHUNGEORAM
WWW.chungeoram.com

각사 新무협 판타지 소설

소년은 오직 소녀를 위하여 검을 들었다
가슴에 담긴 지키고자 하는 뜨거운 열망.

"이제는 지킬 것이다."

단 하나 남은 소중한 인연, 무유화를 지키려
악의에 휩싸인 무림을 수호하기 위하여
윤, 세상에 서다!

그의 용혈검이 떨치는 무상류와 구천류가
모든 악을 쓸어내리라!

지키는 자!
수호무사 윤, 그를 기억하라.

Book Publishing CHUNGEORAM

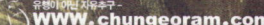
WWW.chungeoram.com